解密

麦家 著

北京出版集团公司
北京十月文艺出版社

新经典文化股份有限公司
www.readinglife.com
出　品

所谓偶然，不过是我们对复杂的命运机器的无知罢了。

——〔阿根廷〕豪尔赫·路易斯·博尔赫斯

目录

第一篇

起

01

一八七三年乘乌篷船离开铜镇去西洋拜师求学的那个人，是江南有名的大盐商容氏家族的第七代传人中的最小，名叫容自来，到了西洋后，改名叫约翰·黎黎。后来的人都说，容家人身上世袭的潮湿的盐碱味就是从这个小子手头开始剥落变味的，变成了干爽清洁的书香味，还有一腔救国爱国的君子意气。这当然跟他的西洋之行是分不开的。但容家人当初推举他去西洋求学的根本目的，不是想要他来改变家族的味道，而仅仅是为了给容家老奶奶多一个延长寿命的手段。老奶奶年轻时是一把生儿育女的好手，几十年间给容家添了九男七女，而且个个长大成人，事业有成，为容家的兴旺发达立下了汗马功劳，也为她在容家无上的地位奠定了坚实基础。她的寿命因为儿孙们的拥戴而被一再延长，但活得并不轻松，尤其是在夜里，各种纷繁复杂的梦常常纠缠得她像小姑娘一样惊声怪叫，到了大白天还心有余悸的。噩梦折磨着她，满堂的儿孙和成堆的白花花的银子成了她噩梦里的装卸物，芳香的烛火时常被她尖厉的叫声惊得颤颤悠悠。每天早上，容家大宅院里总会请进一两个前来给老人家释梦的智识人士，时间长了，彼此间的水平高低也显山露水出来了。

在众多释梦者中，老奶奶最信服的是一个刚从西洋漂泊到铜镇的小年轻，他不但能正确无误地释读出老人家梦中经历的各种明证暗示，有时候还能预见，甚至重新设置老人梦中的人物是非。只是年轻轻的样子似乎决定他的功夫也是轻飘飘的，用老人们的话说：嘴上没毛，办事不牢。相比，释梦的功夫还算到家，但易梦之术疏漏颇多，行使起来有点鬼画符的意思，撞对就对了，撞不对就撞不对了。具体说，对前半夜的梦还能勉强应付，对后半夜的梦，包括梦中之梦，简直束手无策。他自己也说，他没专门向老祖父学习这门技术，只是靠耳闻目睹有意无意地学了一点，学得业余，水平也是业余的。老奶奶打开一面假墙，露出一墙壁的银子，恳求他把老祖父请来，得到的回答是不可能的。因为，一方面他祖父有足够的钱财，对金银财宝早已不感兴趣，二方面他祖父也是一把高寿，远渡重洋的事情想一想都可能把他吓死。不过，西洋人还是给老奶奶指明了一条行得通的路走，就是：派人专程去学。

在真人不能屈尊亲临的情况之下，这几乎是唯一的出路。

接下来的工作就是在浩荡的子孙中物色一个理想的人选。这个人必须达到两个要求：一个是对老人孝顺百般，愿意为之赴汤蹈火；二个是聪慧好学，有可能在短时间内把复杂的释梦和易梦之术学到家，并运用自如。在经过再三筛选后，二十岁的小孙子容自来有点胜人一筹的意思。就这样，容自来怀里揣着西洋人写给祖父的引荐信，肩头挑着老奶奶延年益寿的重任，日夜兼程，开始了漂洋过海、拜师求学的岁月。一个月后的一个暴风雨之夜，容自来搭乘的铁轮还在太平洋上颠簸，老奶奶却在梦中看见铁轮被飓风吞入海底，小孙子葬身鱼腹，令梦中的老人家伤心气绝，并由梦中的气绝引发了真正的气绝，使老人一梦不醒，见了阎王爷。旅途是艰辛而漫长的，当容自来站在释梦大师前，诚恳地向他递上引荐信的同时，大师转交给他一封信，信上报的就是老奶奶去世的噩耗。和人相比，信走的总是捷径，捷足先登也是情理中的事。

耄耋之年的大师看远来的异域人，目光像两支利箭，足以把飞鸟击落，似乎很愿意在传教的末路途中收受这个异域人为徒。但后者想的是，既然奶奶已死，学得功夫也是枉然，所以只是领了情，心里是准备择日就走的。可就在等待走的期间，他在大师所在的校园里结识了一位同乡，同乡带他听了几堂课，他走的意图就没了，因为他发现这里值得他学的东西有很多。他留下来，和同乡一道，白天跟一个斯拉夫人和一个土耳其人学习几何学、算术和方程式，到晚上又在一位巴赫的隔代弟子门下旁听音乐。因为学得痴心，时间过得飞快，当他意识到自己该回家时，已有七个春秋如风一般飘走。一八八〇年浅秋时节，容自来随异国的几十筐刚下树的葡萄一道踏上了返乡之途，到家已是天寒地冻，葡萄都已经在船舱里酿成成桶的酒了。

用铜镇人的话说，七年时间里容家什么都没变，容家还是容家，盐商还是盐商，人丁兴旺还是人丁兴旺，财源滚滚还是财源滚滚。唯一变的是他这个西洋归来的小儿子——如今也不小了，他不但多了一个莫名其妙的姓氏：黎黎。约翰·黎黎。而且，还多了不少古怪的毛病，比如头上的辫子没了，身上的长袍变成了马甲，喜欢喝血一样红的酒，说的话里时常夹杂着鸟一样的语言，等等。更古怪的是他居然闻不得盐碱味，到了码头上，或者在铺子上，闻了扑鼻的盐碱味就会干呕，有时候还呕出黄水来。盐商的后代闻不得盐味，这就是出奇的怪了，跟人见不得人一样的怪。虽然容自来说得清这是为什么——因为他在太平洋上漂泊的日子里，几度受挫落水，被咸死人的海水呛得死去活来，痛苦的记号早已深刻在骨头上，以致后来他在海上航行不得不往嘴巴里塞上一把茶叶，才能勉强熬挺过去。但是，说得清归说得清，行不行得通又是一回事。闻不得盐碱味怎么能子承父业？总不能老是在嘴巴含着一把茶叶做老板啊。

事情确实变得不大好办。

好在他出去求学前，老奶奶有过一个说法，说是等他学成回来，藏在墙壁里的银子就是他一片孝心的赏金。后来，他正是靠这笔银子立了业，上省城C市去办了一所像模像样的学堂，冠名为**黎黎学堂**。

这就是后来一度赫赫有名的N大学的最早。

02

N大学的赫赫名声是从黎黎学堂就开始的。

第一个给学堂带来巨大名声的就是黎黎本人，他破天荒地把女子招入学堂，是真正的惊世骇俗，一下子把学堂噪得名扬一时。在开头几年，学堂有点西洋镜的感觉，凡是到该城池来的人，都忍不住要去学堂走走，看看，饱饱眼福，跟逛窑子一样的。按说，在那个封建世道里，光凭一个女子入学的把柄，就足以将学堂夷为平地。为什么没有，说法有很多，但出自容家家谱中的说法也许是最真实可靠的。容家的家谱秘密地指出：学堂里最初入学的女子均系容家嫡传后代。这等于说，我糟蹋的是自己，你们有什么可说的？这在几何学上叫两圆相切，切而不交，打的是一个擦边球，恰到好处。这也是黎黎学堂所以被骂不倒的巧妙。就像孩子是哭大的，黎黎学堂是被世人一嘴巴一嘴巴骂大的。

第二个给学堂带来声望的还是容家自家人，是黎黎长兄在花甲之年纳妾的结晶。是个女子，即黎黎的侄女儿。此人天生有个又圆又大的虎头，而且头脑里装的绝不是糨糊，而是女子中少见的神机妙算。她自幼聪慧过人，尤其擅长计数和演算，十一岁进学堂，十二岁就能和算盘子对垒比试算术，算速之快令人咋舌，通常能以你吐一口痰的速度心算出两组四位数的乘除数。一些刁钻的智力难题到她面前总是被不假思索地解决，反倒让提问者大失所望，怀疑她是不是早已听说过这些题目。一位靠摸人头骨算命的瞎子给她算命，说她连鼻头上都长着脑筋，是个九九八百一十年才能出一个的奇人。十七岁那年，她与姑家表兄一道远赴剑桥大学深造，轮船一驶入浓雾迷漫的伦敦帝国码头，以赋诗为雅的表兄对着舱外的迷雾顿时诗兴大发，诗篇脱口而出——

凭借海洋的力量
我来到大不列颠
大不列颠
大不列颠
浓雾包不住你的华丽……

表妹被表兄激越的唱诗声吵醒，惺忪的睡眼看了看金色的怀表，也是脱口而出："我们在路上走了 39 天又 7 个小时。"

然后两人就如进入了某种固定的套路里，有板有眼地问答起来。

表兄问："39 天 7 个小时等于——"

表妹答："943 个小时。"

表兄问："943 个小时等于——"

表妹答："56580 分钟。"

表兄问："56580 分钟等于——"

表妹答："3394800 秒钟。"

这种游戏几乎是表妹生活的一部分，人们把她当个无须动手的珠算盘玩味，有时候也使用。这部分生活也把她奇特的才能和价值充分凸现出来，由此人们甚至把她名字都改了，一口口地叫她算盘子。因为她头脑生得特别大，也有人喊她叫大头算盘。而事实上，她的算术比任何一只算盘子都要高明。她似乎把容家世代在生意中造就出来的胜算的能力都揽在了自己头上，有点量变引发质变的意味。

在剑桥期间，她保留了固有的天分，又崭露出新的天分，比如学语言，旁的人咬牙切齿地学，而她似乎只要寻个异国女生同室而住就解决问题，而且屡试不爽，基本上是一学期换一个寝友，等学期结束时，她嘴巴里肯定又长出一门语言，且说得不会比寝友逊色一点。显然，这中间方法不是出奇的——方法很普通，几乎所有的人都在用。出奇的是结果。就这样，几年下来她已经会七国语言，而且每一门语言都可以流利地读写。有一天，她在校园里遇到一个灰头发姑娘，后者向她打问事情，她不知所云，然后她用七国语言跟对方交流也无济于事。原来这是一位刚从米兰来的新生，只会说意大利语，她知道这后，邀请对方做了新学期的寝友。就在这学期里，她开始设计牛顿数学桥。

牛顿数学桥是剑桥大学城里的一大景观，全桥由 7177 根大小不一的木头衔接而成，有 10299 个接口，如果以一个接口用一枚铁钉来计算，那么至少需要 10299 枚铁钉。但牛顿把所有铁钉都倒进了河里，整座桥没用一枚铁钉，这就是数学的奇妙。多少年来，剑桥数学系的高才生们都梦想解破数学桥的奥秘，换句话说就是想在纸头上造一座跟数学桥一模一样的桥。但如愿者无一。多数人设计出来的桥至少需要上千枚铁钉才能达到原桥同等效果，只有少数几人把铁钉数量减少到千枚数之内。有个冰岛人，他创造了有史以来的最好成绩，把铁钉数减少到 561 枚。由著名数学家佩德罗·爱默博士担任主席的牛顿数学桥评审委员会为此作出承诺，谁只要在此基数上再减少铁钉数量，哪怕只少一枚，就能直接荣获剑桥大学数学博士学位。表妹后来就是这样得到剑桥数学博士学位的，因为她设计的数学桥只用了 388 枚铁钉。在博士授予仪式上，表妹是用意大利语致答谢词的，说明她又在起居间掌握了一门语言。

这是她在剑桥的第五年，时年二十二岁。

第二年，一对期望把人类带上天空的兄弟来剑桥会见了她，他们梦一般美好的理想和雄心把她带到了美国。两年后，在美国北卡罗来纳州的郊野，人类将第一架飞机成功地送上蓝天。在这架飞机的小腹底下，刻有一板浅灰色的银字，内容包括参与飞机设计、制造的主要人物和时间。其中第四行是这样写的：

机翼设计者容算盘 · 黎黎 中国 C 市人

容算盘 · 黎黎即为表妹的洋名字，在容家族谱上，她的名字叫容幼英，系容家第八代后人。而那两位把她从剑桥大学请走的人，就是人类飞机史上的第一人：莱特兄弟。

飞机把表妹的名望高举到天上，表妹又把她母校的名望带上了天。辛亥革命后，表妹眼看祖国振兴在即，甚至以割断一段长达数年的姻缘为代价，毅然回国，担当了母校数学系主任。此时，黎黎学堂已更名为 N 大学。一九一三年夏天，牛顿数学桥评审委员会主席、著名数学家佩德罗 · 爱默博士，带着一座由表妹亲自设计的只有 388 枚钉子的牛顿数学桥模型出现在 N 大学校园里。这可以称得上是给 N 大学长足了脸面，佩德罗 · 爱默博士也可以说是给 N 大学带来巨大声望的第三人。

一九四三年十月的一天，日本鬼子把战火烧进N大学校园，佩德罗·爱默博士赠送的稀世之宝——牛顿数学桥250∶1模型，毁于一场野蛮又愚蠢的大火中，而桥的设计主人早在二十九年前，也就是佩德罗·爱默博士访问N大学的次年，便已辞别人世，终年不到四十岁。

03

表妹，或者容幼英，或者容算盘·黎黎，或者大头算盘，是死在医院的产床上。

过去那么多年，当时众多亲眼目击她生产的人都已不在人世，但她艰苦卓绝的生产过程，就像一场恐怖的战争被代代传说下来，传说得越来越精练又经典，像一句成语。不用说，这是一次撕心裂肺的生产过程，声嘶力竭的嚎叫声据说持续了两个白天和夜晚，稠糊的血腥味弥漫在医院狭窄的走廊上，飘到了大街上。医生把当时已有的最先进和最愚昧的生产手段都使用尽了，但孩子黑森森的头颅还是若隐若现的。产房门前的走廊上，等待孩子降生的容家人和孩子父辈的林家人越聚越多，后来又越走越少，只剩下一两个女佣。因为最坚强的人都被屋子里漫长又困难的生产惊险吓坏了，生的喜悦已不可避免地被死的恐惧笼罩，生和死之间正在被痛苦的时间无情地改写、翻转。老黎黎是最后一个出现在走廊上的，也是最后一个离开的，离开之前，他丢下一句话：

“这生出来的不是个帝王，就是个魔鬼。”

“十有八九是生不出来了。”医生说。

“生得出来的。”

“生不出来了。”

“你不了解她，她是个不寻常的人。”

“可我了解所有的女人，生出来就是奇迹了。”

“她本来就是个创造奇迹的人！”

老黎黎说罢要走。

医生拦住他去路：“这是在医院，你要听我的，如果生不出来怎么办？”

老黎黎一时无语。

医生进一步问：“大人和小孩保谁？”

老黎黎坚决说：“当然保大的！”

但是，在发威作恶的命运面前，老黎黎说的话又怎么能算数？天亮了，产妇在经过又一夜的极度挣扎后，已累得没有一点气力，昏迷过去。医生用刺骨的冰水将她激醒，又给她注射双倍剂量的兴奋剂，准备作最后一次努力。医生明确表示，如果这次不行就弃小保大。但结果却事与愿违，因为产妇在声嘶力竭的最后一搏中，居然把肝脏胀裂了！就这样，命悬一线的孩子才得以破腹降生。

孩子以母亲的性命换得一个珍贵的出世权，得以叫人看得见他困难出世的秘密。当他出世后，所有在场的人都惊呆了，他的脑袋比肩膀要大得多！相比之下，他母亲的大头只能算个小巫。小巫生了个大巫，何况小巫时年已近四十高龄，要想头胎生出这么个大巫，恐怕也只有死路一条了。人世间的事情真是说不清楚，一个可以把几吨重的铁家伙送上天的女人，却是奈何不了自己身上的一团肉。

孩子出生后，虽然林家人没有少给他取名冠号，大名小名，加上字号，带林字的称谓至少有几个。但是，在后来日子里，人们发现取的所有名、字、号都是白取，因为他巨大的头颅，还有险恶可怖的出世经历早给他注定了一个响亮的绰号：大头鬼。

大头鬼！

大头鬼！

这么喊他，是那么过瘾又恰切无比。

大头鬼！

大头鬼！

熟人生人都这么喊。

千人万人都这么喊。

叫人难以相信的是，大头鬼最后真的被千人万人喊成了一个鬼，无恶不作的鬼，天地不容的鬼。林家在省城里本是户数一数二的豪门，财产铺满一条十里长街。但是自大头鬼少年起，长长的一条街便开始缩短，都替大头鬼还债消灾耗用了。要没有那个狠心的烟花女借刀杀人把大头鬼打杀掉，林家最后可能连个落脚的宅院都保不住。据说，大头鬼自十二岁流入社会，到二十岁死，近十年间犯下的命案至少在十起之上，玩过的女人要数以百计，而家里为此耗付的钞票可以堆成山，铺成路。一个为人类立下千秋功勋，足以被世人代代传咏的天才女子，居然遗了这么个作恶多端、罪名满贯的不肖之子在人间，真叫人匪夷所思。

大头鬼做鬼后不久，林家人刚松口气，却又被一个神秘女子纠缠上。女子从外省来，见了林家主人，二话不说跪在地上，手指着微微隆起的肚子，哭诉说：这是他们林家的种！林家人心想，大头鬼死前玩过的女人用船装都要几条船才装得下，还从没见过谁腆着肚皮找上门来的，况且来人还是外省的，更是疑神疑鬼，气上生气。于是，狠狠一脚把她踢出了大门。女子以为这一脚会把腹中的血肉踢散，心想这样也好，不料四处的皮肉和骨头痛了又痛，正该痛的地方却是静若止水，自己威猛地追加了几拳，也是安然无恙，悲恨得她席地坐在大街上嚎啕大哭。围观的人拢了一圈又一圈，有人动了恻隐心，提醒她往N大学去碰碰运气看，说那里也是大头鬼的家。于是，女子忍着生痛跌跌撞撞进了N大学，跪在老黎黎跟前。老黎黎一辈子探寻真理，诲人不倦，传统和现代的道义人情都是有的，是足够了的，他留下了女子，择日又遣儿子容小来——人称小黎黎——悄秘地送到了故乡铜镇。

占地半个铜镇的容家深院大宅，屋宇林立，气度仍旧，但飞檐门柱上剥落的漆色已显出颓败之象，暗示出岁月的沧桑变幻。从一定意义上说，自老黎黎在省城办学后，随着容家后代一拨拨地拥进学堂，这里繁荣昌盛的气象就有了衰退的定数。出去的人很少返回来承继父业是一个原因，另个原因是时代不再，政府对盐业实行统管后，等于是把容家滚滚的财路截断了。断了就断了，这是当时在老黎黎麾下的大多数容家人的态度，这部分容家人崇尚科学，追求真理，不爱财拜金，不痴迷皇家生活，对祖业的兴衰、家道的起落有点事不关己高高挂起的意思。近十年，容家衰败的气数更是有增无减，原因一般是不公开说的，但其实又是大鸣大放地张挂在正门前的。那是一块匾，上面有四个金光大字：**北伐有功**。背后有这么个故事，说是北伐军打到C市时，老黎黎见学生纷纷拥上街头为北伐军募捐的义举，深受感动，连夜赶回铜镇，卖掉容家祖传的码头和半条商业街，买了一船军火送给北伐军，然后就有了这匾。为此，容家人一度添了不少救国报国的光荣光彩。但事隔不久，挥毫题写匾名的北伐军著名将领成了国民政府张榜通缉的要犯，给匾的光荣难免笼上一层黯淡。后来，政府曾专门新做一匾，同样的字，同样的涂金，只是换了书法，要求容家更换，却遭到老黎黎断然拒绝。从此，容家与政府龃龉不断，商业上是注定要败落的。败落归败落，匾还是照挂不误，老黎黎甚至扬言，只要他在世一天，谁都别想摘下此匾。

这就只好一败再败了。

就这样，昔日男女同堂、老少济济、主仆穿梭、人声鼎沸的容家大宅，如今已变得身影稀疏、人声平淡，而且仅有的身影人声中，明显以老为主，以女为多，仆多主少，显现出一派阴阳不调、天人不合的病态异样。人少了，尤其是闹的人少了，院子就显露得更大更深更空，鸟在树上做巢，蛛在门前张网，路在乱草中迷失，曲径通了幽，家禽上了天，假山变成了真山，花园变成了野地，后院变成了迷宫。如果说容家大院曾经是一部构思精巧、气势恢弘、笔走华丽的散文作品，形散意不散，那么如今只能算是一部潦草的手稿，除了少处有些工于天成的神来之笔外，大部分还有待精心修改，因为太乱杂了。把个无名无分的野女人窝在这里，倒是找到了理想之所。

不过，为让长兄长嫂收受她，小黎黎是动足脑筋的。在容家第七代传人相继去世、仅剩的老黎黎又远在省城的情况下，长兄长嫂如今是容家在铜镇当之无愧的主人。但是长兄年事已高，而且中了风，失了聪，终日躺在病榻上，充其量只能算一件会说话的家什而已，权威事实上早已峰回路转在长嫂手头。如果说女人的肚子确系大头鬼造的孽，那么长兄长嫂实质上也是此孽种嫡亲的舅公舅婆。但如此道明，无异于脱裤子放屁，自找麻烦。想到长嫂如今痴迷佛道，小黎黎心中似乎有了胜算。他把女子带到长嫂的念经堂，在袅袅的香烟中，伴随着声声清静的木鱼声，小黎黎和长嫂一问一答起来。长嫂问：

“她是何人？”

“无名女子。”

“有甚事快说，我念着经呢。”

“她有孕在身。”

“我不是郎中，来见我做甚？”

“女子痴情佛主，自幼在佛门里长大，至今无婚不嫁，只是年前去普陀山朝拜佛圣，回来便有孕在身，不知长嫂信否？”

“信又怎样？”

“信就收下女子。”

“不信呢？”

“不信我只好将她沦落街头。”

长嫂在信与不信间度过一个不眠之夜，佛主还是没帮她拿下主意，直到中午时分，当小黎黎假模假式地准备将女子逐出容家时，长嫂才主意顿生，说：

“留下吧。阿弥陀佛。”

第二篇

承

01

我在南方的几条交叉的铁路线上辗转了两个年休假，先后采访了五十一位多半年迈老弱的知情者，并查阅了上百万字的资料后，终于有信心坐下来写作本书。南方的经历让我懂得了什么叫南方。以我切身的感受言，到了南方后，我全身的汗毛孔都变得笑嘻嘻起来，在甜蜜地呼吸，在痴迷地享受，在如花地妩媚，甚至连乱糟糟的汗毛也一根根灵活起来，似乎还黑了一层。所以，我最后选择在南方的某地作为写作基地是不难理解的，难以理解的是，由于写作地域的变更，导致我写作风格也出现某些变化。我明显感觉到，温润的气候使我对一向感到困难的写作变得格外有勇气又有耐心，同时也使我讲述的故事变得像南方的植物一样枝繁叶茂。坦率说，我故事的主人公到现在都还没有出现，不过，已经快出现了。从某种意义上说，他已经出现，只不过我们看不见而已，就像我们无法看见种子在潮湿的地底下生长发芽一样。

说真的，二十一年前，天才女子容幼英生产大头鬼的一幕，由于它种种空前绝世的可怖性，人们不相信这样的事情以后还会再有。然而，就在无名女子入住容家的几个月之后，同样一幕又在无名女子头上翻版重演了。因为年轻，无名女子的喊叫声显得更加嘹亮，亮得跟刀走似的，在幽深的院子飞来舞去，把颤悠悠的火光惊得更加颤悠悠，甚至连失聪的长兄都被惊得心惊肉跳的。接生婆来了又走，走了又来，换了一拨又一拨，每一个走的人身上都有股浓烈的血腥味，身上脚下都沾满血迹，跟刽子手似的。血从产床上流到地下，又从屋子里流蹿到屋子外，到了外头还在顽强地流，顺着青石板的缝隙流，一直流蹿到植有几棵腊梅的泥地乱草里。梅花混长在乱草里，本是要死不活的，但这年冬天几棵腊梅居然都花开二度，据说就是因为吃了人血的缘故。腊梅花开的时候，无名女子早已魄散魂飞，不知是在哪里做了冤魂野鬼。

所有的经事者都说，无名女子最后能把孩子生出来简直是个奇迹；那些人又说，如果孩子生了，大人又活了，那简直就是天大的奇迹，奇迹的奇迹。只是奇迹的奇迹没有降临，孩子生下后，无名女子在如注的血流中撒手人寰。奇迹的奇迹不是那么好创造的，除非生命不是血肉做的。问题不在这里，问题是待人把孩子脸上的血水洗尽后，人们惊愕地发现，小东西从头到脚无一不是大头鬼的再现，乌发蓬蓬，头颅巨硕无比，甚至连屁股上的黑色月牙形胎记都如出一辙。事情到这地步，小黎黎的那套骗术自然成了鬼话一把，一个本是半人半仙，令人敬而畏之的神秘之子，就这样转眼成了一个大逆不道的狰狞野鬼。要不是长嫂在小东西头脸上多少瞅见一点小姑姨（即大头算盘）的印象，恐怕连慈悲的佛心也是要将他遗弃荒郊的。换句话说，在面临弃与不弃的重要关头，是小东西和他祖母的那点宿命的挂相保救了他，把他留在了容家深宅里。

然而，留的是一条命，至于容家人应有的尊贵是没有的，甚至连名姓都是没有的。很长一段时间，喊他的人都叫他死鬼。一天，洋先生从负责抚养死鬼的那对老仆人夫妇的门前走过，后者客气地将其邀进屋，请他给死鬼换个叫法。他们都人老怕死了，觉得死鬼的这叫法听了实在毛骨悚然，像是有点在催他们命似的，所以一直想换个叫法。曾经自己私自改的一些叫法，什么阿猫阿狗的，也许是因为不贴切吧，没人跟着他们喊，左邻右舍还是喜欢死鬼死鬼地叫，叫得两老常常夜里做噩梦。所以，迫切地想请洋先生拿个贴切的叫法，以便让大家都跟着来喊。

洋先生就是早年间给容家老奶奶圆过梦的那个西洋人，他一度深得容家老奶奶偏爱，却不是所有有钱人都喜欢的。有一次，他在码头上给一个外省来的茶叶商圆梦卜命，结果是饱受一顿毒打，手脚骨双双被打断不说，连两只蓝色而明亮的眼睛也被灭了一只。他靠断手断足和一只独眼爬到容家门口，容家人以老奶奶亡灵的善心收容了他，然后就一进不出，流落在容家，以他的智识和大彻大悟后有的厌世精神寻得一份称职的事务，就是替这个显贵的家族修订家谱。年复一年地，如今，他比容家任何人都熟悉这个大家族里的枝枝节节，过去现在，男人女人，明历暗史，兴衰荣枯，以及环环之间的起承转换、瓜瓜葛葛，无不在他的心底笔头。所以，死鬼是何许人，哪条根的哪只瓜，这只瓜是臭是香，是明的还是暗的，贵的贱的，荣的辱的，旁人或许云里雾里，而他是心知肚明的。也正因心知肚明，所以这名或号就显得越发地难拿。

洋先生思忖，冠名得先要有姓，姓什么？照理他该姓林，但这有点哪壶不开提哪壶的意思，是倒人胃口的；姓容，那是隔代又越轨的事，扒不着边的；随他生身之母姓，无名女子又哪来的姓？即便有也是姓不得的，那分明是把已埋在地下的屎挖出来往容家人脸上贴，岂不是遭骂！思来想去，冠名的想头是断绝了，只想给他捏个贴切的号算了。洋先生端详着孩子斗大的脑袋，想他生来无爹无娘的悲苦，和必将自生自灭的命运，突然灵机一动，报出一个号：大头虫。

事情传到佛堂里，念经的人一边闻着香烟一边思考着说：

“虽说都是煞星，但大头鬼克死的是我容家大才女，所以叫他鬼是最合适不过的。但这小东西克死的是个世间最不要脸的烂女人，她胆敢亵渎佛主，真正是罪该万死，该遭天杀！克死她是替天行道，为人除恶，叫他鬼是有些埋冤了他，那么以后就喊他大头虫好了，反正肯定不会是一条龙的。”

大头虫！

大头虫！

大头虫像一条虫一样地生。

大头虫！

大头虫！

大头虫如一根草一样地长。

偌大的院子里，真正把大头虫当人看、当孩子待的大概只有一个人，就是来自大洋彼岸的落魄人洋先生。他在完成每日一课的晨读和午休后，经常顺着一条卵石铺花的幽径，漫步来到老仆人夫妇屋里，到站在木桶里的大头虫边坐上一会儿，抽一袋烟，用他母语讲述着自己夜里做过的梦——好像是讲给大头虫听的，其实只能是自己听，因为大头虫还听不懂。有时候，他也会给大头虫带来个铃铛或者泥人蜡像什么的，等等这些似乎使大头虫对他产生了深厚感情。后来，等大头虫的脚力可以使他甩手甩脚地出门时，他最先独自去的地方就是洋先生起居工作的梨园。

梨园，顾名思义，是有梨树的，是两棵百年老古的梨树，园中还有一栋带阁楼的小木屋，曾经是容家人贮藏鸦片和药草的地方。

有一年间，一女婢莫名失踪，先以为是跟哪个男人私奔了，后又在这小屋里发现了她腐烂的尸骨。女婢的死因不得而知，但死讯赫赫地不胫而走，闹得容家上下无人不知。从那以后，梨园便成了鬼地和阴森可怖的象征，人人谈起色变，孩子胡闹，大人往往这样威胁：再胡闹把你丢到梨园去！洋先生就是靠着这份虚怯的人心，享受着独门独院的清静和自在。梨花开的时候，看着灿烂如霞的梨花，闻着扑鼻赏心的花香，洋先生深信，这就是他历尽艰辛、漂泊一生寻觅的地方。梨花谢的时候，他把败落的梨花拾拣起来，晒干，置于阁楼上，这样屋子里长年都飘着梨花的香气，有点四季如春的感觉。肠胃不舒畅时，他还用干梨花泡水喝，喝了肠胃就舒坦了，灵验得很。

大头虫来过一次后，就天天来，来了也不说话，只立在梨树下，目光跟着洋先生的身影动，默默地，怯怯地，像只迷惊的小鹿。因为自小在木桶中站立，他开步走路的时间比一般孩子都早。但开口说话却比谁都迟，两岁多了，同龄的孩子已经会诵五言七律了，他还只会发驾——驾——的单音。他失常的哑口一度使人怀疑他是个天生的哑巴，但是有一天，洋先生在竹榻上午休时，突然听到有人在悲悲戚戚地喊他：

“大地——”

“大地——”

“大地……”

在洋先生听来，这是有人在用母语喊他爹爹。他睁开眼，看见大头虫立在他身边，小手拉着他衣襟，泪眼汪汪的。这是大头虫第一次开口喊人，他把洋先生当做他亲爹，现在亲爹死了，于是他哭了，哭着喊他活过来。从这天起，洋先生把大头虫接到梨园来一起住了，几天后，年届八旬的洋先生在梨树上做了架秋千，作为大头虫三岁生日的礼物送给他。

大头虫在梨花的飘落中长大。

八年后，在一年一度的梨花飞舞的时节，洋先生白天迎着飞舞的梨花，在蹒跚的步履中精心斟酌着每一个用词，晚上又把白天打好的腹稿付诸墨纸，几天后落成了一封写给省城老黎黎之子小黎黎的书信。信在抽屉里又搁了一年有余，直到老人分明预感到来日有限时，才又拿出来，落上时间，差大头虫把它送上邮路。由于战火的关系，小黎黎居无定所，行无规矩，信在几十天后才收到。

信上这样写道：

尊敬的校长先生：

健安！

我不知给您去信是不是我迂顽一生中犯下的最后一个错误。因为担心是个错误，也因为我想和大头虫尽量地多相处一天，所以我不会即日便寄出此信。信上路的时日，必是我临终的前夕，这样即使是错误，我也将幸免于责难。我将以亡灵的特权拒绝世间对我的任何责难，因为我在世间所遭的责难已足够的多和深。同时，我还将以亡灵洞察世间特有的目光注视您对我信中所言的重视程度，以及落实情况。从某种意义上说，这无异是我的遗书，我在这片人鬼混居的土地上已活过长长的将近一个世纪，我知道你们对待死人的恭敬和对待活人的刻薄是一样的令人叹服的。所以，我基本上相信您不会违逆我的遗愿。

遗愿只有一个，是关于大头虫的，这些年来我是他实际意义上的监护人，而日益临近的丧钟声告诉我，我能监护的时日委实已不多，需另有人来监护。现在，我恳求您来做他以后的监护人。我想，您起码有三个理由做他的监护人：

1. 他是由于您和您父亲（老黎黎）的善心和勇气才有幸降临人世的；

2. 无论如何他是你们容家的后代，他的祖母曾经是您父亲在人间的最爱和至珍；

3. 这孩子天资极其聪颖。这些年来，我就像发现一块陌生的土地那样，一点一点地被他身上梦一样的神秘智慧所震惊所迷惑。除了待人有些孤僻和冷漠外，我认为他和他祖母没有什么两样，两人就如两滴水一样的相像，天智过人，悟性极高，性格沉静有力。阿基米德说，如果给他一个支点，他可以把地球撬动，我坚信他是这样一个人。但现在他还需要我们，因为他才十二虚岁。

尊敬的人，请相信我说的，让他离开这里，把他带去您的身边生活，他需要您，需要爱，需要受教育，甚至还需要您给他一个真正的名字。

恳求！

恳求！

是一个生者的恳求。

也是一个亡灵的恳求。

垂死者 R·J

铜镇，一九四四年六月八日

02

一九四四年的N大学和N大学所在的省城C市是多灾多难的，首先是遭到了战火的洗礼，然后又受日伪政府蹂躏，城市和城市里的人心都有了巨大变化。当小黎黎收到洋先生信时，猛烈的战火是平息了，但由虚伪的临时政府衍生出来的各种混乱局面却达到了无以复加的地步。此时老黎黎已去世多年，随着父亲余威的减弱，加上对伪政府的不合作态度，小黎黎在N大学的地位已出现难以逆转的动摇。伪政府对小黎黎本是器重有加的，一个他是名人，具有他人没有的利用价值；二个他们容家在国民政府手头是受冷落的，也是容易被利用的。所以，伪政府成立之初，便慷慨地给时任副校长的小黎黎下了份正校长的任命状，以为这样足以收买小黎黎。没想到，小黎黎当众将任命状对开撕掉，并留下一句铿锵壮语——

亡国之事，我们容家人宁死不从！

结果可想而知，小黎黎赢得了人心，却失去了官职。他本来早就想去铜镇避避伪政府讨厌的嘴脸，其中包括校园里盛行一时的人事和权力之争，洋先生的来信无疑使他加快了行程。他在反复默念着洋先生的信中走下轮船，一眼看见立在缥缈风雨中的管家。管家迎上来向他道安，他唐突地发问：

“洋先生好吗？”

“洋先生走了。”管家说，“早走了。”

小黎黎心里咯噔一下，又问：

“那孩子呢？”

“老爷问的是谁？”

“大头虫。”

“他还在梨园。”

在梨园是在梨园，但在干什么是少有人知道的，因为他几乎不出那个园子，旁的人也不去那里。他像个幽灵，都知道他在院子里，却难得看到他人影。此外，在管家的口里，大头虫几乎可以肯定是个哑巴。

“我还没有从他嘴巴听懂过一句话。”管家说，“他很少开口说话，就是开了口，说的话也是跟哑巴一样，没人听得懂。”

管家又说，院子里的下人都在说，洋先生死前曾跟当家的三老爷磕过头，为的就是让大头虫在他死后继续待在梨园里，不要将他扫地出门。又说，洋先生还把他私藏几十年的金币都留给了大头虫，现在大头虫大概就靠这些金币生活着，因为容家并没有支付给他生活必需的钱粮。

小黎黎是第二天晌午走进梨园的，雨止了，但接连几天来的雨水已把园子浸得精湿，脚步踩在湿软的泥土上，脚印凹下去，深得要弄脏鞋帮。但眼前，小黎黎看不见一只人的脚印，树上的蜘蛛网都是空的，蜘蛛都避雨躲到了屋檐下，有的则在门前张了网，要不是烟囱正冒着烟，还有砧板上刀切的声音，他想不出这里还住有人。

大头虫正在切红薯，锅里滚着水，有很少的米粒像蝌蚪一样上蹿下跳着。对小黎黎的闯入，他没有惊奇，也没有愠怒，只是看了他一眼，然后继续忙自己的，好像进来的是刚出去的——他爷爷？或者一只狗。他的个子比老人想的要小，头也没传说的那么大，只是头盖显得有些高尖，像戴顶瓜皮帽似的——也许是因为高尖才显得不大。总之，从生相上看，小黎黎不觉得他有什么过人之处，相比之下他冷漠、沉静的神色和举止倒给人留下了深刻印象，有点少年老成的寡淡。屋子是一间拉通的，一眼看得见一个人起居的全部和质量，烧、吃、住都是简陋到头的，唯一像样的是以前药草房留下的一排药柜子，一张书桌，和一把太师椅。书桌上摊开着一卷书，是大开本的，纸张透露出古老的意味。小黎黎合起书看了看封面，居然是一册英文版的《大不列颠百科全书》。小黎黎放回书，疑惑地看着孩子，问：

"这是你在看吗？"

大头虫点点头。

"看不看得懂？"

大头虫又点点头。

"是洋先生教你的？"

对方还是点点头。

"你老是不开口，难道真是哑巴？"小黎黎说，声音里带点儿指责的意思，"如果是的就跟我再点个头，如果不是就对我开口说话。"为了怕他听不懂国语，小黎黎还用英语重复了这段话。

大头虫走到灶边，把切好的红薯倒入开水里，然后用英语回答说他不是哑巴。

小黎黎又问他会不会说国语，大头虫用国语回答说会的。

小黎黎笑了笑，说："你的国语说得跟我的英语一样怪腔怪调，大概也是跟洋先生学的吧？”

大头虫又点点头。

小黎黎说：“不要点头。”

大头虫说：“好的。”

小黎黎说：“我已多年不说英语，生疏了，所以你最好跟我说国语。”

大头虫用国语说：“好的。”

小黎黎走到书桌前，在太师椅上坐下，点了支烟，又问：

“今年多大了？”

“十二。”

“除了教你看这些书，洋先生还教过你什么？”

“没有了。”

“难道洋先生没教你怎么圆梦？他可是出名的圆梦大师。”

“教了。”

“学会了吗？”

“会了。”

“我做了个梦，给我圆一下可以吗？”

“不可以。”

“为什么？”

“我只给自己圆梦。”

“那你给我说说看，你梦见了什么？”

“我什么都梦见了。”

“梦见过我吗？”

“见过。”

“知道我是谁吗？”

“知道。”

“谁？”

“容家第八代后代，生于一八八三年，排行廿一，名容小来，字东前，号泽土，人称小黎黎，乃N大学创始人老黎黎之子。一九〇六年毕业于N大学数学系，一九一二年留学美国，获麻省理工大学数学硕士学位，一九二六年回N大学从教至今，现任N大学副校长、数学教授。”

“对我很了解嘛。”

“容家的人我都了解。”

“这也是洋先生教的？”

“是。”

“他还教过你什么？”

“没有了。”

“上过学吗？”

“没有。”

“想上学吗？”

“没想过。”

锅里的水又沸腾起来，热气弥漫着屋子，夹杂着食熟的香气。老人站起身来，准备去园子走走。孩子以为他要走，喊他留步，说洋先生有东西留给他。说着走到床前，从床底下摸索出一个纸包，递给他说：

“老爹爹说过的，老爷要来了，就把这送给您。”

“老爹爹？”老人想了想，“你是说洋先生吧？”

“是。”

“这是什么？”老人接过纸包。

“老爷打开看就知道了。”

东西被几张泛黄的纸张包裹着，看起来不小，其实是虚张声势的，散开纸包，露出的是一尊可以用手握住的观音像，由白玉雕刻而成，眉心里镶着一颗暗绿的蓝宝石，仿佛是第三只眼。小黎黎握在手上端详着，顿时感觉到一股清爽的凉气从手心里往他周身漫溢，暗示出白玉品质的上乘。雕刻的手艺也是精湛的，而沉浸在手艺中的法度透露出的是它源远流长的历史。几乎可以肯定，这是件上好的藏品，把它出手利禄是匪浅的。老爷掂量着，望着孩子，沉吟道：

“我与洋先生素无交道，他为何要送贵物与我？”

“不知道。”

“知道吧，这东西很值钱的，还是你留着吧。”

“不。”

“你自幼受洋先生厚爱，情同亲人，它应该是你的。”

“不。”

“你比我更需要它。”

“不。”

“莫非是洋先生怕你卖不好价钱，托我代你把它出售？”

“不。”

正这么说着时，老爷的目光无意间落到外包纸上，见上面记满了演算的数字，一遍一遍的演算，好像在算一个复杂的数目。把几张纸全铺开来看，都是一样的，是一道一道的算术题。话题就这样转换了，老爷问：

“洋先生还在教你算术？”

“没有。”

“这是谁做的？”

“我。”

“你在做什么？”

“我在算老爹爹在世的日子……”

03

洋先生的死亡是从喉咙开始的，也许是对他一生热衷于圆梦事业的报复吧，总的说，他的一生得益于巧舌如簧的嘴巴，也祸害于这张游说于阴阳间的乌鸦嘴。在给小黎黎酝酿遗书之前，他基本上已经失声无语，这也使他预感到死期的来临，所以才张罗起大头虫的前程后事。在一个个无声的日子里，每天早上，大头虫总是把一杯随着季节变化而变化着浓淡的梨花水放在他床头，他在淡约的花香中醒来，看见白色的梨花在水中袅袅伸张、荡漾，心里会感到平静。这种土制的梨花水曾经是他驱散病症的良药，他甚至觉得自己之所以能活出这么一把高寿，靠的就是这简单的东西。但当初他收集这些梨花，完全是出于无聊，抑或是梨花炫目的洁白和娇柔吸引并唤醒了他的热情，他收集起它们，把它们晾在屋檐下，干爽了，放在床头和书桌上，闻它们的干香的同时，似乎也把花开的季节挽留在了身边。

因为只有一只眼，腿脚又不灵便，每天在枯坐静坐中度过，渐渐地他不可避免地有了便秘的忧患，严重时令他徒有生不如死的感觉。那年入冬，便秘的毛病又发作了，他沿用往常的办法，早晨醒来后猛灌一大碗生冷的凉开水，然后又接连地灌，企盼迎来一场必要的肠绞腹痛。但这次便秘似乎有些顽固，几天过去，凉开水下去一杯又一杯，肚子里却迟迟不见反应，静若止水的，令他深感痛苦和绝望。这天晚上，他从镇上拣草药回来，趁着黑就把出门前备好的一碗凉水一饮而尽。因为喝得快，到最后他才觉出这水的味道有些异怪，同时还有一大把烂东西随水一道冲入胃肚里，叫他顿生蹊跷。点了油灯看，才发现碗里堆满被水泡活的干梨花，不知是风吹落进去的，还是耗子捣的乱。之前，他还没听说这干梨花是可以饮用的，他忐忑不安地等待着由此可能引发的种种下场，甚至连死的准备也作好了。但是不等他把第一道草药水熬出来，他就感到小腹隐隐地生痛，继而是一种他梦寐以求的绞痛。他知道，好事情来了，在一阵激烈的连环响屁后，他去了茅房，出来时人已备感轻松。

以往，轻松之时也是肠炎的开始之刻，便秘通畅后，往往要闹上一两天的腹泻，有点物极必反的意思。而这次却神秘地走出了怪圈，通了就通了，没有派生任何不适或不正常的症状，神秘之余，梨花水的形象在他心中亲热地凸现出来。事情偶然又错误地开始，而结果却变成了命运的巧妙安排。从那以后，他开始每天像人们泡茶喝一样地泡梨花水喝，并且越喝越觉得它是个好东西。梨花水成了命运对他的恩赐，让他孤寂老弱的生命平添了一份迷恋和日常。每年梨花开时，他总是感到无比充实和幸福，他收集着一朵朵香嫩的梨花，像在收集着自己的生命和健康一样。在弥留之际，他每天都做梦，看见梨花在阳光下绽放，在风雨中飘落，暗示出他是多么希望上帝在把他生命带走的同时，也把梨花随他一同带走。

一天早晨，老人把大头虫喊到床前，要了纸笔，写下这样一句话：

我死后希望有梨花陪我一起入殓。

到了晚上，他又把大头虫喊到床前，要了纸笔，写出了他更准确的愿望：

我在人世八十九载，一年一朵，陪葬八十九朵梨花吧。

第二天清早，他再次把大头虫喊到床前，要了纸笔，进一步精确了他的愿望：

算一算，八十九年有多少天，有多少天就陪葬多少朵梨花。

也许是对死亡的恐惧或想念把老人弄糊涂了，他在写下这个精确得近乎复杂的愿望时，一定忘记自己还从未教大头虫学过算术呢。

虽然没学过，但简单的加减还是会的。这是生活的细节，日常的一部分，对一个学龄孩童来说，不学也是可以无师自通的。从一定角度讲，大头虫也是受过一定的数数和加减法训练的，因为在每年梨花飘落的季节里，洋先生把落地的梨花收拾好后，会叫大头虫数一数，数清楚，记在墙上，改天又叫他数，累记在墙上。就这样，一场梨花落完了，大头虫数数和加减法的能力，包括个、十、百、千、万的概念都有了一定训练，不过也仅此而已。而现在他就要靠这点有限的本领，和洋先生早已亲自拟定的碑文——上面有他详细的出生时间和地点——演算出他老爹爹漫长一生的天数。由于本领有限，他付出了超常多的时间，用整整一天才大功告成。在微暗的天色中，大头虫来到床前，把他刻苦演算出来的结果告诉老爹爹，后者当时已连点头的气力都没了，只是象征性地捏了下孩子的手，就最后一次闭了眼。所以，大头虫到现在也不知道他到底有没有算对，当他注意到老爷在看他演算草稿时，他第一次感到这个人与他的关系，对他的重要，因而心里变得紧张、虚弱。

演算草稿总共有三页，虽然没有标页码，但小黎黎把它们一一铺开看后，马上就知道哪是第一页。第一页是这样的：

一年：365（天）

二年：365
+365
730（天）

三年：730
+365
1095（天）

四年：1095
+365
1460（天）

五年：1460
+365
1825（天）

……

看着这些，小黎黎知道大头虫是不懂乘法的。不懂乘法，似乎也只能用这笨办法了。就这样，他一年年地累加，一直加了 89 遍 365，得出一个 32485（天）的数目。然后他又用这个数目去减去一个 253（天），最终得到的数字是：32232（天）。

大头虫问："我算对了吗？"

小黎黎想，这其实是不对的，因为这 89 年中并不是年年都是 365 天。365 天是阳历的算法，四年是要出一个闰月的，有闰月的这年叫闰年，实际上是 366 天。但他又想，这孩子才 12 岁，能把这么大一堆数字正确无误地累加出来已很不简单。他不想打击他，所以说是对的，而且还由衷地夸奖他：

"有一点你做得很好，就是你采用周年的算法，这是很讨巧的。你想，如果不这样算，你就得把一头一尾两个不满的年份都一天天地去数，现在这样你只要数最后一年就可以了，所以要省事多了。"

"可现在我还有更简单的办法。"大头虫说。

"什么办法？"

"我也不知道叫什么办法，你看嘛。"

说着，大头虫去床头又翻出几页草稿纸给老爷看。

这几页纸不论是纸张大小、质地，还是字迹的浓淡，都跟刚才几页明显不一，说明不是同一天留下的。大头虫说，这是他在安葬了老爹爹后做的。小黎黎翻来看，左边是老一套的加法演算式，而右边却列出了个神秘的演算式，如下：

一年：365（天）　　　　365

$$\begin{array}{r} 365 \\ \cdot 1 \\ \hline 365 \end{array}$$

365（天）

两年：365	365
+365	· 2
730（天）	730（天）
三年：730	365
+365	· 3
1095（天）	1095（天）
……	……

不用说，他表明的神秘的 · 法演算式实际就是乘法，只不过他不知道而已，所以只能以他的方式表明。如此这般，一直对比着罗列到第 20 年。从第 21 年起，两种算式的前后调了个头，变成神秘的 · 法在前，加法在后，如下：

21 年：365	7300
· 21	+365
7665（天）	7665（天）

在这里，小黎黎注意到，用 · 法算出来的 7665 的数字是经涂改过的，原来的数字好像是 6565。以后每一年都如此，· 法在前面，加法在后面，与此同时用 · 法算出来的数字不时有被涂改的迹象，更改为加法算出来的和数，而前 20 年（1 ～ 20 年）· 法下的数字是未曾涂改过的。这说明两点：

1．前 20 年他主要是用加法在计算，用 · 法算是照样画葫芦，不是完全独立的，而从第 21 年起，他已经完全在用乘法演算，加法列出来只是为了起验证作用；

2. 当时他对乘法规律尚未完全把握好，不时地还要出错，所以出现了涂改现象。但后来则少有涂改，这又说明他慢慢已把乘法规律掌握好了。

这样一年一年地算到第 40 年时，突然一下跳到第 89 年，以·法的方式得到一个 32485（天）的数字，然后又减去 253（天），便再次得到 32232（天）的总数。他用一个圆圈把这个数字圈起，以示醒目，独立地凸现在一群数的末端。

然后还有一页草稿纸，上面的演算很乱，但老爷一看就明白他这是在推敲、总结乘法规律。规律最后被清清楚楚地列在这页纸的下端，老爷看着，嘴里不禁跟着念出声来——

一一得一

一二得二

一三得三……

二二得四

二三得六

二四得八……

三三得九

三四十二

三五十五

三六十八……

念出来的就是一道无误的乘法口诀。

完了，老爷默然又茫然地望着孩子，心里有一种盲目的、陌生的不真实之感。静寂的屋子里似乎还回荡着他念诵乘法口诀的余音，他出神地聆听着，内心感到了某种伸展开来的舒服和热诚。这时候，他深刻地预感到自己要不把孩子带走已经不可能。他对自己说，在战争连绵不绝的年代，我任何不切实际的善举都可能给自己带来意想不到的麻烦，但这孩子是个天才，如果我今天不带走他，也许是要悔恨一辈子的。

暑假结束前，小黎黎收到省城发来的电报，说学校已恢复教学，希望他尽快返校，准备开学的事。拿着电报，小黎黎想，校长可以不当，但学生不能不带，于是喊来管家，吩咐给他准备走的事，末了还给了他几张钞票。后者道着谢，以为是老爷给他的赏钱。

老爷说："这不是给你的赏钱，是要你去办事情的。"

管家问："老爷要办什么事？"

老爷说："带大头虫去镇上做两套衣服。"

管家以为是自己听错了话，愣在那儿。

老爷又说："等这事情办好了，你就可以来领赏钱了。"

几日后，管家办好事情来领赏钱时，老爷又说："去帮大头虫准备一下，明天随我一道走。"

不用说，管家又以为自己听错了，愣在那儿。

老爷不得不又说了一遍。

第二天早上，天刚蒙蒙亮，容家院子里的狗突然狂吠起来。狗叫声此起彼又起的，很快连成一片，把容家的主人和仆人都从床上拉起来，躲在窗洞后面窥视外面。凭着管家手里擎的灯笼，窗洞里的眼睛都惊异地睁圆了，因为他们看见大头虫穿着一身周正的新衣服，提着一只洋先生漂洋过海带来的牛皮箱，默默无声又亦步亦趋地跟着老爷，畏畏惧惧的，像煞一个刚到阳间的小鬼。因为惊异，他们并不敢肯定自己看到的事情是真的，直到管家送完人回来，从管家的口中他们才肯定自己看到的一切是真的。

真的疑问就更多，老爷要带他去哪里？老爷带他去干什么？大头虫还回来吗？老爷为何对大头虫这么好？等等等等。对此，管家的回答分两种——

对主人是说："不知道。"

对仆人是骂："鬼知道！"

04

马是把世界变小的，船是把世界变大的，汽车则把世界变成了魔术。几个月后，日本鬼子从省城开拔到铜镇，打头的摩托队只用了几个小时。这也是汽车第一次出现在省城到铜镇的路上，它的神速使人以为老天行了愚公之恩，把横亘在省城与铜镇两地间的几脉山移走了。以前，两地间最快的交通工具是马，选匹好的跑马，加加鞭，通常七八个钟头可以跑个单程。在十年前，小黎黎通常是靠马车往返两地间的，虽说马车没有跑马快，但路上赶一赶，基本上也可以做到**晨启夜至**。如今，年届花甲，吃不消马车的颠簸，只好坐船了。这次出门，小黎黎是坐了两天两夜的船才到铜镇的，回去是下水，要不了这么久，但少说也得一天一夜。

自上船后，老人就开始为孩子的名姓问题着想，但等船驶入省城的江面，问题还是没有着落。问题去碰了，才知道这问题真是深奥得很。事实上,老人遇到的是当初洋先生为孩子取名时相同的难处，可以说时间又走进了历史里。思来想去，老人决定把这一切都抛开，单从孩子生在铜镇、长在铜镇这一点出发，拟定了两个不免牵强的名字：一个叫金真，一个叫童真，让孩子自己做主选一个。

大头虫说："随便。"

小黎黎说："既然这样我来替你定，就叫金真吧，好不好？"

大头虫答："好的，就叫金真吧。"

小黎黎说："但愿你日后做个名副其实的人。"

大头虫答："好的，做个名副其实的人。"

小黎黎说："名副其实，就是要你将来像块金子一样发光。"

大头虫答："好的，像金子一样发光。"

过了一会儿，小黎黎又问："你喜欢金真这名字吗？"

大头虫答："喜欢。"

小黎黎说："我决定给你改个字，好不好？"

大头虫说："好的。"

小黎黎说："我还没说改什么字呢，你怎么就说好？"

大头虫问："改什么字？"

小黎黎说："'真'，把'真'字改成'珍'，珍珠的'珍'，好不好？"

大头虫答："好的，珍珠的'珍'。"

小黎黎说："知道我为什么要给你改这个字吗？"

大头虫答："不知道。"

小黎黎问："想知道吗？"

大头虫说："因为……我不知道……"

其实，小黎黎所以改这个字是出于迷信。在铜镇甚至江南一带，民间有种说法：男人女相，连鬼都怕。意思是男人生女相，既阳又阴，**阴阳相济**，刚中带柔，极易造就一个男人变龙成虎，做人上人。因此，民间派生出各式各样指望阴阳相济的方式方法，包括取名字，有些望子成龙的父亲刻意给儿子取女人名，以期造就一个大男人。小黎黎想这样告诉他，又觉得不合适，犹豫一会儿，挂在嘴边的话又被犹豫回了肚里，最后只是敷衍地说："行，那就这么定了，就叫金珍，珍珠的'珍'。"

这时，省城C市的景象已依稀可见。

船靠码头后，小黎黎叫了辆黄包车走，却没有回家，而是直接去了水西门高级小学，找到校长。校长姓程，曾经是N大学附中的学生，小黎黎在N大学读书期间，包括后来留校教学的头些年，经常去附中讲课，程因为生性活泼，有地下班长之称，给小黎黎留下不浅的印象。中学毕业后，程的成绩本是可以升入大学部的，但他迷上了北伐军的制服和装备，扛着一杆枪来跟小黎黎作别。第二年的隆冬时节，程还是穿着一样的北伐军制服来见小黎黎，却已经没了枪，仔细看不单是枪没了，连扛枪的手都没了，袖管里空空的，像只死猫一样，瘪瘪地倒挂着，看起来有点怪怪的可怕。小黎黎别扭地握着他仅有的一只手——左手，感觉到还是完整有力的，问他能不能写字，回答是会的。就这样，小黎黎把他介绍到刚落成的水西门高级小学吃了碗教书匠的饭，从而使后者日渐困难的生活转危为安。因为只有一只手，程在当老师期间就被人叫做一把手，如今当了校长，可谓是名副其实的一把手了。就在几个月前，小黎黎还和老夫人曾到这里来避过战乱，住在一间以前是木工房的工棚里。这天，小黎黎见到一把手，说的第一句就是问：

"我住过的那间木工房还空着吗？"

"还是空着的，"一把手说，"只放了些篮球和皮球在那儿。"

小黎黎说："那好，就把他安排在那儿住吧。"手指着大头虫。

一把手问："他是谁？"

小黎黎说："金珍，你的新学生。"

从这天起，大头虫就再也没人喊他大头虫的，喊的都是金珍。

金珍！

金珍！

金珍是大头虫在省城和以后一系列开始的开始，也是他在铜镇的结束和纪念。

随后几年的情况，小黎黎的长女容因易提供的说法是最具权威的。

05

在N大学，人们称容女士都叫先生，容先生，不知是出于对她父亲的缅怀，还是由于她本人独特的经历。她终生未嫁，不是因为没有爱情，而是因为爱得太深太苦。据说，她年轻时有过一个恋人，是N大学物理系的高材生，精通无线电技术——一个晚上可以安装一台三波段的收音机。抗战爆发那年，作为C市抗日救国中心的N大学，几乎每月都有成群的人弃笔从戎，热血沸腾地奔赴前线，其中就有容先生心爱的人。他从戎后，头几年与容先生一直有联络，后来音讯日渐稀落，最后一封信是一九四一年春天从湖南长沙寄出的，说他现在在军队从事机密工作，暂时要同亲朋好友中断联络。信中他一再表示，他依然钟爱着她，希望她耐心等他回来，最后一句话说得既庄严又动情：**亲爱的，等着我回来，抗战胜利之日即为我们成婚之时！**然后容先生一直耐心地等着，抗战胜利了，全国解放了，都没回来，死讯也没有见到。直到一九五三年，有人从香港回来，给她带回一个音讯，说是他早去了台湾，而且已经结婚生子，让她自己组织家庭。

这就是容先生十几年身心相爱的下场，可悲的下场，对她的打击之深、后患之重，是不言而喻的。十年前，我去N大学采访时，她刚从数学系主任位置上退下来。我们谈话是从挂在客厅里的一张全家福照片开始的，照片上有五个人，前排是小黎黎夫妇，是坐着的，后排站在中间的是容先生，二十来岁的样子，留着齐肩短发；左边是她弟弟，戴副眼镜；右边是她小妹，扎着羊角辫，看上去才七八岁。照片摄于一九三六年夏天，当时容先生弟弟正准备去国外留学，所以拍了这张照片作纪念。由于战乱关系，她弟弟直到抗战胜利后才回国，那时候家里已少一个人，也多一个人。少的是他小妹，被年前的一场恶病夺去了年轻生命，多的就是金珍，他是在小妹去世不久，也就是那个暑假里走进这个家庭的。容先生说——

【容先生访谈实录】

小妹就是那年暑假去世的，才十七岁。

在小妹去世前，我和母亲都不知道金珍这个人，父亲把他像秘密一样藏在水西门小学的程校长那里。因为程校长跟我们家里少有往来，所以父亲虽然想对我们保密这人，但并没有叮嘱他不能对我们说。然后有一天，程校长来我家，他不知从哪儿听说小妹去世的消息，是来表示慰问的。刚好那天父亲和我都没在家，是母亲一个人接待他的，两人谈着谈着就把父亲的秘密泄露了。回头母亲问父亲是怎么回事，父亲于是将孩子的不幸、聪颖的天资、洋先生的请求等，前前后后的都说了个大致。也许母亲当时心里的悲伤本来就是一触即发的，听了孩子不幸的遭遇后，恻隐得泪流满面的。她跟父亲说：因芝（小妹）走了，家里有个孩子对我是个安慰，就把他接回家里来住吧。

就这样，珍弟进了我家——珍弟就是金珍。

在家里，我和母亲都喊金珍叫珍弟，只有父亲喊他叫金珍。珍弟喊我母亲叫师娘，喊父亲叫校长，而喊我叫的是师姐，反正都喊得不伦不类的。其实按辈分讲，他是我的晚辈，该喊我叫表姑什么的。

说实话，刚来的时候，我对珍弟并不喜欢，因为他对谁都从来没笑脸的，也不说话，走路蹑手蹑脚，跟个幽灵似的。而且还有很多坏习惯，吃饭的时候经常打嗝，还不讲究卫生，晚上不洗脚，鞋子脱在楼梯口，整个饭厅和楼道里都有股酸臭味。那时我们住的是爷爷留下的房子，是栋西式小洋楼，但楼下我们只有一个厨房和饭厅，其余都是人家在住。所以，我们人都住在楼上，每次我下楼来吃饭，看到他臭烘烘的鞋子，又想到他在饭桌上要打嗝，胃口就要减掉一大半。当然鞋子问题很快解决了，是母亲跟他说的，说了他就注意了，天天洗脚和洗袜子的，袜子洗得比谁都干净。他生活能力是很强的，烧饭，洗衣，用煤球生火，甚至针线活都会，比我都能干。这当然跟他经历有关，是从小锻炼出来的。但是打嗝的毛病，有时还打屁，这问题老改不掉。事实上也是不可能改掉的，因为他有严重的肠胃病，所以他人总是那么瘦弱。父亲说他的肠胃病是从小跟洋先生喝梨花水喝出来的，那东西老年人喝可能是药，能治病，小孩子怎么能喝？说真的，为了治肠胃病，我看他吃的药比粮食还要多，他每顿顶多吃一小碗米饭，胃口没一只猫大，而且没吃两口就开始嗝上了。

有一次，珍弟上厕所忘记锁门，我不知道又进去，可把我吓一大跳。这件事成了我向他发难的导火线，我跟父亲和母亲强烈要求让他回学校去住。我说就算他是我们亲人，但也不一定非要住在家里，学校里寄宿生多的是。父亲先是没吭声，等母亲说。母亲说，刚来就叫走，不合适的，要走也等开学再说。父亲这才表态，说好吧，等开学还是让他回学校住。母亲说，星期天还是叫他回来，应该让他想到，这里是他的家。父亲说好的。

事情就这么定了。

但后来事情又变了——（未完待续）

是暑假后期的一个晚上，在饭桌上，容先生谈起白天报纸上看到的消息，说去年全国很多地方都出现史上少见的旱灾，现在有些城市街头的叫花子比当兵的还多。老夫人听了，叹着气说，去年是双闰年，历史上这样的年头往往是大灾之年，最遭孽的是老百姓。金珍一向是很少主动说话的，为此老夫人说什么总是照顾他，想把他拉进谈话中，所以特意问他知不知道什么是双闰年。看他摇头，老夫人告诉他，双闰年就是阳历和阴历都是闰年，两个闰年重到一起了。看他听得半懂不懂的，老夫人又问他：

"你知道什么叫闰年吗？"

他还是摇头，没吱声。他这人就是这样，只要能不开口表明意思，一般是不出声的。然后老夫人又把闰年的知识给他讲解一番，阴历的闰年是怎么的，阳历又是怎么的，为什么会出现闰年，等等，讲了一通。完了，他像傻了似的盯着小黎黎，好像是要他来裁定一下老夫人说的到底对不对。

小黎黎说："没错的，是这样的。"

"那我不是算错了？"金珍涨红着脸问，样子要哭似的。

"算错什么？"小黎黎不知他说什么。

"老爹爹的寿数，我都是按一年 365 天算的。"

"是错了……"

小黎黎话还没说完，金珍就嚎啕大哭起来。

哭得简直收不了场，几个人怎么劝都没用，最后还是小黎黎，非常生气地拍桌子呵斥他才把他呵住。哭是喝住了，但内心的痛苦却变得更强烈，以至双手像着魔似的在使劲地掐自己大腿。小黎黎责令他把手放在桌上，然后用非常严厉的口气对他说，但话的意思明显是想安慰他。

小黎黎说："哭什么哭！我话还没说完呢，听着，等我把话说完，你想哭再哭吧。"

小黎黎说："我刚才说你错，这是从概念上说的，是站在闰年的角度来说的。但从计算上说，到底有没有错现在还不能肯定，要通过计算来证实，因为所有的计算都是允许有误差的。"

小黎黎说："据我所知，精确地计算，地球围绕太阳转一圈的时间应该是 365 天零 5 小时 48 分 46 秒，为什么要有闰年？就因为这个原因，用阳历的算法每年要多 5 个多小时，所以阳历规定四年一闰，闰年是 366 天。但是，你想一想，你算一算，不论是一年用 365 天来计，还是闰年用 366 天来算，这中间都是有误差的。可这个误差是允许的，甚至没这个误差我们都难以来确定什么。我说这个的意思就是说，有计算就会有误差，没有绝对的精确。"

小黎黎说："现在你可以算一算洋先生一生八十九年中有多少个闰年，有多少个闰年就应该在你原来算的总天数上加上多少天，然后你再算一算，你原来算的总天数和现在新算的总天数中间的误差有多大。一般上几万的数字，计算允许的误差标准是千分之一，超过了千分之一，可以确定你是算错了，否则就该属于合理的误差。现在你可以算一算，你的误差是合理的还是不合理的？"

洋先生在闰年中去世，终年八十九岁，他一生遇到的闰年应该是二十二年，不会多，也不会少。一年一天，二十二年就是二十二天，放在八十九年的三万多天当中，误差肯定要小于千分之一。事实上小黎黎玄玄乎乎地说这么多，目的就是想给金珍找个台阶下，让他不要再自责。就这样，靠着小黎黎的连哄带吓，金珍终于平静下来——

【容先生访谈实录】

后来，父亲跟我们说了洋先生喊他算寿数的来龙去脉，再想想他刚才的失声痛哭，我突然为他对洋先生的孝心有些感动，同时也觉得他性格中有些痴迷又不乏脆弱的东西。以后我们越来越发现，珍弟性格中有很偏执和激烈的一面，他平时一般显得很内向，东西都放在心里，忍着，而且一般都忍得住，有什么跟没什么一样的，暗示他内心具有一般人没有的承受能力。但如果有什么破了他忍受的极限，或者触及了他心灵深处的东西，他又似乎很容易失控，一失控就会以一种很激烈、很极端的方式来表达。这样的例子有不少，比如说他很爱我母亲，就曾为此偷偷写下一份血书，是这样写的：

老爹爹走了，我今后活着，就是要报答师娘。

这是他十七岁那年，生了场大病，在医院住了很长时间，其间我母亲经常到他房间里去拿这取那的，就发现了。是夹在一本日记本的封皮里的，很大的字，一看就看得出是用手指头直接写的，上面没有时间，所以也不知写于何年何月。但肯定不是那一两年里写的，估计是进我家的头一两年里写的，因为那纸张和字迹的成色都显得有段时间。

我母亲是个很和蔼、善良而有亲情的人，到了晚年更是如此。对珍弟，母亲似乎跟他前世结了缘似的，两人从一开始就很投缘，很默契，像亲人间一样的有灵性，有亲情。母亲自珍弟进我家的头天，开口喊的就是珍弟，也不知道她为什么要这么喊，也许是小妹刚死的缘故，她精神上把珍弟当作小妹的转世来想了。自小妹死后，母亲很长时间都没出家门，每天在家里悲伤，经常做噩梦，还常常出现幻觉，直到珍弟来了，母亲的悲伤才慢慢收了场。你也许不知道，珍弟会圆梦的，什么梦都被他说得有名有堂，跟巫师一样的。他还信教，每天用英语读《圣经》，书上的故事能倒背如流。母亲的悲伤最后能比较好又比较快地收场，应该说跟珍弟当时经常给她圆梦、读圣经故事是分不开的。这是两个人的缘分，说不清的。老实说，母亲对珍弟真是好，说什么做什么都是把他当亲人看的，尊重他，关心他。但谁也没想到，珍弟会由此深刻地埋下报答之心，以至偷偷写下血书。我想，这可能是因为珍弟以前没得到过正常的爱，更不要说母爱，母亲所做的一切，一日三餐烧给他吃，给他做衣服，跟他问暖问寒，等等这些都被他放大地看，看在眼里，记在心里，时间长，事情多，他心里一定装了太多的感动，需要用一种方式表达出来，只是他选择的方式太不同寻常，不过也符合他的性格。我认为，如果用现在的话说，珍弟的性格是有点那种幽闭症的。

类似的事情还多，后面再说吧，现在我们还是回到那天晚上的事情上，这事情远还没完呢——（未完待续）

第二天晚上，还是在饭桌上，金珍又重新提起这件事，说因为洋先生一生经历 22 个闰年，因此表面上看他好像少算 22 天，可通过计算他发现实际上只有 21 天。这几乎是一个傻子的结论！既然明确有 22 个闰年，一年一天，明摆是 22 天，怎么会是 21 天？开始包括老夫人在内，都认为金珍走火入魔，神经出问题了。但听金珍具体一说，大家又觉得他说的不是没道理。

是这样的，小黎黎不是说过，出现闰年是因为每年的实际时间是比 365 天要多 5 小时 48 分 46 秒，四年累计是将近 24 个小时，但不是精确的 24 个小时（如果每年多 6 小时才是精确的 24 小时）。那么差额为多少呢？一年是 11 分 14 秒，四年就是**44 分 56 秒**。就是说，当出现一个闰年的时候，时间中已经出现一个虚数——44 分 56 秒。可以说，通过设置闰年或闰日后，我们实际上是人为地抢了 44 分 56 秒时间。洋先生一生经历了 22 个闰年，也就是有 22 个 44 分 56 秒的虚数，加起来等于 16 小时 28 分 32 秒。

不过，金珍指出，现在洋先生的寿数是 32232 天，不是 88 个整年，而是 88 个整年零 112 天，这零出来的 112 天事实上是没进入闰年计算的，也就是它的每一天不是以精确的 24 小时来计的，精确地说它每一天比 24 小时要多近一分钟，112 天是多 6420 秒，即 1 小时 47 分。这样，必须在 16 小时 28 分 32 秒的基础上减掉 1 小时 47 分，产生的余额：**14 小时 41 分 32 秒**，才是洋先生一生真正存在的时间虚数。

然后金珍又说，据他所知，洋先生是中午出生的，去世时间是晚上九点来钟，这一始一末，少说有 10 个小时的虚数，加上刚才说的 14 小时 41 分 32 秒，怎么说都可以算一天，也就是有一天的虚数。总之，他完全跟闰年或闰日这玩意儿较上劲了。从某种意义说，是闰日这东西让他对洋先生寿命天数的计算出现了 22 天的误差，现在他又在闰日头上大做文章，硬是精确地减掉了一天。

容先生说，这件事情使她和父亲都大吃一惊，觉得这孩子的钻研精神实在令人感动又钦佩。然而，更令人吃惊的事情还在后面，几天后的下午，容先生刚回家，正在楼下烧饭的母亲就对她说，她父亲在珍弟房间里，喊她也去看看。容先生问什么事，母亲说珍弟好像发明了一个什么数学公式，把她父亲都震惊了。

前面说过，因为洋先生寿命中零出来的 112 天是没有进入闰年计算的，所以当我们每一天都以严格的 24 小时来计时，这中间其实有 1 小时 47 分即 6420 秒的多余时间，那么如果我们以时间虚数的概念来讲，也就是 -6420 秒。然后当出现第一个闰年时，时间的虚数实质上已是（-6420+2696）秒，其中 2696 指的是每个闰年中的时间虚数，即 44 分 56 秒；然后当第二闰年出现时，时间虚数又变成（-6420+2×2696）秒，以此类推，到最后一个闰年时，则为（-6420+22×2696）秒。就这样，金珍将洋先生一生 32232 天即 88 个周年零 112 天中的时间虚数巧妙地变换成了 1 个等差级数的 23 项，即：

-6420

-6420+2696

-6420+2×2696

-6420+3×2696

-6420+4×2696

-6420+5×2696

-6420+6×2696

……

-6420+22×2696

在此基础上，他又无师自通地摸索出等差数列求和的演算公式，即：

X= [（第 1 项数值 + 最后一项数值）× 项数] /2[①]

换句话说，等于是他发明了这个公式——

①规范的表示应为：$S_n=[(A_1+A_n)\times n]/2$

【容先生访谈实录】

要说等差数列求和的演算公式也不是深奥得不能发明，从理论上说，只要会加减乘除的人都有可能求证出这个公式，但关键是你在未知的情况下要想到这个公式的存在。比如现在我把你关进一个漆黑的房间里，只要明确告诉你房间里有什么东西，请你去把它找出来，即使里面漆黑一片，你未必找不到，只要你有脑子，脚会走，手会摸，一片片摸索过去，应该是找得到的。但如果我不告诉你屋子里有什么，那么你要从这屋子去得到这个什么的可能性就很小，几乎没有。

退一步说，如果他现在面对的等差数列不是上述那个繁复、杂乱的数列，而是比较简单的，像1，3，5，7，9，11……这样的数列，那么事情似乎还有可理解的余地，我们的震惊也不会那么强烈。这好比你无师自通打制出一件家具一样，虽然这家具别人早打制过，但我们还是要为你的聪明和才能惊叹。如果你手头的工具和木料都不是那么好，工具是生了锈的，木料是整棵的树，而你同样打出了这件家具，那我们的惊叹自然是双倍的。珍弟的情况就是这样，像是用一把石斧把一棵树变成了一件家具，你想这对我们震惊有多大，整个就跟假的似的，简直无法用常理来相信！

事后，我们都觉得他完全没必要再去读什么小学，所以父亲决定让他直接读N大学附中。附中跟我家只相隔几栋楼，这样如果还让他去寄宿，对珍弟心理造成的伤害也许比直接抛弃他还要厉害。所以，父亲决定让珍弟读初中的同时，又作出了让他继续住在家里的决定。事实上，珍弟从那个夏天住进容家后，再也没有离开过，直到后来参加工作——（未完待续）

互相冠绰号是孩子们的兴趣，班上几乎有点特别的同学都有绰号。开始同学们看金珍头特别大，给他取的绰号叫金大头，后来同学们慢慢发现他这人很怪，比如他喜欢数地上成群结队的蚂蚁，数得如醉如痴的；冬天经常围一条不伦不类的狗尾巴围巾——据说是洋先生留给他的；上课时对放屁、打嗝这样的事从不检点，有了就出来了，时常弄得人哭笑不得；还有，他的作业一向都是做双份的，一份国语和一份英语——等等这些，给人的感觉似乎他脑瓜儿有点不开窍，傻乎乎的。但同时他的成绩又出奇的好，好得令人瞠目，几乎比全班人加起来还要好。于是，有人给他新冠一个绰号，叫**瓜儿天才**，就是傻瓜天才的意思。这个绰号把他在课堂上和课堂外的形象都贴切地包括在内，从中既有绰号应有的作践人的意思，同时又不遗余力地吹捧了他，贬中有褒，毁誉参半，大家都觉得这就是他，传神得很，于是一喊就喊响了。

瓜儿天才！

瓜儿天才！

五十年后，我在N大学寻访过程中，好些人对我所说的金珍表现出茫然无知，但当我一说起瓜儿天才，他们的记忆仿佛又一下活泼起来，可见此绰号之深入人心。一位曾当过金珍班主任的老先生对我这样回忆说：

"我至今还记得一件有趣的事，是课间休息时，有人发现走廊上爬着一队蚂蚁，就把他喊来，说金珍你不是爱数蚂蚁嘛，来数一数这里有多少只蚂蚁。我亲眼看到，他过来后几乎只用几秒钟就把上百只正在乱爬的蚂蚁数了个一清二楚。还有一次，他跟我借了一本书，是《成语词典》，没几天后就来还我了，我说你留着用吧，他说不用了，我已经全背下来了。事后我发现他已把全部成语都记得能倒背如流！我敢说，我教过那么多学生，至今没发现第二个像他这样有天资又爱学习的人，他的记忆力、想象力、领悟力，以及演算、推理、总结、判断等等，很多方面，他的能力都是超常的，是常人想都不敢想的。依我看，他完全没必要读初中，可以直接读高中，但校长没同意，据说是因为容老先生不同意。”

老先生说的容老先生就是小黎黎。

小黎黎不同意有两个原因，一个是考虑到金珍以前生活在与世隔绝的小天地里，更应该正常地接触这个社会，与同龄人一起生活、成长，否则一下子挤在一群比他大好几岁的人中对他改变过分内向的性格是不利的。再个是他发现金珍经常在干傻事，背着他和老师把别人早已证明过的东西再求来证去的，也许是脑力太过剩了吧。小黎黎认为，像他这样对未知世界有强烈探索精神的人，更需要一步步深入地学，通晓知识，免得日后把才华荒唐地浪费在已知领域里。

但后来发现不给他跳级简直老师都没法教，他们经常被他各种深奥的问题问得下不了台。没办法，小黎黎只好听从老师们建议，给他跳级，于是跳了一级又跳一级的，结果与他一起上初中的同学刚上高中，他高中已经毕业了。即使这样，那年参加 N 大学入学大考，他数学还考了个满分，并以全省总分第七名的高分，顺顺当当地考进了 N 大学数学系。

06

N 大学的数学系一向是好名在外的，曾经有数学家摇篮之称。据说，十五年前，C 市文艺界的一位大红人在沿海受到某些地域上的奚落时，曾语出惊人，说：

“我们 C 市再落魄嘛，起码还有一所了不起的 N 大学，即使 N 大学也落魄了，起码还有一个数学系，那是世界顶尖级的，难道你们也奚落得了？”

说的是玩笑，但道出的是 N 大学数学系的一份至尊的名望！

金珍入学的第一天，小黎黎送给他一本笔记本，扉页有一句赠言，是这样写的：

> 如果你想成为数学家，你已经进了最好的大门；如果你不想成为数学家，你无须跨进这大门。因为你已有的数学知识已经够你一辈子用的啦！

也许，再没有人比小黎黎更早又更多地洞察到埋藏在金珍木讷表面下的少见而迷人的数学天分，因而也再没有人比小黎黎更早地对金珍寄予将来当个数学家的希望和信念。不用说，笔记本上的赠言就是说明这一切的一份有力证词。小黎黎相信，以后将会不断有人加入到他的行列，看到金珍与一个数学家之间难得的天缘。但同时他又想到，暂时恐怕还不行，起码得过上一段时间，也许是一年，也许是两年，那时随着学业的不断深入，金珍神秘的数学光芒才会逐渐地闪烁出来。

不过，事实证明，小黎黎是太保守了一些，外籍教授林·希伊斯仅仅上完两周课就惊惊喜喜地加入了他的行列。希伊斯这样对他说：

“看来你们N大学又要出一个数学家了，而且可能是个大数学家，起码是你们N大学出去的人中最大的。”

他说的就是金珍。

林·希伊斯是二十世纪的同龄人，一九〇一年降生于波兰一门显赫的贵族世家，母亲是个犹太人，给他遗传了一张十二分犹太人的面孔，削尖的脑门，鹰钩的鼻子，卷曲的发须。有人说，他的脑水也是犹太人的，记忆力惊人，有蛇信子一样灵敏的头脑，智商在常人的几倍之上。四岁时，希伊斯开始对斗智游戏如醉如痴，几乎精通世上有的所有棋术，到六岁时，他周围已无人敢跟他下任何棋种。在棋盘上见过希伊斯的人都说：一个百年不遇的天才又在神秘的犹太人中诞生了！

十四岁那年，小希伊斯随父母亲一同出席某名门的一次婚宴，宴会上还有当时世界著名的数学家斯恩罗德一家人。两家人不期而遇，后者时任剑桥大学数学研究会会长，也是众所周知的国际象棋大师。老希伊斯对数学家说，他很希望自己儿子能够去剑桥读书，数学家不乏傲慢地回答他：有两种途径，一是参加他们剑桥每年一度的入学统考，二是参加英国皇家数理学会举行的两年一次的牛顿数学或物理竞赛（单年为数学，双年为物理），优胜者前五名可免试并免费入剑桥。少年的希伊斯插嘴说：听说您是业余第一的国际象棋大师，我建议我们比试一下，如果我赢了，是不是同样也可以免试？数学家警告他说：我愿意奉陪，但要说明一点，既然你为自己制订了一个巨大的正值——即是我的负值，我同样要为自己制订一个巨大的正值——即是你的负值，这样游戏才是公平的，否则我难以奉陪。小希伊斯说：那请您制订我的负值。数学家说：如果你输了，以后就不准上我们剑桥。以为这样会把小希伊斯吓住，其实真正吓住的只是老希伊斯，小希伊斯只是被老希伊斯不休的劝说弄得有些犹犹豫豫的，但最后他还是坚定地说——

行！

两人在众目睽睽下摆棋对弈，不过半个小时，数学家从棋盘前站起来，笑着对老希伊斯说：明年你就把儿子送来剑桥吧。

老希伊斯说：棋还没有下完呢。

数学家说：难道你怀疑我的鉴赏力？回头又问小希伊斯，你觉得你会赢我吗？

小希伊斯说：现在我只剩下三分的胜机，你已有七分。

数学家说：现在的局势的确如此，但你能看到这点，说明这个局势少说还有六至七成变异的可能，你很不错，以后来剑桥跟我下棋吧。

十年后，年仅二十四岁的希伊斯的名字出现在了由奥地利《数学报》列出的世界数学界最耀眼的新星名单中，受到国际数学大师约翰·菲尔兹的关注。一九二四年，菲尔兹主持第七届国际数学家大会时，提出设立一项专门的数学奖，用以表彰数学领域的杰出成就，当时就提到了希伊斯的名字。一九三二年，在第九届国际数学家大会上，正式决定设立菲尔兹奖，以纪念这位加拿大数学大师。

希伊斯在剑桥的同窗中，有一位来自奥地利皇族的女子，她疯狂地爱上了身边这位年轻的数学天才，但后者似乎有些无动于衷。有一天，皇家女子的父亲突然出现在希伊斯面前，他当然是不可能来替女儿求婚的，他只是向年轻人说起自己一直想为振兴奥地利科学事业做点有意义的事情，问年轻人愿不愿意帮助他来实现这个愿望。希伊斯问怎么个帮助法，他说：我负责出资，你负责揽人，我们来办个科研机构什么的。希伊斯问：你能出多少资？后者说：你要多少就有多少。希伊斯犹豫了两个星期，并用纯数学的方式对自己的前程未来进行了科学而精确的博弈演算，结果是去奥地利的他比留在剑桥或以其余任何形式存在的他都略有胜数。

就这样，他去了奥地利。

很多人都以为，他这一去奥国会同时满足两个人的愿望，一个是有钱的父亲，另一个是爱他的女儿。或者说，这个幸运的年轻人在奥地利既将赢得立业的荣誉，又将得到成家的温馨。但希伊斯最后得到的只是立业一件事，他用花不完的钱创办起一所奥地利高等数学研究院，把当时不少有才华的数学家云集到他麾下，并在这些数学家中替那个渴望嫁给他的皇家女子物色了一个他的替代者。为此，有传言说他是个同性恋者，而他的某些做派似乎也证明了传言的真实性，比如他收罗的人才中没有一个女性，甚至连办公室的文员也是男的。还有，在奥地利的新闻媒体中，有关他的报道总是由男记者采写，而造访他的女记者其实比男记者还要多，只是不知道为什么她们总是空手而归，也许确实是他**秘密的情结**在作怪吧——

【容先生访谈实录】

应该是一九三八年春天，希伊斯来 N 大学做访问学者，不排除有招兵买马的企图。但谁也没想到，世界就在这几天里发生了惊人变化，几天后他在广播上听到希特勒出兵奥地利的消息，只好暂时羁留在N大学，想等战事明朗后再返回。等到的却是朋友从美国寄出的信，告诉他欧洲的历史正在发生可怕的变化，奥地利、捷克、匈牙利、波兰等国家都挂满了德国纳粹旗，那里的犹太人已纷纷出走，没有出走的都被送进了集中营。他一下变得无路可走，于是就在N大学留下来，一边在数学系当教授，一边伺机去美国。但其间他个人的情感（也许是身体）出现了神秘又奇怪的变化，几乎在一夜间，他开始对校园里的**姑娘们**涌现出陌生又浓厚的兴趣。这是从没有过的。他像一棵特别的果树，在不同的地域开出了不同的花，结出了奇怪的果。就这样，去美国的念头被突如其来的**谈情说爱**的热情所取代，两年后，四十岁的他和物理系一位比他小十四岁的女教师结为伉俪，去美国的计划再次被耽搁下来，而且这一搁就是十年。

数学界的人都注意到，自希伊斯落居N大学后，他最大的变化就是越来越像一个称职的男人，却越来越不像一个有作为的数学家。也许他以前的盖世才华正是因为他不是一个称职的男人造就的，当成为称职的男人后，那些神秘才华也离他而去了。至于到底是他自己赶走的，还是上帝要走的，这恐怕连他自己也是不知道的。没有一个数学家不知道，在来N大学之前，他曾经写出二十七篇具有世界级影响的数学论文，但之后再没有写出过一篇，儿女倒是生了一个又一个。他以前的才华似乎在女人的怀抱里都烟消云散了，融化了，化成了一个个可爱的洋娃娃。他的事情似乎让西方人更加相信东方是神秘的，把一个神奇的人神奇地改变了，改头换面了，却说不出道理，也看不见改换变异的过程，只有不断重复、加强的结果。

当然，即便是过去的才智已流失于女人的胸怀，但站在讲台上，希伊斯依然是超凡脱俗的。从某种意义上说，因为越来越不像一个有作为的数学家，所以变得越来越像一个称职而敬业的大教授。希伊斯前后在N大学数学系从教十一年，毫无疑问，能够做他的学生真是莫大的荣幸，也是造就一番事业的最好开始。说真的，现在国际上最有影响的几位从N大学出去的学者，多半是他在职的十一年间教授过的学生。不过，做他的学生也不是那么好做的，首先你得会英语（他后来拒绝说德语），其次他不准你在课堂上做笔记，再次他讲问题经常只讲一半，有时候还故意讲错，讲错了也不更正，起码当时不更正，哪天想起了就更正，想不起就算了。他的这一套，几乎是有些野蛮的一套，让不少智力平平的学生不得不中途辍学，有的则改学其他了。他的教学观只有一句话：**一个错误的想法比一个完美的考分更正确**。说到底，他贯彻的那套教育方法，就是要你转动脑筋，开掘你的想象力、创造力。每个新学年，面对每一位新生，他总是这样中英文夹杂地开始上他的第一堂课——

> 我是野兽，不是驯兽师，我的目的就是要追着你们在山坡上夺命地跑，你跑得快，我追得快，你跑得慢，我追得慢，反正你得跑，不能停，勇敢地跑。什么时候你停下了，我们之间的关系就解除了。什么时候你跑进森林里了，在我眼前消失了，我们的关系也解除了。但前者是我解除你，后者是你解除我，现在我们跑吧，看最后是谁解除谁。

要解除他当然是很难的，但容易起来又是很容易的，每个学期开始，第一堂课，第一件事，希伊斯总是会在黑板的右上角写下一道刁钻的难题，什么时候谁把题目解了，他本学期就等于满分过关了，以后可以来上课，也可以不来，随你的便。也就是说，这学期你等于把他解除了。与此同时，他又会在黑板的老地方重新写下一道难题，等第二人来解答。如果一个人累计三次解答了他布置的难题，他会单独给你出一道难题，这道题事实上就是你的毕业论文，如果又被你圆满解答掉，不管是什么时候，哪怕开学才几天，你都等于满分毕业了，也就是把他本科的教职解除了。不过，快十年了，有此荣幸的人根本就没有过，能偶尔解答一两题的也是寥若晨星——（未完待续）

现在金珍出现在希伊斯的课堂上，因为个子小（才十六虚岁），他坐在第一排，比谁都更能仔细地注意到希伊斯特有的浅蓝色眼睛里射出的锐利又狡黠的目光。希伊斯身材高大，站在讲台上更显得高大，目光总是落在后排的位置上，金珍接受的只是他慷慨激越时飞溅的口沫和大声说话吐出的气流。带着饱满的情绪讲解抽象枯燥的数学符号，时而振臂高呼，时而漫步浅吟，这就是站在讲台上的希伊斯，像个诗人，也许是将军。上完课，他总是二话不说，拔腿就走。这一次，在希伊斯一贯地拔腿而走时，目光不经意地落在前排一个瘦小的身影上，他正埋着头在纸上演算着什么，样子有些痴醉，好像在考场上。两天后，希伊斯来上第二堂课，一站上讲台就问大家：

“谁叫金珍，请举一下手。”

希伊斯看到举手的人就是上堂课他离开时注意到的前排的那个小个子。

希伊斯扬了扬手上几页作业纸，问：“这是你塞在我门下的？”

金珍点点头。

希伊斯说：“现在我通知你，这学期你可以不来上我课了。”

台下一阵惊动。

希伊斯像在欣赏什么似的，微笑地等着大家安静下来。安静下来后，他回头把前次出的题目又写在黑板上——不是右上角，而是左上角，然后对大家说：

“现在我们来看一下，金珍同学是怎么答题的，这不是猎奇，而就是本节课的内容。”

他先是把金珍的解题法照实写出来，讲解一遍，接着又用新的方法对同一道题进行三种不同的解答，让人在比较中感到了知识的增长，领略了殊途同归的奥秘。新课的内容事实上都一一贯穿在几种讲解中。完了，他在黑板的右上角又写下一道难题，说：

“我希望下堂课还是有人来让我干这件事，上课就解题，下课就出题。”

话是这么说，但希伊斯心里知道，被自己有幸言中的可能性是小而又小的，在数学上是要用小数点来表示的，而且还要被**四舍五入**舍掉的。舍就是忽略不计，就是有变成了没有；入就是夸大地计，就是没有变成了有，地变成了天。这就是说，天地之间并没有一条鸿沟，多之一厘则变地为天，少之一毫则转天为地。希伊斯真的没想到，这个木讷、无声的小家伙居然一下子让他对**天地**的概念都变得含糊不清了，他明明看准是地，可结果恰恰是天。就是说：金珍又把希伊斯出的第二道难题快速地解破了！

题破了，当然要重新出。当希伊斯把第三道难题又写在黑板的右上角后，回转身来，他没有对大家说，而是对金珍一个人说：

“如果你把这道题也解了，我就得单独给你出题了。”

他说的就是毕业论文题了。

这时，金珍才上完希伊斯的第三堂课，时间上还不过一周。

第三道题金珍未能像前两题一样，在上下一堂课前解答出来，为此希伊斯在上完第四堂课时，专门走下讲台对金珍说：

“我已经把你的毕业论文题出好了，就等你把这一道题解了来取。”

说罢，扬长而去。

希伊斯婚后在学校附近的三元巷租有房子，家就安在那，但平时还是经常待在以前他单身时住的教授楼里，在三楼，是个带卫生间的房间。他经常在此看书，搞研究，有点书房的意思。这天下午，希伊斯刚午休完，在听广播，广播声里间或地插进了一个上楼的脚步声。脚步声在他门前停落下来，却没有敲门声，只有窸窸的声音，像蛇游走一样,从看不见的楼道里钻进了门缝里。希伊斯见是几页纸，过去拾起来看，是熟悉的笔迹——金珍的。希伊斯一下翻到最后一页看结果，结果是对的。他感到像被抽了一鞭，想冲出门去，把金珍喊回来。但走到门口，他想了想又回来坐在沙发上，从第一页开始看。几页纸都看完了，希伊斯又感到被抽了一鞭，于是冲到窗前，看到金珍正在背他而去。希伊斯打开窗户，对着远去的背影大声地嗨了一声。金珍转过身来，看见洋教授正在对他又指又喊地请他上楼去。

金珍坐在洋教授面前。

“你是谁？”

“金珍。”

“不，”希伊斯笑了，“我问你是什么人？哪里来的？以前在哪里上学？我怎么觉得你有点面熟，你父母是谁？”

金珍犹豫着，不知如何回答。

突然，希伊斯惊叫道：“嗬——！我看出来了，你是大楼前那尊塑像的后代，那个女黎黎的后代，容算盘·黎黎的后代！告诉我，你是她的后代吗？是儿子还是孙子？”

金珍指了指沙发上的作业纸，答非所问地：“我做对了吗？”

希伊斯：“你还没有回答我问题呢，你是不是女黎黎的后代？”

金珍没有肯定，也没有否定，只是麻麻木木地说：“你去问容校长吧，他是我的监护人，我没有父母。”

金珍这么说的目的本是想避开自己跟女黎黎说不清也不想说的关系，不料希伊斯却由此生出疑虑，盯了一眼金珍，说：“哦，既然这样，我倒要问你，这几次解题你是独立完成的，还是受人指点的？”

金珍斩钉截铁地说：“独立的！”

当天晚上，希伊斯登门会见了小黎黎。金珍见了，以为洋教授一定是因为对他独立答题的怀疑来的。其实，希伊斯在下午刚把疑虑说出口时，就打消了疑虑。因为他想到，如果有人介入答题过程，是校长也好，还是校长女儿也罢，那几道题就不会是那种解法。金珍走后，希伊斯再次把他解答的几道题翻看一下，觉得他解答的方法实在是离奇又叫人暗生佩服，从中既透露出幼稚的东西，又闪烁着强烈的理性和机智。他有种说不出的感觉，但与校长谈着谈着，他似乎又找到了可以言说的东西。

希伊斯说：“感觉是这样的，现在我们叫他去某个地道里取件东西，地道里黑得伸手不见五指，而且到处都是岔路和陷阱，没有照明工具根本不能插足。就是说，要进地道首先要准备好照明工具。这工具是很多的，可以是手电筒，或是油灯和火把，甚至是一盒火柴。可他不知是不知道有这些工具，还是知道了又找不到，反正他没用这些工具，而是用了一面镜子，以非常精妙的角度，把地面上的阳光折射到漆黑的地道里，在地道拐弯的地段，他又利用镜子把光线进行再次折射。就这样，他开始往前走了，靠着逐渐微弱的光亮，避开了一个个陷阱。更神秘的是，每次遇到分岔路口，他似乎冥冥地有种通灵的本领，总是能够凭直觉选择正确的路线前行。”

共事快十年，小黎黎还从没见希伊斯这么夸奖过一个人。让希伊斯在数学上肯定谁无疑是困难的，现在他对金珍毫无保留甚至不乏激情的褒扬，使小黎黎感到陌生又惊喜。他想，我是第一个发现孩子惊人的数学天赋的，你希伊斯是第二个，只不过是在证明我。当然，还有什么比希伊斯的证明更确凿无疑的？两个人谈兴越来越好。

但是，谈到孩子以后的教学安排，两人却出现明显分歧。希伊斯认为，这个孩子其实已经掌握了足够的数学能力和机智，完全可以免修许多基础课程，建议他跳级，甚至可以直接安排他做毕业论文。

这就又触及小黎黎的**不愿**了。

我们知道，金珍待人过分冷淡，喜欢离群独处，是一个社交智商低下的孩子。这是他性格中的弱点，也是他命运中的陷阱，老人一直在作弥补的努力。从一定意义上说，金珍社交上的无能和懦弱，以及对他人莫名的敌意，更适合让他与年龄小的人在一起生活，这样对他是一种放松。而现在他在班上已经年龄最小，老人觉得孩子现在跟同龄人的距离已经拉大到了极限，再不能把他往更大的人群里塞了，否则对他性格养成更不利。不过，这一点小黎黎今天不想提起，因为不好说的，太复杂了，还牵涉到孩子的隐私。他只是这样对洋教授的建议表示了异议：

“中国有句老话，叫百炼成钢。金珍这孩子天资是聪明了些，但知识储备是虚弱的，你刚才也说到，通常的照明工具有那么多，可以信手拈来，他偏偏不用，舍近求远。我想他这不是有意为之的，而是迫不得已，是穷则思变。能够思变出一面镜子当然是好的，但如果他今后把才华都用在这方面，去发现一些没有实际价值的工具上，虽然可以一时满足人的猎奇心，但真实的意义有多大呢？所以，因材施教，对金珍我想当务之急还是要多学习，多了解已知的领域。只有在充分掌握已知的基础上，才能探求真正有意义的无知。听说你前年回国带回来不少弥足珍贵的书籍，我前次去你那儿，本想借阅一两册的，却见书架上贴着**借阅事宜免开尊口**的告示，只好作罢。现在我想，如果可以例外的话，你不妨对金珍例外一下，这对他或许是最好的。书中自有黄金屋啊。”

这又说到希伊斯的**不愿**了。

事实上，很多人知道，那几年数学系有**两怪之说**，一怪是女教授容因易（容先生），把几封信当个丈夫看，守着信拒绝了所有人的情；二怪是洋教授希伊斯，把几橱子书当个老婆管，除了自己不准第二人碰。这就是说，小黎黎当时话是那么说，但希伊斯会不会那么做，心里是没作指望的——**因为被言中的可能是小而又小的，在数学上是要用小数点来表示的，而且还要被四舍五入舍掉。舍就是忽略不计，就是有变成了没有。**

正因此，有天晚上，当金珍在饭桌上偶然谈起希伊斯已经借给他两册书，并许诺以后他可以借阅任何书的事情时，小黎黎突然觉得心里响亮地咯噔一下，感觉是遥遥领先的自己其实早在希伊斯之后。这件事让小黎黎最清楚不过地看见了金珍在希伊斯心目中的真实地位，那是无人能比的。就是说，对金珍的赏识和期待，他希伊斯其实已远远走在小黎黎之前，走出了他的想象和愿望。

07

所谓**两怪之说**，容先生的怪有点悲壮，所以令人起敬，希伊斯的怪是把鸡毛当令箭，因此叫人非议。通常，引人非议的东西往往更易流传，所以，两大怪相比，希伊斯的怪要比容先生的怪传播得更充分，几乎是众人皆知。因为不借书是众人皆知，所以借书也成了众所周知。这是名人名事效应，数理学上叫**质能连动**。然后，人们不禁要问，为什么希伊斯独独对金珍这么好？好得连他的女人都可以碰。所谓赏识和寄望只是众说法中的一个，从某种意义上说，这还是比较友好的说法，声势不大。声势大的是另一种说法，说洋教授是想剽窃金珍的才华呢。

对此，容先生在访谈中也提到了——

【容先生访谈实录】

二战结束后的第一个寒假希伊斯是回欧洲过的，当时天很冷，恐怕欧洲的天更冷，为此他连家眷都没带，是只身走的。回来时，父亲动用了校方仅有的一辆福特小汽车，安排我去码头接。到码头一见希伊斯，我傻了，他坐在一只比棺材小不了多少的大木箱上，箱子上写满了**N大学林·希伊斯**和**书籍**的中英两种文字，箱子的体积和重量都不是小汽车可以对付得了的。后来，我不得不临时喊了辆双轮板车，雇了四个壮力，才把它弄回学校。在路上，我问希伊斯怎么大老远带这么多书回来，他兴致勃勃地说：

"我带回来了一个研究课题，没这些书不行。"

原来希伊斯这次回欧洲，为自己这些年学术上的碌碌无为深感失落，受了刺激，也受了启发，带回来了一个宏大的科研计划，决定要研究人的大脑内部结构。现在我们讲人工智能似乎一点也不新奇，都知道，但当时人类第一台计算机才诞生不久①，他就敏感这一点，应该说意识是相当超前的。与他宏大的科研计划相比，他带的书又似乎是少了，恕不外借也就不难理解了。

问题是他单独对珍弟网开一面，人们就乱想开了，加上当时在数学系传珍弟的一些神神乎乎的说法，什么两个星期抵四年啊，什么希伊斯为此汗颜啊等等，不解实情的人就说洋教授是想利用珍弟的才智为自己搞研究。你知道，这种说法是最容易在校园里盛传开来的，因为是揭人的短嘛，说的人痛快，听的人过瘾，就是这样的。我听了，还曾为此专门问过珍弟，他矢口否认。后来我父亲又问他，他也说是没有的事。

父亲说，听说你现在下午都在他那儿，是不是？

珍弟说，是。

父亲问，那你在那儿干吗？

珍弟说，有时候看书，有时候下棋。

珍弟说得很肯定，但我们总想无风不起浪，担心他没说实话。

---

①第一台计算机ENIAC于一九四六年研制成功。

毕竟他只是个少年，对人世间的复杂了解不深，被蒙骗的可能不是没有。为此，我还专门找借口去希伊斯那儿侦察过几次，去了几次都看他们确实在下棋，是国际象棋。珍弟在家里也经常下棋，跟我父亲是下围棋，下得挺好的，两人基本上旗鼓相当，可以一搏；跟我母亲下的是跳子棋，那纯粹是陪母亲散心而已。看他们下国际象棋，我想那就是希伊斯在陪他散心了，因为谁都知道希伊斯的国际象棋是大师级的。

事实也是这样。

据珍弟自己说，他跟希伊斯下过各种棋，国际象棋，围棋，中国象棋，包括军棋都下。但除了军棋能偶尔赢他外，其他的从没有赢过。珍弟说，希伊斯的任何棋术都是无人能敌的，军棋他之所以能偶尔会输，是因为军棋并不完全靠棋艺的高低决定输赢，军棋的胜负机关少说有一半是藏在运气里的。相比之下，跳子棋的棋术虽然比军棋要简单得多，却比军棋还要考人棋艺，因为它运气的含量相对要少。珍弟认为，从严格意义上说，军棋甚至都不能算一种棋，起码不是成人棋。

你也许要问，既然珍弟下棋远远不是希伊斯的对手，那希伊斯为什么还愿意跟他没完没了地下？

是这样的，作为游戏，任何棋要学会都是不难的，比学手艺要容易，要好上手。难的是上手以后，它跟手艺完全不一样，手艺是一回生二回熟，熟能生巧，巧能生精的，棋艺是越熟越复杂。因为，熟了，掌握的套路多了，棋路的变化也就多了，像走迷宫一样，入口总是简单的，但越往里走岔路越多，面临的选择就越多。这是复杂的一个方面，另一方面你想象一下，如果同时有两人对抗着走（迷宫），你走自己的路又想堵他的路，他也是这样，边走边堵，事情就会变得复杂又复杂了。下棋就是这样，出招拆招，拆招应招，明的暗的，近的远的，云里雾里的。一般说来，谁掌握的套路多，变化的余地大，生发出来的云雾就多，云雾缭绕，真假难辨，他胜数的可能就大。要想下好棋，不熟悉套路上的东西是不行的，但光靠套路也是不行的。因为既然已成套路，它就不是某个人的特有。

什么叫套路？

套路就好比野地里已经被践踏出的路，一方面它肯定是通往某处的捷径，另一方面它又肯定不专属于某人，你可以走，别人也可以走。换言之，套路就像常规武器，对付没武器的人，它可以三下五除二快速地把你干掉。但如果双方都配有同样精良的常规武器设备，你布上地雷，他用探雷器一探，绕过去了，布了也是白布；你出动飞机，他雷达上清清楚楚的，在空中就把你拦截了。这个时候，有秘密武器往往是输赢取决的关键。棋盘上的秘密武器。

希伊斯为什么愿意跟珍弟下棋，就因为珍弟身上藏有秘密武器，经常凭空杀出莫名的奇招、怪招、偏招，感觉是你在地上走，他却在地下挖了一条秘密的通道也在往彼岸走，弄得你糊里糊涂，险象环生。但由于珍弟下棋时间短，经验少，套路上的东西了解不深，最后常常被你的常规武器击得晕头转向。换句话说，由于他不精通套路，你的有些套路对他说也成了秘密的暗道。但你的秘密暗道毕竟是经过千万人践踏过的，可靠度、科学性、畅通性肯定要比他临时拓荒出来的羊肠小道更精到，所以最后他难免要败在你手下。

希伊斯曾亲口跟我这么说过，说金珍输他不是输在智力上，而是经验上，套路上，技战术上。希伊斯说：我从四岁开始下各种棋，日积月累，对各种棋类的套路上的东西早已了如指掌，所以金珍要赢我肯定是困难的。事实上，我的周围也没谁能在下棋上赢我，可以不夸张地说，在棋桌上我绝对是个天才，加上我长时间积累的几乎完美的技战术，金珍要不专心修炼几年，想赢我恐怕是不可能的。但跟他对垒，我常有被陌生的惊险擦亮的感觉，我喜欢这种感觉，所以我愿意跟他下。

就是这样的。

下棋。

下棋！

因为下棋，珍弟和希伊斯的友情与日俱增，两人很快超越了正常的师生关系，变得像朋友一样经常在一起散步、吃饭；因为下棋，珍弟在家的时间与日递减，以前，到了寒暑假里，他经常足不出户，以致我母亲常常要赶他出去参加一些户外活动。然而，这年寒假，珍弟白天几乎很少待在家里，开始我们以为他肯定是在跟希伊斯下棋，后来才知不是的。准确地说，不是在下棋，而是在做棋！

你简直想不到，他们自己发明了一种棋，珍弟管它叫数学棋。我后来经常看他们下这种棋，很怪的，棋盘跟一张书桌差不多大，上面分别有井字格和米字格两大阵营。棋子是用麻将牌替代的，总共分四路，双方各占两路，分别放在自己一方井字格和米字格里。其中井字格里的棋子是有固定阵容的，像中国象棋一样，每只棋子都有特定的位置，而米字格里的棋子可以随便放置，而且还必须由对方来放置。对方在放置中将充分考虑自己的战略意图，就是说这些棋子在开局之前是为对方效力的，只有开局之后才属你管辖、调动，调动的目的当然要尽早地**化敌为友**，越早越好。下棋中，同一只棋子可以在井字格里和米字格里来往进出，从一定意义上说，彼此进出的通道越畅通，你取胜的可能性就越大，只是互为进出的条件极其苛刻，需要精心策划、布局。同时，某只棋子一旦获准进入另外的字格里，它的走法和本领也相应发生了变更。从走法上说，最大的区别是井字格里的棋子不能斜走，也不能跳，到了米字格里则可以。与通常的棋相比，这棋最大的特点是你在与对方对弈的同时，还要对付自己一方的两路棋子，努力把它们阵容调整好，争取尽早达到**化敌为友**和**互为出入**的目的。可以说，你一边是在与对方下棋，一边又是跟自己在下，感觉是两人在同时下两局棋，其实又是一局，或者也可以说是三局——双方自己对自己各一局，还有一局对打的。

总的说，这是一种很复杂、很怪诞的棋，就好比你我交战，可我手上的士兵是你的，你的士兵又是我的，我们各自在用对方的军队开战，其荒唐和复杂性可想而知——荒唐也是一种复杂。因为太复杂了，一般人根本无法下，希伊斯说它是专供搞数学工作的人下的，所以称它叫数学棋。有一次，希伊斯跟我谈起这棋时不乏得意地说：这棋完全是关于纯数学研究的结果，它明里暗中具备的精密的数学结构和深奥的复杂性，以及微妙、精到的纯主观的变换机制，也许只有人的大脑才能比，所以发明它，包括下这种棋，都是对人脑的巨大挑战。

他这么一说，顿时叫我想起他当时正在从事的科研项目——人脑结构研究。我突然有些警觉和不安，想这数学棋会不会是他科研项目里的一部分？如果是的话，那么珍弟显然是在被他利用，他以游戏的名义掩盖了他的不良居心。于是，我特意向珍弟了解他们发明这棋的起因，包括具体过程。

珍弟说，起因是他们都想下棋，但已有的棋艺因为希伊斯太强大，他根本没有取胜的希望，输得丧了气，所以不愿与他下了。然后两人就开始琢磨发明一种新棋，这样双方都从头开始，没有可借鉴的套路，输赢全体现在智力的较量上。在具体研发过程中，珍弟说他主要负责棋盘的设计工作，棋谱主要是由希伊斯完成的。珍弟认为，如果一定要说他在其中起了多大作用，大概在10%左右。如果说这确实是希伊斯科研项目的一部分，那么这个贡献已经并不小，再怎么都不可能被**四舍五入**舍掉的啦。至于我说希伊斯在搞人脑结构研究工作的事，珍弟说他并不知道，而且感觉是没有。

我问他，你为什么说他没有？

珍弟说，他从来没跟我说起过。

这就又奇怪了。

我想，当初希伊斯一见我就兴致勃勃地对我谈他的科研计划，现在珍弟几乎天天跟他在一起，怎么就只字不提？我觉得其中好像真有蹊跷。后来有一天我亲自问希伊斯，得到的答复是：没有条件，做不下去，只有放弃了。

放弃了？

是真放弃还是假放弃？

说真的，我当时心里很是困惑。不用说，如果是假放弃那问题就严重了，因为只有心里有鬼才需要放烟幕弹迷惑人。我又想，如果他希伊斯心里确实有鬼，那鬼还会是谁呢？肯定就是可怜的珍弟了。总之，由于系里闪闪烁烁的流言，当时我对希伊斯与珍弟间不正常的亲密劲儿顾虑很深，总担心珍弟被利用了，欺骗了。这孩子在复杂的人事面前是很不成熟的，有很笨拙的一面，人要欺负谁，找的就是这样的人，木讷、孤单、畏事，吃了亏不会叫，只会往肚子里咽。

好在不久，希伊斯做了一件谁都想不到的事，替我打消了顾虑——（未完待续）

08

希伊斯和金珍发明数学棋是一九四九年春节前的事，春节后不久，就是在省城C市迎来解放的前不久，希伊斯接到美国《数学理论》杂志的邀请，前往美国洛杉矶加州大学参加一个数学学术活动。考虑到与会者路途上的便利，会议组织者在香港设有联络站，所有亚洲方向的与会者都先在香港集中，然后搭乘飞机往返。所以，希伊斯这次西行时间很短，前后只有半个多月，以致返校时人们都不大相信他去了大洋彼岸。不过，证明他去了的东西是很多的，比如家乡波兰、奥地利以及美国一些院校和研究机构邀请他去供职的书函，再如与冯·诺依曼、夏普利、库恩等著名数学家的合影照片，还有，他还带回来了当年**美国普特南数学竞赛**试题。

【容先生访谈实录】

普特南全名叫威廉·洛威尔·普特南，出生在美国，一八八二年毕业于哈佛大学，是一名成功的律师和银行家。一九二一年，他曾给《哈佛校友》杂志撰文，表达了自己想成立一个校际智力竞赛的愿望。普特南去世后，他的遗孀继承了他的遗志，于一九二七年成立了“威廉·洛威尔·普特南校际纪念信托基金”。在这笔基金的支持下，从一九三八年起，美国数学协会会同各大学发起了一年一度的**全美普特南数学竞赛活动**，在各大院校和数学界具有相当高的权威性，也是各大院校和科研机构发现数学人才的重要途径。竞赛是专为本科生设的，但试题的难度似乎是为数学家设的。据说，尽管每年大多数参赛者都是各院校数学系的优异生，但由于试题无法想象地难，多年来参赛者得分的平均分数仍然接近于零。每年竞赛前三十名优胜者，一般均可被美国乃至世界一流的研究生院录取，像哈佛大学，每年都许诺前三名优胜者只要选择哈佛，就可以获得全校最高奖学金。那一年竞赛共有十五道试题，总分为150分，考试时间为四十五分钟，揭榜最高分是76.5分，前十名的平均分为37.44分。

希伊斯所以带普特南数学竞赛试题回来，想的就是要考测一下珍弟。也只有珍弟，其他的人，包括有些老师，他觉得考他们无非是给他们难堪而已，所以还是不要考的好。在考珍弟之前，他先把自己在房间里关了四十五分钟，考了一遍，然后又自己给自己阅卷、评分。他觉得自己得分不会超出最高分，因为他只做了八道题，最后一题还没做完。当然，如果时间许可的话，这些题他基本上都可以对付得了，问题就是时间。普特南数学竞赛的宗旨就是十分突出地强调了两点：

一、数学是科学中的科学；

二、数学是时间中的科学。

有**原子弹之父**之称的美国科学家兼实业家罗伯特·奥本海默曾说过：**在所有科学中，时间是真正的难题；在一个无限的时间内，所有的人将发现世上所有的秘密**。有人说，第一枚原子弹的及时问世，就是最好地解决了当时全世界人都面临的如何尽快结束二次世界大战的巨大难题。设想一下，如果让希特勒率先拥有原子弹，人类将面临——再次面临——多大的难题？

珍弟在规定的四十五分钟内做完六道题，其中一道证明题，希伊斯认为他犯了偷换概念的错误，没给分。最后一题是推理题，当时只剩下一分半钟，根本没时间去推理，所以他没有动笔，只是沉思着，但在临终的几秒前，他居然给出了正确的结果。这有点荒唐，也再次说明珍弟一贯有的超常的直觉能力。这题的评分尺度是灵活的，可以给满分，也可以少给分，多或少全凭老师对学生平时的德智印象决定，但最少不能低于 2.5 分，希伊斯最后就是苛刻地只给他 2.5 分。但就这样珍弟最后的得分是 42.5 分，仍然高过当年全美普特南数学竞赛前 10 名优胜者 37.44 分的平均分。

这就是说，珍弟要是参赛肯定将跻身前十名之列，然后等待他的将是名牌学府，高等奖学金，还有在数学界最初的声誉。但是你没有参赛，倘若又把这成绩拿给人看，回复他的也许只有无情的嘲笑。因为没人会相信，一个还没念完大一的中国小子能博得如此高分，如此高分意味的无非就是欺骗。没人相信的欺骗。愚蠢的欺骗。即使希伊斯，在这个成绩面前，也冥冥地生出一种被欺骗的幻觉，当然只是幻觉而已。换句话说，只有希伊斯才相信这个成绩无可置疑的真实性，所以也只有希伊斯，把这件本来是游戏的事情当做了一个真实故事的开始——（未完待续）

希伊斯首先找到小黎黎，把金珍模拟参加普特南数学竞赛的事情详细说了，然后直截了当地表达了他深思熟虑后的意见。

希伊斯说："我可以负责地说，金珍今天是我们 N 大学数学系最拔尖的学生，明天也会成为哈佛、麻省理工、普林斯顿、斯坦福这样世界著名大学数学系的尖子生，所以我建议他去留学，哈佛，麻省理工，都可以。”

小黎黎一时无语。

希伊斯又说：“相信他，给他一个机会吧。”

小黎黎摇头：“恐怕不行。”

“为什么？”希伊斯睁圆了眼。

“没钱。”小黎黎干脆地说。

“至多一个学期，”希伊斯说，“我相信他第二学期就可以得到奖学金的。”

“别说一学期，”小黎黎苦笑道，“家里现在恐怕连路资都凑不齐。”

希伊斯沮丧地走了。

希伊斯的沮丧一半是由于心想事不成，另一半是因为心有疑虑。可以说，在关于金珍的教学方案上，两个人还从没有达成过一致，他不知小黎黎这么说是真话，或仅仅是不同意见的托辞。他认为后者的可能性更大，因为他难以相信，家大业大的容家会有经济上的困难。

然而，这确系实情。希伊斯不知道，就在几个月前，容家在铜镇本已败落的财产，又经历了时代新生的洗心革面，所剩的无非是小半个破旧的院落、几栋空房子而已。在省城仅有的一个商馆，就在几天前，当小黎黎以著名爱国民主人士的身份应邀出席C市人民政府成立典礼时，就在典礼上，他主动捐给了新生的人民政府，以表示他对新生政府的拥戴。选择在典礼上捐献似有取宠之嫌，其实不然，一方面这是有关方面安排的，另一方面他也想由此号召全体有识之士加入拥戴人民政府的行列。可以肯定地说，容家人素有的爱国热忱，在小黎黎身上，既是一脉相承的，又是发扬光大的，而他之所以对人民政府如此忠诚，以至于倾囊相助，当中既有他宏观的认识在起作用，也与他个人（微观）在国民政府手头所受的不公有关。总之，容家祖传下来的家产，在老小黎黎两代人手中，捐的捐，烂的烂，毁的毁，分的分，至今已所剩无几。至于他个人的积蓄，在那场挽留女儿生命的鏖战中已耗尽，而这几年的薪水日渐微薄，几乎都这样那样地开销掉了。现在金珍要去留学，小黎黎心里是没有一点不赞成的，只是行动上爱莫能助而已。

这一点，希伊斯后来也深信不疑。这个后来指的就是一个多月后，希伊斯收到斯坦福大学数学系主任卡特博士寄来的信，表示同意金珍去他们学校奖学就读，并邮来一百一十美金作为出发的路资。这件事希伊斯完全是靠个人的热情和魅力促成的，他亲自给卡特博士写了一封三千字的信，现在这三千字变成了金珍免费入学斯坦福的通行证和车船票。当消息送到小黎黎面前时，希伊斯高兴地注意到，老人露出了激动的笑容。

这时候，金珍入学斯坦福已是指日可待，他准备在 N 大学度完最后一个暑假，然后就出发。然而，就在暑假的最后几天里，一场突如其来的恶病把他永远留在了祖国的大地上——

【容先生访谈实录】

是肾炎！

这场病几乎把珍弟害死！

在他发病之初，医生就下达了口头死亡通知书，说他至多还能活半年。在这半年里，死亡确实日夜陪伴着他，我们眼看着一个奇瘦之人噌噌噌地长成了个大胖子，然而体重却没有增加，只在减少。

是虚胖！肾炎把珍弟的身体当做了块发糕，不停地发酵，不停地膨胀，有一段时间珍弟的身体比棉花还要蓬松又轻软，似乎手指头一戳就要破的。医生说珍弟没死是个奇迹，但其实跟死过一回没什么两样，将近两年时间，医院成了他家，食盐成了他的毒药，死亡成了他的学业，去斯坦福的路资成了他医药费的一部分，而斯坦福的奖学金、文凭、学位、前途早成了他遥远又遥远的梦。这件由希伊斯努力促成的、本来将改变他命运的大好事，现在看只有两个实在的意义：一是为我们家日益羞涩的囊中增加或者减少了一百一十美金的开支；二是替希伊斯平静了人们包括我对他的不良猜测。

无疑，希伊斯用行动证明了他的清白，也证明了他对珍弟的爱的赤诚。谁都想得到，如果说希伊斯确实在利用珍弟为自己干活，那他绝不可能会将他折腾去斯坦福的。世界没有秘密，时间会告诉你所有秘密。希伊斯的秘密就是他比任何人都更清晰又肯定地洞见了珍弟罕见的数学天分。也许他从珍弟身上看到的是自己的过去，他爱他，就像在爱自己的过去一样无私，一样赤诚，一样认真。

顺便提一下，如果说希伊斯对珍弟确有什么不公的话，那是后来的事，是关于数学棋的事。这棋后来在欧洲包括美国的数学界影响很大，成了很多数学家风靡的游戏，但棋名已不叫数学棋，而是以希伊斯名字命名的，叫**希伊斯棋**。我后来在不少文章中看到人们对希伊斯棋的评价，都是很高的，有人甚至把它和二十世纪最伟大的数学家冯·诺依曼创建的博弈论相提并论，认为诺伊曼的**二人零和博弈理论**是在经济领域的重大发现，希伊斯棋是在军事领域的重大发现，虽然两大发现都没有多少实际应用价值，但理论上的价值是至高的。有人肯定地指出，希伊斯在数学上的天赋，足以成为诺伊曼最伟大的敌人或者兄弟，但自从到N大学后，他对数学界几乎没什么可称道的贡献，希伊斯棋是他唯一的建树，也是他后来大半辈子唯一迷人的光彩。

然而，我说过的，希伊斯棋最早叫数学棋，是希伊斯和珍弟两个人的发明，珍弟至少有10%的发明权。但希伊斯通过对它改名换姓，把珍弟的这部分权利处理了，剥削了，占为已有了。这可以说是希伊斯对珍弟的不公，也可以说是希伊斯对珍弟曾经赤诚相爱而索取的回报——（未完待续）

09

这是一九五〇年初夏的一天，雨从昨天晚上的早些时候开始倾盆而下，然后就一直下个不停，豆大的雨点落在瓦砾上，发出时而啪啪啪、时而哒哒哒的声音，感觉是房子在急雨中像条百脚虫一样地在夺命狂奔。声音变化是因为风的原因，风起时就变得啪啪啪的，同时还有窗棂即将散架的声音。因为这些声音，小黎黎一夜都没睡好，失眠的难以忍受的清醒让他感到头痛，眼睛也酸涩得发胀，他一边在黑暗中听着不休的雨声和风声，一边明白地想到，房子和自己都已经老了。天快亮时，他睡着了，不过很快又醒了，好像是被什么吵醒的。老夫人说是汽车的声音。

“汽车好像在楼下停了一会儿，”老夫人说，“但很快又走了。”

明知道是不可能再睡着的，但小黎黎还是又躺了一会儿，直到天明亮时才像一个老人一样起了床，摸摸索索地，动作轻得几乎没有一点声音，像一个影子。起床后，他连卫生间都没去一下，径自往楼下走去。老夫人问他下楼去做什么，他也不知道，只是冥冥地往下走，到了楼下又莫名地去开门。门有两扇，一扇是往里开的，另一扇是纱门，朝外开的。但纱门似乎被门外的什么抵挡，只能开个一小半，30°角吧。已经入夏，纱门已经开始用，所以纱门上已经挂了一块布帘子，高度刚好是挡人视线的。老人看不到是什么抵住了门，只好侧起身子从门缝里踅出去，看见是两只大纸箱几乎把门厅都占了，里面的一只抵住了门，外面的一只已经被风雨淋湿了。老人想把外边那只挪个避雨的位置，挪了一下，纹丝不动的，感觉比块磐石还要稳重，便又踅进屋，找了块油布来把它盖了。完了，他才发现里边那只箱子顶上压着一封信，用平时他们用来顶门的青石条压着。

老人取了信看，是希伊斯留下的。

希伊斯这样写道：

亲爱的校长先生：

我走了，不想惊动任何人，所以留言作别，请谅。

主要是关于金珍的有些想法，有点不说不快的，就说了吧。首先是祝愿他早日康复，其次我希望您能对他的未来作出正确的安排，以便让我们（人类）能充分领略并享用他的天才。

坦率说，以金珍的天分，我想，让他钻研一个纯数学理论领域的艰深难题也许是最合适的。但这样也有问题。问题是世界变了，人们都变得急功近利，只想从身边得到现实的利益，对纯理论的东西并不感兴趣。这是荒唐的，荒唐的程度不亚于我们只在乎躯体的快乐而忽视心灵的愉悦。但我们无法改变，就像我们无法驱逐战争的魔鬼一样。既然如此，我又想，让他挖掘一个应用科学技术领域里的难题也许更切实而有益。关注现实的好处是你能从现实中得到力量，有人会推着你走，还会给你各种世俗的诱惑和满足；坏处是等你大功告成后，你无法以个人的意愿和方式管教你的孩子，孩子可能造福于世，也可能留祸于世，是祸是福，你无法寄望，只能冷眼旁观。据说奥本海默现在很后悔当初发明了原子弹，想封存他的发明，如果发明的技术可以像他的塑像一样一次性销毁的话，我想他一定会一次性销毁掉的。但可能吗？封存也是不可能的。

如果您决定让他在应用科学领域里一试的话，我倒有个课题，就是探寻人脑内部结构的奥秘。洞悉了这个奥秘，我们就可能（可以）研制出类人脑，进而研制出崭新的人，无血肉的人。现在科学已经把我们人身上的很多器官都制造了，眼睛、鼻子、耳朵，甚至连翅膀都制造了，那么造个人脑又有什么不可能的？事实上，电子计算机的发明就是人脑的再造，是人脑的一部分，神机妙算的一部分。既然我们已经可以制造这部分，其他的部分想必也不会离我们太远了。然后您想一下，如果我们一旦拥有无血肉之人，铁人、机器人、电子人，其应用性将会有多么广泛而深刻！应该说，我们这代人对战争的印象已经是够深的，不到半个世纪便亲眼目睹了两次世界大战，而且我有种预感（已有一定证据证明），我们还将再目睹一次——多么不幸！对战争，我是这样想的，人类有能力使它演变得更加激烈，更加可怕，更加惨痛，让更多的人在同一场战争中死去，同一天死去，同一刻死去，同一声轰隆的爆炸声中死去，却永远没有能力摆脱它，而想摆脱的愿望又是生生不息的。类似的难堪人类还有很多，比如劳役，比如探险，比如……人类都处于纠缠不清的怪圈中无法自拔。

所以，我想，如果科学能造出人造之人——铁人、机器人、电子人、无血肉之人，让他们来替代我们去干这些非人之事（满足我们变态的欲望），想必人类是没谁会反对的。就是说，这门科学一旦问世，其应用价值将是无限巨大又深远的。然而，现在第一步必须把人脑的奥秘解破了，唯有如此，造人造大脑，进而造人造之人的工作才有望展开。我曾决计用我尚有的半辈子来赌一赌解破人脑奥秘科学，殊不知，赌局刚摆开就不得不放弃。为什么放弃这是我的秘密，总的说我不是由于困难和害怕放弃的，而是出于族人（犹太人）的殷切愿望。不用说，这些年我一直在为我的同胞干着一件非常紧要又秘密的事情，他们的困难和愿望感动了我，让我放弃了理想。如果您对此有尝试的兴趣，这就是我说这么多的目的了。

然而，我要提醒您，没有金珍，您成功不了的。我是说，如果金珍无法逃脱死于顽症的下场，您也就死了心别去碰它了，因为这不是您的年龄碰得起的。而有了金珍，也许您在有生之年还能看到人世间最大的奥秘——人脑的奥秘。相信我，金珍着实是人中解此奥秘的最理想人选，简直是天造地设的，是上帝约定的。我们时常说，梦是人精神中最神秘难测的一部分，而他在幼年就与它朝夕相处，日积月累了一套精湛的解梦之术。换句话说，他从省事之时起，就开始在为解破人脑奥秘的事情作无意识的准备了。他是为此而生而长的！

最后，我想说，如果上帝和您都乐意让金珍来一搏人脑奥秘科学，那么这些书想必是用得着的，否则，如果上帝或者您不允许金珍这么做，那么就把它们转赠给学校图书馆吧，也算是我在贵校驻足十二年的见证和纪念。

祝金珍早日康复！

林·希伊斯于诀别前夕

小黎黎是坐在纸箱上一口气阅完全信的，风拂动着信笺，被风吹歪的雨丝间或地落在信笺上，像是暗示风雨也在偷窥此信。不知是夜里没休息好的缘故，还是信中的内容触动了他内心惊愕的一隅，老人阅罢信许久没有动静，只是端坐着，目光痴迷地散落在虚空中。过了好久，他才醒悟过来，然后对着漫漫的风雨突兀地道了一句：

希伊斯，你好走，一路平安啊——

【容先生访谈实录】

希伊斯决定走，是跟他老丈人被镇压的事情有直接关系的。

都知道，希伊斯走的机会随时摆在他面前，尤其是二战结束后，西方很多大学和科研机构都希望他加盟，聘书随着节日贺卡一道堆满了他的书桌案台。但我从很多事情中看到了他不走的信念，比如他带回来的一棺材书，后来又把三元巷原来租赁的房子连同整个小院都买了，中文在他的努力下也越说越好，甚至有阵子他还申请入中国国籍（未遂）。据说这跟希伊斯老岳父关系很大，他老岳父是个举人的后代，有万贯家产，在当地是个独一无二的大乡绅，对女儿这门洋亲，他是一百个的不同意，迫不得已同意了，又提了很多苛刻要求，比如不能把女儿带走、不能离婚、要学会说中国话、孩子要随母亲姓，等等。这从一定意义上说明乡绅并非开明人士，大概是属于那种得理不让人、得势要欺人的鼠头之辈。这样的人当乡绅不免要行恶积下冤愤，加上日伪政府期间他还在县政府担过要职，跟鬼子有些暧昧的往来，解放后人民政府把他作为重点镇压的对象，经过公审，判了死刑，关在牢房里，准备择日执行枪决。

行刑前，希伊斯曾找过不少知名的教授和学生，包括父亲和我，希望通过联名给政府写信，以保老丈人一命，但无人响应。这件事一定伤透了希伊斯的心，但我们也没办法。说真的，我们不是不愿意帮忙，而是帮不了，当时的情况不是一两个呼吁或什么行动可以改变得了的，父亲曾为此去找过市长，得到的答复是：

只有毛主席才能救他。

就是说，任何人都救不了他！

确实如此，像他这样有民愤和劣迹的地主恶霸，当时一概是人民政府进行重点镇压的对象。这是时势和国情，没人能改变的。希伊斯不了解这些，他太幼稚了，我们没办法，只有伤害他了。

但是，谁也想不到，希伊斯最后居然通过X国政府的力量，将已经眼看着要行刑的老岳父从枪口下要走了。这简直是不可思议的，尤其是在当时X国与我国明显的敌对关系的情况下，要促成这件事的难度可想而知。据说，X国曾为此专门派出外交官员亲临北京，与我国政府举行谈判，可以说，事情最后果真是惊动了毛主席——有人说是周恩来，反正肯定是当时我们党和国家的重要领导人，真正是不可思议啊！

谈判结果是他们要走了希伊斯老岳父，我们要回了两名被X国严禁回国的科学家，感觉是该死的老乡绅成了他们X国的国宝似的。当然，老乡绅对X国来说什么也不是，当中起作用的肯定是希伊斯。换句话说，为成全希伊斯之愿，X国已经有点不惜重金的意思。那么，问题是X国为什么要对希伊斯这么好？难道仅仅因为他是世界著名数学家？这中间肯定有什么很特别的因素，至于到底是什么，我现在也不得而知。

救出老岳父后，希伊斯就带着一家子亲人和亲眷，去了X国——(未完待续)

希伊斯走的时候，金珍还住在医院里，但似乎已度过了危险期，医院考虑到日渐庞大的医药费，根据病人申请，同意让他出院回家休养。出院的时候，是容先生陪老夫人一道去医院接的，接待她们的医生想当然地把两位中的一位当做了病人的母亲。但看两位的年龄，作为病人的母亲，一个似乎是老了一些，一个又似乎是年轻了些，所以冒昧地问两位：

“你们谁是病人母亲？”

容先生还想解释，老夫人已经干脆而响亮地答上了：

“我——！”

然后医生向老夫人交代道，病人的病情现在已基本得到控制，但要彻底痊愈，起码还需要有将近一年时间。“这一年时间里你要把他当虾一样地养，像十月怀胎一样地伺候，否则随时都可能功亏一篑。”

从医生一项项明确的交代中看，老夫人觉得他的说法其实一点不夸张，具体说可以立出如下三条：

1. 食物要有严格的禁忌；

2. 夜里要定时唤他起来小便；

3. 每天要定时定量给他吃药，包括打针。

老夫人戴上老花镜，把医生的交代一条条记了，又一遍遍看了，反复地问清楚了。回了家后，又喊女儿从学校找来黑板和粉笔，把医生的交代都一一写上了，挂在楼梯口，这是每天上下楼都必然目睹的地方。为了定时喊金珍夜里起来小便，她甚至和老伴分床睡了，床头配备了两只闹钟，一只是半夜闹的，一只是早上闹的。早上那次小便喊过后，金珍继续睡他的觉，老夫人则要为他准备一日五餐的第一餐了。虽然烧饭本是她最擅长的，可现在却成了她最困难又没信心的事，相比之下，因为有做针线活的底子在那儿，学会打针对老夫人来说并不是件难事，只是开始一两天有些紧张和反复而已。但是在餐饮事宜上，一个奥妙的咸淡问题简直是把她折腾苦了。从理论上说，金珍这个时候对盐复杂而精到的要求，就是他神秘而真实的生命线，多可能**功亏一篑**，少又不利于他早日康复。来自医生的叮嘱是这样的：**病人疗养期间对食盐的需求量是以微量开始，逐日增加。**

当然，如果说一个人每天对盐的需要量像粮食一样是称斤论两计的，那么问题也不是太难解决，似乎只要有一把精确的秤就可以了。现在的问题显然没有这么好解决，老夫人找不到一个现存又明确的标准，似乎只有靠自己用耐心和爱心来摸索，最后老夫人带着做好的几道咸淡不一的菜走进了医院，请主治医生一一尝试。在此之前，她事实上把每一套菜的用盐量都以粒为单位记录在纸上，然后在医生明确肯定某一道菜的基础标准上，她一天五次地戴着慈祥的老花镜，把细小又白亮得晃眼的盐粒当做药片一样，一粒粒地数着往金珍的生命里投放。

小心翼翼地投放。

像做科学试验一样地投放。

就这样，日复一日，夜复一夜，月复一月，用功和耐心的程度远在养虾之上，也不在怀胎之下。有时候，她会在连续辛劳的间隙里，下意识地掏出金珍写下的血书看看——这本是金珍的秘密，她在无意间发现它后，不知为什么就将它没收了。也就是说，现在这份书写时间不详的血书成了老少两人的秘密，也成了两颗心紧密相连的某种明证和暗示。每次，老夫人看过它以后，就会更加肯定自己所做的一切都是值得的，因而也更加激励她继续不停地往下做。这似乎注定金珍必将迎来康复的一日。

翌年春节过后，金珍出现在久违的课堂上。

10

希伊斯人走了，但心似乎还留了一片下来。

在金珍像虾一样被精心宠养的日子里，希伊斯曾跟小黎黎联络过三次。第一次是他到 X 国不久，是一张印制精美的风光明信片，上面只有简单的问候和通信地址。地址留的是家里的，所以，也无从知道他在何处就职。第二次是第一次的不久之后，是一封他收到小黎黎去信后的回信，说他知道金珍已在康复中很高兴什么的，至于小黎黎在信中问起的有关他在何处就职的问题，他只是含糊其辞地说：是在一个科研机构工作，什么科研机构，他具体在干什么，都没说，好像是不便说似的。第三次是春节前，小黎黎收到一封希伊斯在圣诞夜写出的信——信封上有充满喜气的圣诞树图案。在这封信上，希伊斯向这边提供了一个连他自己都感到吃惊的信息，说他刚从一位朋友的电话里获悉，普林斯顿大学已组织几名科学家，正在研究人脑内部结构，科研小组由著名经济学家保罗·萨缪尔森领衔挂帅。他写道："这足以说明该课题的价值和魅力所在，非我希伊斯之空想……据我所知，这也是目前世界上唯一问津该课题的一方组织。"

所以，在假设金珍已经病愈的情况下（事实也差不多），他希望这边尽快把金珍送去那里学习。他表示，不管这边搞不搞人脑研究课题，金珍都应该出去深造，并劝小黎黎不要因为某些短暂的利益或困难取消金珍赴美计划。或许是担心小黎黎因为要搞人脑研究而刻意把金珍留在身边，他甚至搬出一句中国俗话——磨刀不误砍柴工——来阐明他的想法。

“总之，”他写道，“过去也好，现在也好，我所以那么热衷金珍去美国留学，想的就是那里是人类科学的温床，他去了，会如虎添翼的。”

最后，他这样写道：

> 我曾经说过，金珍是上帝派来人间从事该课题研究的人选，以前我一直担心我们无法给他提供应有的环境和无为而为的力量，但现在我相信我们已替他找到了环境，也找到了来自空气中的力量，这就是普林斯顿大学。正如你们国人常言的关于某人买酒他人喝的幽默一样，也许有一天人们会发现，保罗·萨缪尔森他们现在殚精竭虑所做的一切，只不过是为一个中国小子喝了几声必要的彩而已……

小黎黎是在学生的课间休息时间里拆阅此信的，在他阅信期间，窗外高音喇叭里正在高唱**雄赳赳　气昂昂　跨过鸭绿江**的时代金曲，在办公桌上，放着他刚刚阅完的报纸，头版头条通栏横着一条标语样的巨幅标题——**美帝国主义是纸老虎**。他一边听着激越的歌声，一边看着粗黑的标题，心里有种时空倒错的感觉。他不知如何给远方的人回信，似乎还有点怕，好像有神秘的第三只眼在等着看他的回信似的。这时候，他的身份是N大学名副其实的校长，还是C市挂名的副市长。这是人民政府对容家世代崇尚科学、以知识和财力报国精神的高度赞扬。总的说，容家第八代传人容小来——小黎黎——现在正在重温他祖上曾经一再领略过的荣耀的岁月。这也是他一生中最荣耀的岁月，虽说他并非钻营荣耀之辈，似乎也没有忘我地陶醉在其中，但面对这份失散已久的荣耀，他内心本能保持着足够珍惜的心理，只是过度的知识分子的东西常常让人觉得他似乎有些不珍惜而已。

小黎黎最后没给希伊斯回信，他把希伊斯的来信，连同两张弥漫着志愿军与美国士兵在朝鲜浴血激战的硝烟的报纸，还有给希伊斯回信的任务，都丢给了金珍。

小黎黎说："谢谢他吧，也告诉他，战争和时势已经封死了你的去路。"

小黎黎说："他一定会感到遗憾的，我也是，但最该遗憾的是你。"

小黎黎说："我觉得，在这件事情上，你的上帝没有站在你一边。"

后来，金珍把写好的信请他过目时，老人似乎忘记自己曾说过的话，把一大段表达他遗憾之情的文字勾掉了一半，剩下的一半又转换到金珍本人头上，最后又交代说：

"把报纸上几篇相关的报道剪了，一同寄去吧。"

这是一九五一年春节前的事。

春节后，金珍重新回到课堂上，当然不是斯坦福大学的课堂，也不是普林斯顿，而是N大学。这就是说，当金珍把誊写清楚的信连同几篇硝烟滚滚的报道丢进邮箱时，等于是把他可能有的另一种前程丢进了历史的深渊里。用容先生的话说，有些信是记录历史的，有些信是改变历史的，这是一封改变一个人历史的信。

【容先生访谈实录】

珍弟复学前，父亲对他是回原年级还是降一级学的事情跟我商量过，我想虽然都知道珍弟成绩很好，但毕竟已辍学三个学期，加上大病初愈，人还经不起重负，怕一下回去上大三的课对他有压力，所以我建议还是降一级的好。最后决定不降级，回原班级学，是珍弟自己要求的，我至今还记得当时他说的一句话。他说：

“我生病是上帝在帮我逃避教科书，担心我变成它们的俘虏，失去了钻研精神，以后什么事都干不了了。”

有意思吧，简直有点狂是不？

其实，以前珍弟对自己一向是比较低看的，一场大病似乎是改变了他。不过，真正改变他的是书籍，大量的课外书籍。他在家养病期间，几乎把我和父亲的藏书都看了，少说是都摸了。他看书很快，也很怪，有些书他拿在手上翻几页就丢掉了，有人因此说他是用鼻子看书的，一度还有人喊他叫闻书先生。这肯定是夸张的说法，但他看书确实很快，大部分书在他手上都不会过夜的。看书快是和看书多联系在一起的，看得多了，见多识广了，也就快了。再说他看多了课外书，对教科书上的东西简直没兴趣，所以经常逃课，连我的课都敢逃。复学后第一学期期末，他旷课率之高跟他的成绩一样令人瞩目，全年级第一，是遥遥领先的第一。还有一个遥遥领先的是他在图书馆的借书量，一学期借书达二百多册，内容涉及哲学、文学、经济、艺术、军事，反正五花八门的，什么书都有。就这样，暑假时，父亲带他到阁楼上，打开储物间，指着希伊斯留下的两箱书，说：

“这不是教科书，是希伊斯留下的，以后没事你看吧，就怕你看不懂。”

过了一个学期，到第二年三四月间，同学们都开始忙做毕业论文的事。这时，系里几位教珍弟专业主课的老师都跟我谈起，说珍弟做的毕业论文的选题有些问题，希望我出面做做他工作，让他换个选题，否则他们是无法做他论文的指导老师的。我问是什么问题，他们说是政治问题。

原来珍弟确定的论文选题内容是建立在世界著名数学家格·伟纳科的**数字双向理论**基础上的，从选题学术性上讲，可以说是对数字双向理论的模拟证明。而伟纳科当时是科学界出名的反共分子，据说他门前贴有一张纸条，上面写着：**亲随共产主义者不得入内**。他还在硝烟弥漫的朝鲜战场上，慷慨激昂地激励美军士兵**打过鸭绿江**。虽然科学是没有国界的，也没有主义之分，但伟纳科个人强烈的反共色彩给他的学术理论也笼罩上了一层森严的政治阴影，当时以苏联为首的大部分社会主义国家，对他的理论一般不予承认，不提，提了也都是站在批判的立场上的。现在珍弟想证明他的理论，显然是逆潮流而行，太敏感，有政治风险。

然而，父亲不知是犯了知识分子的毛病，还是被珍弟列在提纲里的想法迷惑了，在大家都退而避之并希望他出面劝说珍弟改换选题的情况下，他非但不劝说，反而主动请缨，亲自当起珍弟论文的指导教师，鼓励他把选题做出来。

珍弟确定的选题是：《常数 π 之清晰与模糊的界限》，已完全不是本科学业内的选题，也许作为硕士论文的选题还差不多。毫无疑问，他这是从阁楼上的那些书里找来的选题——（未完待续）

论文第一稿出来后，小黎黎的热情更加高涨，他完全被金珍敏锐、漂亮而且符合逻辑的思维迷住了，只是有些证明他觉得过于复杂，需要作修改。修改主要是删繁就简，把有些无须证明的证明删了，对有些初级因而不免显得繁复的证明，尽量改用比较高级又直接的证明手段，那已经远远不是本科学业范围内的知识了。论文第一稿落成的文字有两万多，几经修改后，定稿时为一万多字，后来发表在《人民数学》杂志上，在国内数学界引起了不小的轰动。不过，似乎没人相信这是金珍一个人独立完成的，因为经过几次修改后，论文的档次再三被拔高，于是就越来越不像一篇本科生的毕业论文，而更像一篇闪烁着创立精神的学术论文。

总的说，金珍论文的优点和缺点都很明显，优点是它从圆周率出发，巧妙地应用伟纳科的数字双向理论，将人造大脑必将面临的困难和症结进行了纯数学的论述，感觉是有点把看不见的风抓住似的奇妙；缺点是文章的起点是一个假设，即圆周率为一个常数，所有惊人的猜想和求证都是在这个假设的前提下完成的，所以难免有空中楼阁的感觉。从某种意义上说，你要让楼阁落地，承认文章的学术价值，首先你必须坚信圆周率是一个常数。关于圆周率的常数问题，虽然早有科学家提出过，但迄今尚未有人证明它。现在数学界至少有一半人坚信圆周率是个常数，但在确凿的证明或证据尚未拥有的情况下，相信也只能是自我相信而已，不能要求他人相信，就像牛顿在发现树上的苹果自由落地之前，任何人都可以怀疑地球有引力一样。

当然，如果你怀疑圆周率是个常数，那么金珍的文章可以说一文不值，因为这是它建筑的地基。反过来，如果你相信圆周率是个常数，那你也许会惊叹他竟在如此蛮夷之地拔起一座大厦，感觉是用铁捏了朵花似的。金珍在文章中指出：人的大脑在数学意义上说就是一个圆周率，是一个具有无穷小数的、深不见底的数字。在此基础上，他通过伟纳科的数字双向理论，较好地阐述了关于研制人造大脑的症结——人大脑拥有的模糊意识。模糊就是不清晰，就是无法全知，也就是无法再造。所以，他提出，在现有程式下，人脑难有彻底再造的乐观前程，只能是尽量接近而已。

应该说，学术界持相似观点的不乏其人，包括现在。可以说，他的结论并不新奇，他的诱人之处在于，他通过对圆周率的大胆假设和对数字双向理论的巧妙运用，对这一观点进行了纯数学方式的求证和阐明，他寻求的意义也就是想对人们证实这一说法，只是他引用的材料（房子的地基）又是未经证实的。

换句话说，如果有一天谁证明圆周率确凿是个常数，那他的意义才能凸现出来。但这一天至今还没有到来，所以，严格地讲，他的工作可以说是毫无意义的，唯一的意义就是向人们展示了他个人的才情和胆识。但是由于小黎黎的关系，外人对这篇文章是不是由他个人独立完成都难以相信，更不要说相信他什么才识了。所以，事实上，这篇文章并没有给金珍带来任何好处，也没有改变他什么，倒是小黎黎因此改变了自己晚年的生活——

【容先生访谈实录】

论文绝对是珍弟独立完成的。父亲曾跟我说，除了给珍弟提供过一些建议和参考书，再就是在论文前的引言是他拟定的外，别的任何工作他都没有做，都是珍弟一个人做的。那段引言我至今还记得，是这样写的：

对付魔鬼的最好办法，是让我们挑战魔鬼，让魔鬼看到我们的力量。伟纳科是科学圣殿中的魔鬼，长期以来作威作福，贻害甚深，亟待我们来清算他。这是一篇清算伟纳科谬论的檄文，声音虽然模糊了些，但可抛砖引玉。

这在当时可以说是给论文画了一个化险的符，也等于给它签发了一本问世的通行证。

论文发表后不久，父亲上了一趟北京。没有人知道他此行京城有何秘密的目的，他突然地走，走前也没跟任何人说明去干什么，只是到一个多月后，上头的人带着三项出人意料的决定走进N大学后，人们回过头来想，才觉得这一定是跟父亲的前次赴京之行密切相关的。三项决定是：

一、同意父亲辞去校长职务；

二、国家将拨专项资金，在N大学数学系设立电子计算机研究课题组；

三、课题组筹建工作由父亲负责。

当时有很多人想到课题组来搞研究工作，但那么多人被父亲扒拉一番后，最后都没珍弟幸运。珍弟是作为课题组第一人选招纳的，而且事后证明也是唯一的研究人选——另有一人是搞日常事务工作的。这给人的感觉很不好，好像一个国家级科研项目成了我们容家私产似的，有人也传出类似的闲话。

说实话，父亲做官的口碑一向是众口一词的好，尤其是用人，避亲避到了几乎不近人情的地步。我们容家本是N大学的祖宗，校园里容家的后代，老的少的集合起来，少说可以坐两桌，爷爷（老黎黎）在世时这些人多多少少都受了关照，搞行政的有位置，搞教学的可以经常有机会出去走走，见识见识，镀镀金什么的。但到父亲手上，先是有职无权，即使有心也无力，等有职有权后似乎又变得无心无意了。父亲当校长几年，没有应该或不应该地起用过一个容家人，即便是我，系里几次报我当副主任，都被他 × 掉——像阅卷一样当错误 × 掉。更气人的是我哥，留洋回来的物理学博士，本是名正言顺可以进N大学的，可父亲叫他另攀高枝。你想想，在C市，哪还有高得过N大学的枝？结果落脚在一所师范大学，教学和生活条件都差得很，第二年就投奔到上海去攀高枝了。为这个，母亲非常生父亲的气，说我们一家人是被他活生生拆散的。

然而，在关于珍弟进课题组的事情上，父亲把已往的十二分谨慎、避嫌的处事原则都抛诸脑后，根本不顾忌什么闲话，我行我素，像着魔似的。没有人知道是什么改变了父亲，只有我知道，有一天，父亲把希伊斯临走留下的信给我看，然后对我这样说：

“希伊斯给我留了这么个诱惑，但老实说真正开始诱惑我的还是看了金珍的毕业论文后，以前我总想这是不可能的，现在我决定要试一试了。年轻时我一直盼望自己做点真正具有科学精神的工作，现在开始也许是迟了，但金珍硬是让我鼓起了勇气。啊，希伊斯说得对，没有金珍我想都不要去想，但有了金珍谁知道呢？这孩子，以前我总是把他的才能低估了，现在我就彻底高估他一下吧。”——(未完待续)

事情就是这样的，用容先生的话说，她父亲本来就是为金珍去折腾来这个项目的，怎么可能让外人参与？容先生还说，金珍不但改变了她父亲的晚年生活，还改变了他为人做事的一贯原则，甚至包括人生信仰。老人在垂暮之年突然重温年轻时的梦想，想在学术上有所建树，也许意味着他把已经过去的大半辈子，沉浮于仕途的大半辈子，予以否认了。从学术开始，以仕途结束，这是中国知识分子的毛病之一，现在老人突然想治治自己的毛病呢，是悲是喜，看来只有让时间回答了。

在随后几年中，两人完全沉浸在课题研究中，跟外界的联系很少，有的只是参加一些相关的学术活动，发表几篇学术论文而已。从他们合作撰写的六篇发表在有关学术刊物上的论文中，人们多少知道他们的研究是一步一步在往前走，在国内肯定是走到最前沿去了，在国际上似乎也没有落后。有两篇论文在国内发表后，国外三家相关刊物都作了隆重转载，无疑说明他们研究取得的成果不是那么微不足道的。当时美国《时代》杂志首席评论员伍顿·凯斯曾因此警告美国政府：下一代电子计算机将诞生在一个中国小子手上！金珍的名字由此一度受到了各大媒体的热炒。

不过，这也许是危言耸听和媒体的坏习惯而已。因为，从那些走红的论文中，人们似乎也不难发现，在通往新一代电子计算机的道路上，他们遇到的困惑和困难也不是那么微不足道的。当然，这是正常的，毕竟搞人造电脑不像生个人脑，人类似乎只要让某个男人和某个女人恰到好处地睡上一觉，某个人脑就会像树一样长出来。而有的人脑降生后似乎并不比树木要聪明晓事多少，这就是我们常说的傻瓜。从某种意义上说，搞人造电脑研发，就好比是要把天生的傻瓜蛋变成聪明人，这也许是世间最最困难的事情。既然这么困难，有些困惑和挫折自然是难免的，也是不奇怪的，如果因为有困惑和挫折而放弃努力，那才叫奇怪呢。所以，当后来小黎黎决定让金珍随人而走时，没有一个人相信他说的。

他说："我们的研究工作遇到了很大困难，继续下去，得失成败难以把握。我不想让一个有才有识的年轻人跟着我一个老头子作赌博性质的努力，断送掉应有的前程，还是让他去干些更切实可行的事情吧。”

这是一九五六年夏天的事。

这个夏天，校园里谈论最多的是那个带金珍走的人，人们都说他有点神秘，小黎黎关于为什么放走金珍的不令人置信的说法，似乎只是他神秘的一部分。

这个人是个瘸子。

这也是他神秘的一部分。

第三篇

转

01

这个人姓郑，因为是个瘸子，名字似乎成了他的奢侈品，像勋章或首饰一样的东西，只有在某些正规场合才登场，平时都是猫在档案袋里闲着的，或者是被**郑瘸子**替代着的。

郑瘸子！

郑瘸子！

喊得是响响亮亮的，说明郑瘸子没有把瘸当回事。进一步推敲，有两个原因，一个是郑瘸子瘸得很光彩，是他扛过枪、打过仗的象征；二个是郑瘸子其实瘸得并不厉害，只是左脚比右脚欠几公分而已，年轻时他几乎可以通过给跛足增加一个厚鞋跟来基本解决跛相，只是到五十岁以后，才开始拄拐杖。我见他时他就拄着拐杖，暗红暗红的枣木雕花拐杖，给我的感觉更具一个老者的威严。这是上世纪九十年代初的事情。

那个夏天，一九五六年的夏天，郑瘸子才三十几岁，年富力强，秘密的鞋后跟正在发挥它神奇的，也是骗人的力量，把一个瘸子装备得跟常人相差无几。但是 N 大学的人靠着天佑几乎一开始就识破了他的诡计。

事情是这样的，那天下午，郑瘸子来到N大学的时候，刚好碰到学生们都在礼堂里听志愿军英雄作英勇事迹报告，校园里静静的，天气也很好，没有夏日灼热的阳光，风轻轻吹着，把路两边的法国梧桐拂得窸窸地响，响得校园里更显得安静。他好似被这份静和安吸引了，临时喊送他来的吉普车停下，吩咐司机三天后到学校招待所来接他，然后就下了车，一个人在校园里漫步起来。十五年前，他曾在这里读过三年高中和一年大学，阔别后的重访，他既感到母校的变化，又感到昔日依旧，沉睡的记忆随着漫步从黑暗中走出来，像是用脚步走出来的。报告会散场时，他刚好行至礼堂前，成群的学生从礼堂里拥出来，像水一样铺开在路上，一转眼就把他前后左右地包裹，淹没。他尽量放慢脚步，免得人挤着他，毕竟他有三个鞋后跟，是经不起挤撞的。就这样，一拨拨学生如过江之鲫，冲上来，把他甩在后面，后面又有一拨拨拥上来，与他擦肩而过。他紧紧张张地走着，老是担心有人冲撞他，但年轻人的敏捷总是叫他有惊无险，即使眼看着要撞上他，也能在刹那间化险为夷。没有人回头或刮目地盯他，说明他靠鞋后跟校正的步态基本上做到了以假乱真。也许是鞋后跟给他的安慰吧，他突然变得有点喜欢这个队伍，男男女女的，风风火火的，叽叽喳喳的，像一股汹涌的激流，浩浩荡荡地裹挟着他往前流，以致把他裹进十五年前的某一天、某一刻。

行至操场上，密集的人流顿时像激流上了滩，散开了，他被挤撞的危险因之而解除。就这时，他突然觉得脖颈里像被什么啪地击打了几下，没等反应过来，人群里已经是一片"下雨了"、"下雨了"的叫声。起初只见喊叫声，人不见跑动，都在举目仰望。但是转眼间，随着一道威猛的霹雳，雨急促得像高压水枪喷射出来的，噼里啪啦地往下砸。顿时，人都如受惊的鸟兽四处逃散，有的往前跑，有的向后退，有的往办公楼里冲，有的朝自行车棚里钻，乱叫乱跑着，满操场一片沸腾。这时候的他，跑也不是，不跑也不是，跑要露出三个鞋后跟的秘密，不跑又要遭雨淋。他心里可能是想不跑了，枪林弹雨都经历过,还怕淋这雨水？不怕的。可他的脚明显是受了刺激，已经我行我素地跳动起来——这就是他的跑，一对跛足的跑，一跳一跳的，像某只脚板底上扎着一片或者几片玻璃碴子。

刚开始，大家都在夺命地跑，没有人注意他，后来人都跑进了四边的避雨处，而他似乎才越过操场的中心线。他本来就是想跑不跑的，又加上鞋后跟的拖累，手上还拎了行李，怎么能不落后？落后得一塌糊涂！到最后，偌大的操场上除他外已了无人影，他的形象一下子因孤立而加倍地凸现出来。当他意识到这点后，他又想快一点消失在操场上，结果加剧了一跳一跳的跛相，有点英勇，又有点滑稽，大家望着他，几乎把他当成了雨中的一景，有人甚至替他喊起了加油。

加油！

加油！

加油声把所有的目光都吸引拢来，齐齐地甩打在他身上，他有种要被千斤目光按倒在地的感觉。于是他索性停下来，会意地在空中挥挥手，算是对加油声的一种回应，然后开始一步一步地走起来，脸上还挂着灿烂的笑容，就像在走舞台一样。这时候，大家又看他步履正常，好像刚才他的跳动真是在作表演似的，但其实更加透露了他跛足的秘密，有点欲盖弥彰的意思。可以说，这场突如其来的雨十足扮演了一个揭发他跛足秘密的角色，这一方面有点难堪他，另一方面也让大家都认识了他——一个瘸子！一个有点好笑又有点洒脱的瘸子。说真的，十五年前他在此驻足四年，基本上是以默默无闻告终的，但这天下午他似乎只用几分钟的时间，就成了校园里无人不晓的人物。几天后，当他把金珍神秘地带走后，人们都这样说：

是那个在雨中跳舞的瘸子把他带走的。

02

他确实是专程来带人的。

每年到了夏天，N大学校园里总会迎来一拨拨像他这样来要人的人，但真正像他这样来要人的人又是独一无二的。他的来头似乎很大，很神秘，来了就直接往校长办公室里闯。校长办公室里空无人影，他出来又转到旁边的办公室，是校办公室主任的办公室，当时校长就在里面，正跟主任在谈事。他进来就声称要找校长，主任问他是什么人。他半玩笑地说："是伯乐，来相马的。"

主任说："那你应该去学生处，在一楼。"

他说："我需要先找一下校长。"

主任问："为什么？"

他说："我这里有个东西，是要校长看的。"

主任说："什么东西，我看看吧。"

他说："你是校长吗？只有校长才能看这东西。"口气很坚决。

主任看看校长，校长说："什么东西，给我吧。"

他肯定校长就是校长后，随即打开挎包，从里面抽出一份讲义夹。讲义夹很普通，是用硬纸板做的那种，学校的老师几乎都有。他从里面抽出一页文书，递给校长，并要求校长必须亲阅。

校长接过东西，退开两步看。从主任的角度只能看到文书的背面，他看去觉得这页纸既不特别地大，也不特别地硬，也没什么特别的装帧，似乎与一般介绍信函并无区别。但看校长的反应，区别又似乎是相当大。他注意到，校长几乎只扫了一眼——也许是看见了盖在右下方的图章，神情就立即变得肃穆又慎重起来。

“您就是郑处长？”

“对。”

“失敬，失敬。”

校长热忱地请他去了自己办公室。

没有人知道，这到底是哪方机关开出的文书，具有如此的派头，叫校长如此恭敬。办公室主任曾以为他总是要知道秘密的，因为学校有规定，所有外来介绍信函一律交由办公室统一保存。后来他看校长老是没把该交的东西交上来，有一天便主动去要，不料校长说他早烧掉了。校长还说，那信上面第一句话就是：要求阅完当即烧掉。主任顺便感叹一句：很神秘嘛。校长严肃地说：忘记这事情吧，跟谁都不要提起。

事实上，在校长带他回到办公室时，他手上已经捏着一盒火柴，待校长确定看完后，他便划燃火柴，对校长说：

“烧了吧？”

“烧了吧。”

就烧了。

两个人很默契，没多说一个字，只默默地看着纸化成灰。

完了，校长问他：“你要多少人？”

他伸出一个指头：“就一个。”

校长又问："想要哪方面的？"

他再次打开讲义夹，抽出一页纸，说："这是我个人对要找的人的一些想法和要求，不一定全面，仅供参考吧。"

这页纸大小和刚才那页一样，都是十六开的，不同的是此页纸上没有图章，字也不是铅印的，是手写的。校长粗粗地看一眼，问：

"这也是看了要马上烧掉的吗？"

"不，"他笑了，"难道你觉得这也有秘密吗？"

"我还没看呢，"校长说，"不知道有没有秘密。"

"不会有的，"他说，"你可以给相关人看，学生也可以，只要谁觉得自己合适，都可以亲自来找我，我住在贵校招待所三〇二房间，随时恭候光临。"

当天晚上，数学系有两名品学兼优的应届生被校方带到三〇二房间，然后陆续有人出现在三〇二房间，到第三天下午已有二十二名学生或被安排，或毛遂自荐，来到三〇二房间与神秘的瘸子见面。这些人大多是数学系的，其中包括系里刚招收两届共九名在读研究生中的七人，个别其他系的也都是数学专业的选修生。总的说，数学能力是瘸子选人的第一条件，几乎也是唯一的条件。但来的人出去后都说这是在胡扯淡，他们从根本上怀疑这件事可能有的真实性和严肃性。说到瘸子本人，他们甚至咬牙切齿地骂他是个神经病——跷脚佬加神经病！其中有一半人都说，他们进房间后，瘸子理都没理他们，他们只是傻乎乎地站了或是坐了一会儿，瘸子就挥挥手喊他们走人了。数学系有关老师根据学生们这种反应，跑到招待所，当面责问瘸子在搞什么名堂，来了人什么都不问不说就喊走人，得到的答复是：那就是他的名堂。

瘸子说："猫有猫道，狗有狗道，体育教练靠摸人骨头选拔运动员，我要的人首先必须有良好的心理素质。有的人看我不理睬他们，浑身都不自在，站也不是，坐也不是，惶惶恐恐的，这种心理素质的人我是不要的。”

说的比唱的还好听，是真是假只有他自己明白了。

第三天下午，瘸子约请校长来招待所，谈了他这次选人情况，总的感觉是不甚理想，但也不是一无所获。他给校长提供了二十二名面试者中的五个人名，要求调他们的档案看，估计他要的人就在这五人当中。校长看这工作已近尾声，又听说他明天可能就走，就留在招待所陪他一起吃了一餐便饭。席间，瘸子像突然想起似的，向校长打问老校长小黎黎的情况，校长如实告知。

校长说：“如果您要见老校长，我可以通知他来见您。”

他笑道：“哪有他来见我的道理？只有我去拜见他！”

当晚，瘸子果然去拜见了小黎黎——

【容先生访谈实录】

那天是我下楼给他开的门，我不认识他，也不知道他就是这两天系里正在盛传的那个神秘人。父亲起初也不知道，但有人在系里大肆揽人的这件事，我跟他提过，所以后来父亲知道他就是那个神秘人后，就把我喊过去，介绍我们认识了。当时我很好奇，问他要的人是去做什么的。他没有直接回答我，只说是去做很重要的工作的。我问重要到什么程度，是事关人生存还是发展，他说是**事关国家安危**。我问选拔的情况如何，他似乎不是太满意，说：矮子里选高个，将就。

之前，他一定已跟父亲谈过这事，父亲似乎很知道他想要什么样的人，这时看他那个不满意的样子，突然带开玩笑似的对他说：其实，依你刚才说的，有一个人倒是很符合你要的人的要求。

谁？他一下显得很认真。

父亲还是跟他开玩笑，说，远在天边，近在眼前。

他以为父亲说的是我，一下打问起我的情况来，结果父亲指着墙上镜框里的珍弟说：是他。他问：他是谁？父亲又指着我姑姑（即女黎黎）的照片说：看，你不觉得他们两人长得像吗？他凑近镜框仔细看了，说：像。父亲说：那就是她的后代，她孙子。

在我印象里，父亲是很少这么向人介绍珍弟的，这几乎是第一次，也不知为什么要对他这么说，也许是因为他在外地生活，不了解情况，所以说话比较随便。再说他是N大学出去的，当然知道我姑姑是谁，听父亲这么说后，一下子兴致勃勃地向我们打问珍弟的情况。父亲也是很有兴致地跟他谈了珍弟的很多情况，都是夸他的。不过，到最后，父亲专门提醒他，叫他别动珍弟的脑筋。他问为什么，父亲说：因为我课题组需要他啊。他笑着没再说什么，直到临走都没说什么，给人感觉是他已把珍弟忘了。

第二天早上，珍弟回来吃早饭，说昨天晚上很迟了，有个人去找过他。那时课题组办公条件比较好，珍弟因为经常晚上熬夜，常常住在办公室，只是回来吃饭。他这么一说，父亲当然知道是谁去找了他，哈哈笑道：看来他没死心。

珍弟问，他是谁？

父亲说，别理他。

珍弟说，他好像希望我去他们单位。

父亲问，你愿意去吗？

珍弟说，这要听您的。

父亲说，那就别理他。

正这么说着，听到有人敲门，进来的就是他。父亲见了，先是客气地请他吃早饭，他说已经在招待所吃过，父亲就请他上楼坐，说他很快就吃完。吃完了，父亲喊珍弟走，还是那句话：别理他。

珍弟走后，我陪父亲上楼，见他坐在会客室里，在抽烟。父亲表面上客客气气的，但说的话里却藏着不客气。父亲问他这是来告辞的还是来要人的。父亲说：如果是来要人，我是不接待的，因为昨天晚上我已经同你说过，别打他的算盘，打了也是白打。他说：那您就接待我吧，我是来告辞的。

父亲于是请他去书房坐。

我因为上午有课，只跟他寒暄几句，就去自己房间准备上课的东西。不一会儿，我从房间出来，本想同他辞个别的，却见父亲书房的门很少见地关着，就想算了，就直接走了。等我上完课回来，母亲伤心地跟我说珍弟要走了，我问去哪里，母亲一下抽泣起来，说：

就是跟那个人走，你父亲同意了——（未完待续）

没有人知道，瘸子在书房里——关着门的书房里——到底跟小黎黎说了些什么，容先生说她父亲至死都不准人问这事，问了就生气，说有些东西是注定要烂在肚子里的，吐出来是要惹麻烦的。但有一点很明确，不容置疑，就是：瘸子正是通过这次秘密的谈话，把不可改变的小黎黎改变得一塌糊涂。据说，这次谈话仅仅持续半个多小时，而小黎黎出来时已经在跟老夫人说给金珍准备走的话了。

不用说，通过这件事情，瘸子的神秘性已达到无以复加的地步，而且这种神秘性以后将不断地散发到金珍头上。

03

金珍的神秘性其实在那个下午，就是瘸子和小黎黎在书房密谈后的当天下午，便开始闪闪烁烁地显山露水了。这天下午，他被瘸子用吉普车接走，到晚上才回家，还是小车送回来的。回家后，他的目光里已藏着秘密，面对家里几个人殷切询问的目光，他久久没有开腔，可以说行为上也露出了秘密，给人的感觉好像是跟瘸子走了一趟，跟家里人已产生了隔阂。过了很久，他在言必称校长的小黎黎的催问下，才重重地叹一口气，犹犹豫豫地说：

"校长，您可能把我送去了我不该去的地方。"

话说得很轻，却是掷地有声，把在场的人，小黎黎，老夫人，容先生，都惊异得无言以对。

小黎黎问："怎么回事？"

他说："我也不知道该说什么，现在我想对你们说的都是不能说的。"

把几对已经吃紧的目光又收紧了一层。

老夫人上来劝他："如果你觉得不该去就不去嘛，又不是非去不可的。"

金珍说："就是非去不可了。"

老夫人："哪有这样的事？他（指小黎黎）是他，你是你，他同意不是说你就一定得同意。我看你就听我的，这事你自己决定，想去就去，不想去就不去，我给你去说。"

金珍说："不可能的。"

老夫人："怎么不可能？"

金珍说："他们只要认准你，谁都无权拒绝的。"

老夫人："什么单位嘛，有这么大权力？"

金珍说："不能说的。"

老夫人："跟我都不能说？"

金珍说："跟任何人都不能说，我已经宣过誓……"

适时，小黎黎猛然拍一记巴掌，站起来，大义凛然地说："行，那就什么都别说了，说，什么时候走？决定了没有？我们好给你准备。"

金珍说："天亮之前必须走。"

这一夜，几个人都没有睡觉，大家都在忙着给金珍准备这准备那的，至凌晨四点钟，大东西都准备好了，主要是书和冬天的衣服，捆在两只纸箱里。再准备就是些日常的零零星星的东西，虽然金珍和小黎黎都说有些东西将来可以临时买，无须带的，但两位女性似乎有些控制不住的，楼上楼下地跑，挖空心思地想，一会儿是收音机、香烟的，一会儿又是茶叶、药品的，很快又细心而耐心地收满一只皮箱。快五点钟时，几个人都下楼来，老夫人的情绪已很不稳定，所以难以亲自下厨给金珍做早饭，只好叫女儿代劳。但她一直坐在厨房里，寸步不离地指挥着女儿，这个那个地提醒着，要求着。不是说容先生不会下厨，而是因为这顿饭非同寻常，是顿送行饭。在老夫人心里，送行饭起码要达到如下四项特殊要求：

1. 主食必须是一碗面食，取的是长寿平安的意思。

2. 面又必须是荞麦面；荞麦面比一般面要柔韧，意思是一个人在外要能屈能伸。

3. 调味时必须要加酸醋、辣椒和桃仁；桃仁是苦的，意思是酸甜苦辣味，其中酸、苦、辣三味都留在了家里，出去就只有甜了。

4. 数量上宁少毋多，因为到时必须金珍吃得滴水不剩的，以象征圆圆满满。

与其说这是一碗面，倒不如说是老夫人的一捧心，装满了美好的祝愿和期待。

寓意深重的面热腾腾地上了桌，老夫人喊金珍快吃，一边从身上摸出一块雕成卧虎状的玉，塞在金珍手上，要他吃完系在裤腰带上，说是可以给他带来好运的。就这时，门外响起来车和停车的声音。不一会儿，瘸子带着司机进来，和大家招呼后，吩咐司机装东西上车。

金珍依然在默默地吃着面，他从开始吃面起就一直缄默不语，是那种千言万语不知怎么说的无语。面已经吃得滴水不剩，但他还是默默地坐着，没有起身的意思。

瘸子过来，拍一下他的肩膀——像已经是他的人一样的，说："告个别吧，我在车上等你。"回头跟两位老人和容先生作别而去。

屋里静悄悄的，目光都是静的，收紧的，凝固的。金珍手上还捏着那块玉，这会儿正在使劲搓揉着，是屋子里唯一的动。

老夫人说："系在皮带上吧，会给你带来好运的。"

金珍将玉凑到嘴前，亲吻一下，准备往皮带上系。

适时，小黎黎却把玉从金珍手上拿过来，说："凡夫俗子才需要别人给他带来好运，你是个天才，相信自己就是你的运气。"说着从身上拔下那支已跟随他快半个世纪的沃特牌钢笔，插在金珍手里，说，“你更需要这个，随时把你的思想记下来，别叫它们跑掉，你就会不断发现自己是无人能比的。”

金珍像刚才一样，默默地亲吻一下钢笔，插在胸前。这时，外面响起汽车喇叭声，只点了一下，很短促的。金珍像没听见，一动不动地坐着。

小黎黎说：“在催你了，走吧。”

金珍还是一动不动地坐着。

小黎黎说：“你是去替国家做事的，高高兴兴地走吧。”

金珍依然一动不动地坐着。

小黎黎说：“屋里是你的家，屋外是你的国，无国乃无家，走吧，别耽误了。”

金珍还是一动不动地坐着，像是离别的惆怅将他牢牢地粘在了凳子上，动不了了！

外面又响起汽车喇叭声，比刚才拖长了声音。小黎黎看金珍还是没动，跟老夫人使个眼色，意思是喊她说句话。

老夫人上来，双手轻轻地放在金珍的肩膀上，说：“走吧，珍弟，总是要走的，师娘等着你来信。”

金珍像是被老夫人的手碰醒似的，蒙蒙眬眬地立起身，恍恍惚惚地迈开步子，往门口走去，却没有话语，脚步也是轻轻的，像梦游似的走，把家里人都弄得糊里糊涂的，都如梦游似的跟他走。走到门前，金珍猛然转过身来，咚的一声跪在地上，对着两位老人没有犹豫地磕了一个响头，带泪地喊一声：

“娘——我走了，我走到天涯海角，都是你们的儿……”

这是一九五六年六月十一日凌晨五点多钟，就是从这一刻起，几乎像一棵树又像一个传说一样在N大学校园里既沉静又喧嚣地度过十余年的数学天才金珍，即将踏上神秘的不归路。临行前，他向两位老人要求把自己改名叫容金珍，他以一个新的名字甚至是新的身份与亲人们作别，从而使原本已带泪的离别变得更加泪流满面，好像离别的双方都预先知道这次离别的不同寻常。可以不夸张地说，从那之后，没有人知道金珍去了哪里，他随着吉普车消失在黎明的黑暗中，有如是被一只大鸟带走，带到另一个世界去了，消失了。感觉是这个新生的名字（或身份）是一道黑色的屏障，一经拥有便把他的过去和以后彻底隔开了，也把他和现实世界彻底隔开了。以后，人们只知道他待在某一个地方，这地方的通信地址是——

本市三十六号信箱。

仿佛很近，就在身边。

可实际上无人知晓这究竟是个什么地方——

【容先生访谈实录】

我曾问过几个在邮局工作的学生，本市三十六号信箱是个什么单位、在哪里，得到的答复都是不知道，好像这是地球以外的一个地址。开始我们都以为这地方就在本市，但当我们收到珍弟第一封来信时，信在路上走的时间告诉我们，这不过是个掩人耳目的东西。他去的地方可能很远，甚至可能在很远的地方的地底下。

他第一封信是走后第三天写的，我们是在第十二天收到的，信封上没有寄信人地址，寄信人地址一栏里是毛主席的一句题词：**生的伟大死的光荣**。是毛主席的亲笔手迹，印成红色。最特别的是，信封上没有始发邮局的邮戳，只有接收局的邮戳。以后，每次来信都这样，同样的信封，同样的没有始发邮戳，邮路时间也差不多，都在八九天左右。到“文化大革命”开始后，毛主席的题词被换成当时最流行的一首歌名：**大海航行靠舵手**，但其他都还一样。什么叫国家机密？从珍弟神秘怪诞的来信中，我多少知道了一点点。

是珍弟走的当年冬天，十二月份，有天晚上，外面刮着大风，天气骤然降温，吃饭的时候，父亲突然觉得有点头痛，都以为是着凉引起的，所以他吃了几片阿司匹林后，便早早上楼去休息了。没几个小时，等母亲上床去休息时，发现父亲身上还是热乎的，但人已没了气息。父亲就这样去世了，好像睡前吃的几片药是毒药，好像父亲知道没有珍弟他的课题研究注定要流产，所以就干净利索地结束了自己。

当然，事实不是这样的，是脑溢血夺走了父亲的生命。

喊不喊珍弟回来，开始我们有些犹豫，主要是想他才走不久，单位又那么神秘重要，又那么远——我当时已笃定珍弟没在本市。但母亲最后还是决定喊，母亲说：既然他姓容，喊我是娘，他就是我们的儿子，父亲去世当然要喊他回来。就这样，我们给珍弟拍去电报，通知他回来参加葬礼。

但来的却是一个陌生人，他代表**容金珍**给父亲敬献了花圈。花圈很大，是葬礼上所有花圈中的最大一个，但我们还是感觉不到安慰，甚至还有些忧伤。说真的，以我们对珍弟的了解，只要他能回来是一定会回来的，他是个非常认死理的人，认定的事他会采取任何方法去做，不会前怕狼后怕虎的。他不回来，我们当然想法很多，不知为什么，也许是来人说的有些话太隐晦，什么以后家里有啥事金珍回来的可能性都很小；什么他们都是容金珍亲密无间的兄弟，他们来就代表容金珍来；什么这个他无法回答我们，那个他不能说的，等等。这些话我听着想着，有时候我会突然怀疑珍弟已经出事了，死了。

尤其是看他以后的来信越来越少，越来越短，而且一年年都是这样，老是见信见不到人，我真的越来越怀疑珍弟已不在人世。在一个事关国家安危的神秘又秘密的机构里，生命也许是最容易伟大的，但也是最容易光荣的，而给死者亲属制造人死犹在的假象，可以说就是我们体现光荣常用的一种方式，是光荣的一部分。总之，随着珍弟一年年的不回来，看不到他人，听不到他声，光凭几封信，我对他能不能安然回来已经越来越没信心了。

然后是到一九六六年，“文化大革命”爆发了，跟着是埋在我个人命运里几十年的一枚炸弹也爆发了。一张大字报揭发我，说我一直在苦恋那个人（容先生前男友），因此各种大胆离奇的设想、妖怪的推理相继粉墨登场，什么我至今不嫁就是唯他不嫁，什么爱他就是爱国民党，什么我是国民党的情妇，什么我是国民党的特务等等，反正说什么的都有，说什么都是想当然的，但又是不容置疑的。

大字报贴出的当天下午，几十个学生就稀里哗啦地包围了我家，也许是慑于父亲的余威吧，他们只是乌七八糟地高呼大叫，没有冲进屋把我揪出去，后来校长又及时赶来把他们劝走了。这是第一次对我发难，有点点到为止的意思，没太过激的行为。

第二次是一个多月后，一下卷来几百人，前面押着校长等好几个当时学校的权威人物，来了就冲进屋，把我揪出去，扣了一顶**国民党情妇**的高帽子，汇入被批斗的一群人中，像犯人一样地游行示众。完了，又把我和化学系的一个生活作风有些腐化传言的女教师关在一间女厕所里，白天拉出来斗，晚上押回来写材料。后来我俩还被当众剃成阴阳头，完全变成人不人鬼不鬼的，有一天母亲在批斗现场见到我，吓得当场昏厥过去。

母亲躺倒在医院里生死不知，自己又是人鬼不分，这日子简直比在油锅上煎还难受！这天晚上，我偷偷给珍弟写了封电报，只有一句话：**如果你还活着就回来救我！**是以母亲的名义写的。第二天，一个同情我的学生帮我将电报拿去发了。电报发出后，我想过各种可能，最大的可能是了无回音，其次是像前次父亲死时一样来一个陌生人，至于珍弟亲自来的想头几乎就没有，更没有想到他会那么快地出现在我面前——（未完待续）

这一天，容先生正陪她的同党在化学系教学楼前接受批斗。两人站在大楼进出门厅的台阶上，头上戴着高帽子，胸前挂着大牌子，两边是猎猎红旗和标语什么的，下面是化学系三个班的学生和部分老师，约有二百来号人，都席地而坐，发言的人会站起来，感觉还是很有秩序的。就这样，从上午十点多钟开始，又是揭发，又是审判的。中午，他们在现场吃饭（有人送的），容先生她们在现场背毛主席语录。到下午四点多钟时，两人脚早已站麻木，已不由自主地跪在地上。就这时，一辆挂着军牌照的吉普车突然开过来，停在楼前，把大家的注意力吸引过去。车上下来三个人，两个高个子，一左一右夹着一个小个子，径自朝批斗现场走来。快走近台阶时，几个值勤的红卫兵拦住他们，问他们是什么人，中间的小个子很蛮横地说：

"我们是来带容因易的！"

"你是什么人？"

"来带她的人！"

一红卫兵看他说话口气这么大，沉下脸，厉声回敬他："她是国民党情妇，不能走！"

那小个子狠狠地盯他一眼，突然呸了一声，骂道："你放屁！她要是国民党，那我也不成国民党啦？你知道我是谁？告诉你，今天我非把她带走不可，让开！”

说着，一把推开拦他的人，冲上台阶去。

这时，不知谁喊道：“他胆敢骂我们红卫兵，把他捆起来！”

一下子，人都站起来，拥上去，围着他一顿乱拳。这时如果没人保护他，乱拳之下说死人就是要死人的，幸亏有陪他的人保护他，这两人都是高高大大的，而且一看就是有身手的人，三下五除二就赶出一个小圈子，他就站在圈子里面，两人像保镖一样地护着他，一边双双高喊着：

“我们是毛主席的人，谁敢打我们谁就不是毛主席的人，不是红卫兵！我们是毛主席最亲的人，散开！散开！”

完全靠着万夫不当之勇，两人终于把小个子从人团里救出去，一个人护着他往前跑，一个人跑着跑着，却突然地转过身，从身上摸出手枪，朝天开一枪，大声喝道：

“都给我站着！我是毛主席派来的！”

所有人都被这突然的枪响和他的威严镇住，怔怔地望着他。但后面不时有人在喊红卫兵不怕死、别怕他什么的，眼看局面又要发生突变，这时他从口袋里掏出一本证件——鲜艳的红色，封皮上有个很大的国徽——打开证件内页，高举着，亮给大家看：

“你们看，我们是毛主席的人！我们在执行毛主席下达的任务，谁要敢闹事，毛主席就会派部队来把他抓起来！现在我们都是毛主席的人，有话好好说，请你们的领导同志站出来，毛主席有话要说。”

人群里站出来两个头目，那人收起手枪，请两人在一边耳语一番后，两个头目明显被说服了，回头就对大家说他们确实是毛主席最亲的人，要大家都回原地坐下。不一会儿，现场又安静下来，已经跑出几十米远的两人又回转过来，一个头目甚至很远地迎上去握住小个子的手，另一个头目则向大家介绍说他是毛主席的英雄，要大家鼓掌欢迎。掌声稀稀拉拉的，说明大家对英雄还是有情绪。也许是怕再生事，那个先前开枪的人没让英雄过来，他迎上去跟他窃窃私语几句，把他送上车，喊司机开车走，自己则留下没走。车子发动后，英雄从车窗里探出头，大声喊道：

"姐，你别害怕，我这就去喊人来救你！"

此人就是金珍！

容金珍！

容金珍的喊声回荡在人群上空，余音还在缭绕，只见又一辆挂军牌照的吉普车风驰般驶来，急停在容金珍他们的车前。车上钻出三个人，两位是穿干部制服的解放军，他们下车就走到刚开枪的那人面前耳语几句，然后把另一人介绍给他认识。此人是当时学校红卫兵组织的头号人物，人称杨司令。接着，几人在车子边小声商议一会儿后，只见杨司令独自表情肃穆地走到红卫兵这边，二话不说，举起拳头就高喊毛主席万岁，下面的人都跟着喊，喊得地动山摇的。完了，他转身跳上台阶，摘掉容先生的高帽子和大牌子，对下面的人说：

"我向毛主席保证，她不是国民党情妇，而是我们英雄的姐姐，是毛主席最亲的人，是我们最革命的同志。"

说着，他又举起拳头，连连高喊口号——

毛主席万岁！

红卫兵万岁！

同志们万岁！

喊过几遍后，他摘下自己的红卫兵袖章，亲自给容先生戴上。这时，又有人开始高喊口号，不停地喊，像是欢送容先生走似的，其实是掩护她走，通过喊口号来分散大家的注意力。就这样，容先生在一浪高过一浪的口号声中结束了她被革命的历史——

【容先生访谈实录】

说真的，当时我没能认出珍弟来，十年不见，他变得比以前还要瘦弱，加上又戴着一副比瓶底子还厚的老式眼镜，活像个小老头，让我简直不敢认，直到他喊我姐后，我才如梦初醒。但这个梦似乎又是醒不了的，就是现在，我都怀疑那天的事情是不是在梦中。

从发电报到见人才一天时间，他这么快回来，仿佛真的就在本市，而他回来后的种种权威又神秘的迹象表明，他好像真的成了一个非常重要的人物。他在家期间，那个开枪的人像影子一样始终寸步不离地跟着他，感觉上既像保镖又像个看守，把珍弟看管得几乎是没自由的，哪怕跟我们说什么，他都要干预，这个不准问，那个不能说的。晚上的饭菜是汽车送来的，名义上说是为免除我们辛苦，其实我看是怕我们在饭菜里下药。吃完饭，他便开始催珍弟走，在母亲和珍弟再三强烈要求下，他总算同意珍弟在家住一夜。这对他似乎是个冒险的举动，为此他调派来两辆吉普车，布置在我家的门前屋后，车里面少说有七八个人，有穿军装的，也有穿便衣的，他自己则和珍弟睡在一个房间里，睡之前把我们家每一个角落都巡视了一遍。第二天，珍弟提出要去给父亲上个坟，遭到他断然拒绝。

就这样，珍弟像梦一样地来，像梦一样地住了一夜，又像梦一样地走了。

通过这次见面，珍弟对我们依然是个谜，甚至谜底变得更深，我们唯一弄清楚的就是他还活着，而且还结了婚。说是不久前才结婚的，妻子是他一个单位的，所以我们同样无法知道她是干什么的，在哪里，只知道她姓翟，是个北方人。从带回来的两张照片上看，小翟比珍弟还个高块大，长得结结实实的，只是目光有点忧郁，跟珍弟一样，好像也是个不善表达的人。走之前，珍弟塞给母亲一只信封，很厚，说是小翟要他转交的，要我们等他走后再看。后来我们看，里面有二百元钱和一封小翟写的信，信上主要说组织上不同意她陪珍弟回来看我们，很抱歉什么的。和珍弟不一样，她喊我母亲叫妈妈。亲爱的妈妈。

珍弟走后第三天，一个曾多次代表珍弟单位来我家表示节日慰问的人，给我们送来一份由当时省军区和省革委会联合下发的大红头文件，内容是说：容金珍是受党中央、国务院、中央军委表彰的革命英雄，其家庭是革命之家、光荣之家，任何单位、组织和个人不得擅自入内，更不能以任何名义对英雄亲人采取错误的革命行为等。上面还有一手批示——**违者一律以反革命处置！**是当时省军区司令员亲笔签署的。这不啻是一把尚方宝剑，正是靠着它，我们家后来再没有遇到任何麻烦，包括我哥，先是靠它调回到N大学，后来他决定出国，也是靠它才出去成的。我哥是搞超导研究的，当时在国内哪有条件？只好出去，可你想想，那个时候要出国有多难。从某种意义上说，在那个特殊的年代，是珍弟给我们提供并创造了正常甚至是理想的生活和工作环境。

但是，珍弟到底为国家作出了什么巨大的了不起的贡献，有如此殊荣和神奇的权威，以至时代都在他手上被轻易地翻转，这对我们来说一直是个谜。后来，也就是珍弟回来救我后不久，化学系的人传出一种说法，说珍弟是为我们国家制造原子弹的元勋，说得有鼻子有眼的。我一听这个说法忽然觉得很可信，因为——一个从时间上说是符合的，我国是一九六四年研制成功第一颗原子弹的，恰好在珍弟出去的时间内；二个从专业上说也是说得通的，研制原子弹肯定需要数学家参与；再个就是从感觉上说，我想，也只有他在干这个事才会这么神秘，这么重要又荣耀。只是到八十年代，我看国家在表彰两弹元勋的名单上并没有珍弟的名字，不知是珍弟改了名，还是仅仅是谣传而已——（未完待续）

04

跟容先生一样，郑瘸子是我完成这个故事的一个重要人物，我在采访容先生之前就曾采访过他，并与他建立了十分友好的关系。那时候，他已经六十多岁，皮肉上的疏松已经不可避免地渗透到骨头里，所以跛足也不可避免地变得更跛，再不可能凭借一两个鞋后跟来解决问题，只好拄起了拐杖。正如有人说的，他拄拐杖的样子显得很威严，不过我想，威严也许不是来自拐杖，而是来自他的头衔。我结识他时，他是特别单位 701 的头号人物，一局之长。人到这份上，瘸子自然是没人敢喊了，即使他要你喊你都不敢，再说人到这份上，有官衔，又有年纪，可以称呼的称呼也多了。

局长。

首长。

老板。

老郑。

现在人们就这样喊他，五花八门，因人而易。只有他自己，经常自嘲为拐杖局长。说实话，他的名字我至今也不得而知，就因为替代他名字的称谓太多，俗称、尊称、雅号、绰号，一大堆，名字真正成了多余的东西，经久不用，有点自动报废的意思。当然，以我的身份言，我只能正正经经地尊称他，那就是**郑局长**。

郑局长。

郑局长……

现在，我告诉你一个郑局长的秘密，他有七部电话——数量之多，可以与他的称谓相比！他留给我的只有两部，不过已经足够，因为有一部是他秘书的，打过去随时会接听。也就是说，我肯定可以让局长大人听到我的声音，至于我能不能听到他的声音，那得要看运气了。

采访完容先生后，我曾给郑局长的两部电话拨号，一部没人接听，另一部喊我稍等，就是说要看我运气了。运气不错，我听到了郑局长的声音，他问我什么事，我告诉他现在 N 大学的人都在传说容金珍是制造原子弹的元勋。他问我说这个是什么意思，我说我的意思是容金珍虽然功勋赫赫，但由于从事秘密工作的原因，其实只不过是个无名英雄，但现在恰恰也正由于秘密的原因，他的功勋又似乎被人为地夸大了，成了制造原子弹的功勋。殊不知，电话那头传来一个很生气的声音，并一口气地对我这样说道：

“我看不见得！难道你觉得靠一颗原子弹可以打赢一场战争吗？而靠容金珍我们几乎可以打赢每一场战争。原子弹是象征我们国力的，是插上鲜花给人看的，而容金珍干的事是看别人，是从风中听人的心跳声，看人家深藏的秘密。只有知彼知己，方能百战不殆，所以，依我看，从军事的角度说，容金珍干的事比造原子弹还要有实际意义。”

容金珍干的事是**破译密码**——

【郑局长访谈实录】

破译事业是一位天才努力揣摩另一位天才的心的事业，是男子汉的最最高级的厮杀和搏斗。这桩神秘又阴暗的勾当，把人类众多的精英纠集在一起，为的不是什么，而只是为了猜想由几个简单的阿拉伯数字演绎的秘密。这听来似乎很好玩，像出游戏，然而人类众多精英却被这场游戏折磨得死去活来。

密码的了不起就在于此！

破密家的悲哀也在于此！在人类历史上，葬送于破译界的天才无疑是最多的。换句话说，能够把一个个甚至一代代天才埋葬掉的，世上大概也只有该死的密码了，它把人类大批精英圈在一起似乎不是要使用他们的天才，而只是想叫他们活活憋死，悄悄埋葬。所以，难怪人们都说**破译事业是人类最残酷的事业**——（未完待续）

一九五六年夏天那个凌晨，当容金珍在朦胧的天色中乘车离开N大学时，他一点不知道坐在自己身边的这个举止有点傲慢的人，已不可逆转地将他的一生与神秘又残酷的密码事业连接在了一起。他也不知道，这个被N大学同学们戏谑为在雨中跳舞的瘸子，其实有一个很秘密又秘密的头衔，即特别单位701破译处处长。换句话说，今后他就是容金珍的直接领导！车子开动后，领导曾想与部下交流一下，但也许是离别的惆怅的缘故吧，部下没有发出片言回音。车子在雪亮的灯光下默然前行，有种秘密、不祥的感觉。

车子在黎明的天光中驶出市区，上了××国道飞奔起来。容金珍一下警觉地东张西望起来，他在想，不是在本市嘛——本市三十六号信箱，怎么还上国道？虽然昨天下午瘸子带他去那地方办理相关调任手续时，车子绕来绕去地走，有十几分钟时间他甚至被要求戴上一副驱光的眼镜，等于是被蒙了眼睛，但凭感觉他相信并没有走出市区。现在车子上了通坦的国道呼呼地奔驰起来，感觉是要去很远的地方，便纳闷地询问起来。

"我们去哪里？"

"单位。"

"在哪里？"

"不知道。"

"很远吗？"

"不知道。"

"不是去昨天去的地方？"

"你知道昨天去了哪里？"

"肯定在市里面嘛。"

"听着，你已经在违背你的誓言了。"

"可是……"

"没有可是，重复一下你宣誓的第一条！"

"所到之处，所见所闻，均属机密，不得与任何人传谈。"

"听着，要好好记住它，以后你每天的见闻都是机密……"

天黑了，车子还在开。前方散漫地闪现出一片灯火，估计是个不大不小的城市，容金珍留心观察，想知道这是在哪里。瘸子却又要求他戴上驱光眼镜，等允许他摘下眼镜时，车子已行驶在蜿蜒的山路上，两边是跟所有山路差不多的树林和山体，没有任何路标和明显标记物。山路弯多，狭窄，漆黑，车灯打出去，光线时常被挤作一团，压成一路，像探照灯一样又亮又集中，感觉车子不是在靠引擎行驶，而是被光亮拉着走似的。这样地走了约有一个多小时，容金珍从远处黑暗的山坡上看见几丛零星的灯火，那也是他下车的地方。

这地方有门无牌，门卫是个断臂老头，脸上还横着一道怨气冲天的疤痕，从左边耳朵根起，跨过鼻梁，一直拉到右边脸颊。不知怎么的，容金珍一见到他，心里就油然想起西方小说里的海盗，而院子里寂静无声、死屋一般阴森森的感觉，又使他想起西方宗教小说中经常出现的中世纪古老的城堡。黑暗中冒出来两个人，跟幽灵一样的，走近了，才发现有一人还是女的，她上来跟瘸子握手，另一人（男的）则钻进车里，将容金珍的行李提了就走。

瘸子把容金珍介绍给女人，惶惶然中，容金珍没听清她姓什么，只听得好像叫什么主任，是这里的领导。瘸子告诉他：这里是701集训基地，所有新入701的同志都要在这里接受必要的政治教育和业务训练。

瘸子说："什么时候你完成了集训，我就会派人来接你，希望你尽快完成集训，成为一名真正合格的701人。"说完爬上车，乘车而去，感觉像个人贩子，从外地弄了个货色来，脱了手就走了，没有一点犹豫和缠绵的。

三个月后的一天早上，容金珍正在床上做仰卧起坐，听到外面传来摩托车的声音，停在他寝室前，然后就有人嘭嘭地敲他门。开门看，来人是个年轻人，见面就对他说：

"我是郑处长派来接你的，准备一下走吧。"

摩托车带着他走，却不是往大门的方向开，而是朝院子的深处开，开进一个隐蔽的山洞里。山洞里洞中有洞，四通八达，深奥复杂，迷宫一样的。摩托车笔直地开，开了约有十来分钟后，停在一扇拱形铁门前，司机下车进去一会儿又出来，继续开车走。又一会儿，车子驶出山洞，一个比集训基地大好几倍的院落迎面扑进容金珍眼帘里——这就是神秘而隐蔽的特别单位701的营院，也是容金珍今后生活的地方，而工作的地方则在摩托车刚刚停了一会儿的那扇拱形铁门的里面。这里人通常将此院称做北院，而基地通常叫南院。南院是北院的门面，也是关卡，有点护城河和吊桥的意思。一个在南院被关卡掉的人，将永远无缘一睹北院，就是说吊桥是永不会对他放下的。

摩托车又开一会儿，最后停在一栋墙上爬满藤蔓的红砖楼面前，屋子里面飘出的缕缕饭香告诉容金珍，这里应该是食堂。正在里面用餐的瘸子从窗户里看见，起身出来，手上还捏着半个馒头，把容金珍请进去。

他还没吃早饭呢。

餐厅里坐满各式各样的人，从性别上说，有男有女；从年龄上说，有老有少；从着装上说，有穿军装和穿便衣的，甚至还有个别穿警服的。在基地受训时，容金珍一直在猜想，这到底是个什么单位，哪个系统的？军方的，还是地方的？现在，看了这番情景，他心里更是茫然无知，他只是默默地想，这也许就是一个特别单位的特别之处吧。事实上，作为一个特别单位，一个秘密机构，特别就是它的长相，秘密就是它的心脏，有如一缕遥远的天外之音。

瘸子引领他穿过大厅，到一隔间里，餐桌上已摆着一套早餐，有牛奶、鸡蛋、包子、馒头，还有小菜。

瘸子说："坐下吃吧。"

他坐下吃。

瘸子说："你看外面，他们吃的可没你丰富，他们喝的是稀饭。"

他抬头看，外面人手里端的都是碗，而自己是杯子，杯子里是牛奶。

瘸子说："知道为什么吗？"

他说："是因为迎接我吗？"

瘸子说："不，是因为你要做更重要的工作。"

等吃完这顿早饭，容金珍就要开始他从事一生的破译事业！然而，直到此时，他还浑然不知自己将要从事的职业是这项神秘又残酷的事业。虽然在基地时，他接受的某些特别的业务训练，比如教官要求他必须尽可能熟记X国的历史、地理、外交关系、政界要员、军事实力、战略布置、攻防关系，甚至政界军方要员的个人背景资料等等，这些曾使他好奇地想象过自己日后可能从事的职业。他第一想到的是研制某种对X国具有特殊军事目的的秘密武器，然后是加入某位首长的智囊团，当首长参谋秘书什么的，然后是当军事观察员。然后还有一些因为他不擅长因而他不情愿想的职业，比如当军事教员，出去搞外交活动，甚至是当外交武官、谍报员等等。总之，他这个那个地想到了很多种重要又奇特的职业，就是没想到当密码破译员。

这几乎不是一个职业，而是一个阴谋，一个阴谋中的阴谋。

05

坦率说，盘踞在A市郊外这个隐秘山谷里的701人，在开始并没有看出容金珍有多么远大的前程，起码在他从事的职业上。这项孤独而又阴暗的事业——破译密码，除了必要的知识、经验和天才的精神外，似乎更需要远在星辰之外的运气。701人说，远在星辰之外的运气是可以抓获的，但必须你每个白天和夜晚都高举起警醒的双手，同时还需要你祖辈的坟地冒出缕缕青烟。初来乍到的容金珍不懂得这些，也许是不在乎，整天捧着一些莫名其妙的书，譬如他经常捧读的是一本英文版的《数学游戏大全》，和一些线装的黄不拉叽的无名古书，默默无闻地消磨着每一个白天和夜晚，除了有点儿孤僻（不是孤傲），既没有聪颖的天资溢于言表（他很少说话），也看不出有多少暗藏的才气和野心，不禁使人怀疑他的才能和运气。甚至，对他在工作上的用心，也有深浅不一的疑虑，因为——刚才说过，他常常看一些与专业毫无干系的闲书。

这还是开始，似乎只是说明他工作上不用功的一方面例证，接下来还有其他方面的。有一天中午，容金珍吃完饭从食堂出来，照常捏了卷书往树林里走。他不爱睡午觉，但也从不去加班，一般都是拣个僻静的地方看看书打发时间。北院差不多是坐落在山坡上的，院子里有好几处小片小片的自然树林，他经常去的是一片松树林，从这边进去，那边出去，出去就是山洞大门，他上班的地方。除此外，他选择这片树林还有个原因是，他喜欢闻松树油脂发出的那股松香味，有点药皂的味道，有人闻不得这味，他却喜欢，甚至觉得闻着它，像过了烟瘾似的，烟瘾都淡了。

这天，他刚走进林子，后面便窸窸窣窣地跟上来一个人，五十来岁的年纪，人好像是那种很谦卑的人，脸上堆满谨慎又多余的笑容，问他会不会下象棋。容金珍点点头，那人便有些兴奋又急切地从身上摸出一副象棋，问他愿不愿意下一盘。容金珍不想下，想看书，但碍于情面，又不好拒绝，便点了头。虽然多年不碰棋，但凭着跟希伊斯下棋练就的功底，一般人依然是敌不过他的。但此人的棋艺明显不是一般，两人有点棋逢对手的感觉，下得难解难分，演绎了一场高水平的较量。以后，那人经常来找他下棋，中午找，晚上找，甚至捧着棋守在山洞口或食堂前死等他，有点缠上他的意思，弄得大家都知道他在跟**棋疯子**下棋。

在 701，没有人不知道棋疯子的情况，他是解放前中央大学数学系的高材生，毕业后被国民党军队特招入伍，派到印度支那搞破译工作，曾破译过日军一部高级密码，在破译界是个响当当的人物。后因不满蒋介石再次发动内战，私自脱离国军，隐姓埋名在上海某电气公司当工程师。解放后，701 经多方打探找到他，把他请来从事破译工作，曾先后破译 X 国多部中级密码，成了 701 数一数二的功勋人物。但是两年前，他不幸患上精神分裂症，一夜间由一个众人仰慕的英雄变成一个人人都怕的疯子，见人就骂，就闹，有时候还打人。按说，像这种急性精神分裂症，尤其是分裂后疯疯癫癫的病例——俗称武疯子，治愈率是很高的。但由于他身上具有多重惊人的秘密，没人敢做主把他放出去治疗，只好将就在701内部医院里治，主治医生是一般的内科医生，只是靠外边请来的专业医生临时教的几招展开医治，结果很不理想。虽说人是安静下来了，但似乎又安静过了头，每天除了想下棋，什么都不想，也不能，用俗话说，是武疯子变成了个文疯子。

其实，得病之前他是不会下棋的，但当他从医院出来时，中国象棋下得比谁都好。这是跟主治医生学的，专家后来认定，事情坏就坏在医生过早地让他学习下棋。专家说，正如饿汉不能一口吃饱一样，像这种病例康复之初是切忌从事智力活动的——从事什么智力活动，他的智力很容易局限在这方面而不能自拔。但本来只是一般内科医生的主治医生不懂得这些，再说他又是个象棋迷，经常跟病人下棋。有一天，他发现棋疯子能看懂棋局时，还以为这是他走向康复的开始，于是经常陪他下棋，有点要巩固巩固的意思，结果就这样出事了，把一个完全可能康复的破译大师弄成了一个棋疯子。从某种意义上说，这是起医疗事故，但有什么办法呢？人家本来就是赶鸭子上架的，不摔下来是运气，摔下来能怪他吗？怪不了的。要怪只能怪棋疯子的职业，怪他身上深藏着秘密。也是因为身上密级的问题，他似乎注定只能在这个隐秘的山谷里打发残障（精神残障）的人生。有人说，除了在棋盘上尚能看到他昔日的智慧，平时间他的智商还没有一只聪明的狗高，你吼他，他就跑，你笑颜待他，他就对你俯首帖耳。因为无所事事，他终日游荡在701院子里，像一个可怜怪异的幽灵。如今，幽灵缠上了容金珍。

容金珍没有像别人一样设法摆脱他。

其实，要摆脱他是很容易的，甚至只要板起脸吼他几声即可。

但他从来不，不躲他，不吼他，连个冷眼都不给。他对他如同对其他所有人一样，不冷不热，不卑不亢，满不在乎的样子。就这样，棋疯子总是不休不止地围着他转，转来转去就转到棋盘上去了。

下棋。

下棋!

人们不知道容金珍这样做(跟疯子下棋)是出于对棋疯子的同情，还是由于迷恋他的棋术。但不管如何，一个破译员是没时间下棋的，从某种意义上说，棋疯子就是因为过于执迷于破译事业而被逼疯的，就像气球被吹爆一样。这就是说，作为一个破译员，容金珍耽于棋盘的事实，给人造成的感觉是，他要么根本不想干这行，要么也是个疯子，以为玩玩要要就可以干出名堂的。

说到不想干，人们似乎马上得到了证明他不想干的证据，这就是希伊斯的来信。

06

七年前，希伊斯忙忙乱乱地带着一拨子亲人、亲眷前往X国定居时，一定没想到有一天他还要把这拨子人的尸骨和魂灵送回来，而事实上这又是必须的，不容讨价还价的。老岳母的身体本来是十分健朗的，但陌生的水土和日益严重的思乡之情，加速地改变着她身体的内部结构和健康机制，当预感到自己眼看着要客死在异国他乡时，她比任何一位中国老人还要激烈地要求回老家去死。

老家在哪里？

在中国！

在当时X国用一半枪口对准的地方！

不用说，要满足老岳母之求绝不是件容易事，不容易就是希伊斯拒绝的理由。但当威严的老乡绅变得像个无赖似的，把白亮的刀子架在脖子上以死相求时，他知道自己已套在一个可恶的怪圈里，除了顺着可恶的圈套可恶地走下去，别无他法。毋庸置疑，老乡绅之所以如此决然，宁死不屈的，是因为老伴今天的要求也是他将来的要求。就是说，他在用架在脖子上的刀子明明白白地告诉女婿，如果他今天的生要以日后客死他乡作为代价，那么他宁愿现在就死，和老伴同死同归！

说真的，希伊斯简直难以理解这对中国老地主内心神秘而古怪的理念，但不理解有什么用？在白亮的刀子转眼即可能沾满鲜血的恐怖面前，不理解和理解又有什么区别？只有去做，不理解地去做，可恶地去做，而且必须他亲自去做。因为，在X方一贯夸大的舆论宣传影响下，其他亲人包括他妻子都担心有去无回。就这样，这年春天，希伊斯拖带着奄奄一息的老岳母飞机火车汽车地回到了老岳母老家。据说，当老岳母被抬上临时租来赶往乡下的汽车，因而有幸听到司机一口熟悉的乡音时，她突然兴奋地瞪圆了眼睛，然后又安然而永远地闭上了眼睛。什么叫命悬一线？这就是命悬一线，而司机熟悉的乡音仿佛断线之刀，刀起线落，一线之命便乘风而去。

C市是希伊斯来回途中的必经之地，但这不意味着他有机会重访N大学。他此行有严格的约束，不知是中方在约束他，还是X方在约束他，反正他到哪里都有两个人如影相随，一个是中方的，一个是X方的，双方像两根绳子一样，一前一后牵着他，把他走的路线和速度控制得跟个机器人似的，或者像秘密的国宝——其实只是一个有名望的数学家而已，起码护照上是这样写的。对此，容先生认为，这是时势造成的——

【容先生访谈实录】

那个年代，我们跟X国的关系就是这样的，没有信任，只有敌意，彼此戒备到了草木皆兵的地步。我首先是没想到希伊斯会回来，其次更没想到他人在C市都不能来N大学走走，看看，只能我去宾馆见他，而且还是那种见面，完全跟在牢房里看犯人似的，我们在这边聊天，旁边两个人一左一右守着，听着，还录着音，一句话要做到四个人都同时听见，听懂。好在现场的四个人都能用中X两国语言交谈，否则我们只有不开腔了，因为我们都可能是间谍、特务，说的话都可能是情报。这就是那个特殊的年代，只要是中X两国人走到一起，人就变成不是人，是魔鬼，是敌人，哪怕草木，都可能心怀鬼胎，射出毒液，置对方于死地。

其实，希伊斯想见的人不是我，而是珍弟。你知道，当时珍弟已离开N大学，谁都不知在哪里，别说他希伊斯，连我都见不到。就这样，希伊斯才决定见我，见我的目的无非就是想向我了解珍弟的情况。我在征得我方监视人同意的情况下，将珍弟的情况告诉他，其实很简单，就是一个明摆的现状：他已中止人脑研究，去干其他事了。令我吃惊的是，听了我说的，希伊斯简直像挨了一闷棍，茫然若失地望着我，无言以对，很久才发狠地吐出一个词：荒唐！气愤使他变得满脸通红，难以安然坐着，他在屋子里来来回回地走着，一边倾诉着珍弟在人脑研究方面已取得的惊人成果，和接下来可能取得的重大突破。

他说：我看过他们合写的几篇论文，我敢说，在这个领域里，他们的研究已经达到国际领先水平，就这样半途而废，岂不令人痛惜！

我说：有些事情不是以个人的意志为转移的。

他说：难道金珍是被你们政府权威部门招走了？

我说：差不多吧。

他问：在干什么？

我说：不知道。

他再三地问，我再三地说不知道。最后，他说：如果我没猜错的话，金珍现在在从事保密工作？我还是一句话：不知道。

事实也是如此，我确实什么都不知道。

说真的，我至今也不知珍弟到底在什么部门工作、在哪里、在干什么，你也许知道，但我不指望你会告诉我。我相信，这是珍弟的秘密，但首先是我们国家的秘密。任何国家和军队都有自己的秘密，秘密的机构，秘密的武器，秘密的人物，秘密的……我是说，有说不完的秘密。很难想象，一个国家要没有秘密，它会以什么样的方式存在。也许就不存在了，就像那些冰山，如果没有了隐匿在水下的那部分，它们还能独立存在吗？

有时候，我想，一个秘密对自己亲人隐瞒长达几十年乃至一辈子，这是不公平的。但如果不这样，你的国家就有可能不存在，起码有不存在的危险，不公平似乎也只有让它不公平了。多少年来，我就是这样想的，或许也只有这样想，我才能理解珍弟，否则珍弟就是一个梦，白日梦、睁眼梦、梦里的梦，恐怕连擅长释梦的他自己都难以理解这个奇特又漫长的梦了——（续完）

尽管希伊斯已经一再叮嘱容先生，要她一定转告珍弟，如果可能的话，他应该拒绝所有诱惑，回来继续搞他的人脑研究。但分手后，希伊斯望着容先生离去的背影，几乎突然决定要亲自给金珍写封信。这时，他才想起自己还没有金珍的联络方式，于是又喊住容先生，要金珍的通信地址。容先生问监视人能不能给，后者说可以的，她就给了。当天晚上，希伊斯给金珍写了一封短信，经双方监视人审阅同意后，丢进了邮筒。

信正常寄到701，但能不能和容金珍见上面，得取决于信中写些什么。作为一个特别单位，组织上审查个人收发信件，只不过是体现它特别的一个证据而已。当信件监审组的工作人员拆开希伊斯的来信后，他们傻眼了，因为信是用英文写成的。这足以引起他们警觉性的重视，他们当即向有关领导汇报，领导又组织相关人员翻译此信。

原信看上去有满满的一篇，但译成中文后，只有短短的几句话，是这样的：

亲爱的金珍：

你好！

我回来给岳母办事，顺便在C市作短暂停留，方知你已离开N大学，另择职业。我不知你具体在干什么，但从你给人留下的种种秘密性上（包括通信地址）看，我可以想象你一定在贵国机要部门从事神秘重要的事情，如我二十年前一样。二十年前，我出于对同族人的同情和爱，错误地接受了一个国家（希伊斯系犹太人，这里所指的国家估计是以色列国）赋予的重任，结果使我的后半生变得可怜又可怕。以我的经历和我对你的了解，我格外担心你现在的处境，你内心尖锐又脆弱，是最不适宜被挤压和捆绑的。事实上，你在人脑研究中已取得令人瞩目的成果，坚持下去，或许什么荣誉和利益都可能得到，无须另辟蹊径。所以，如果可能的话，请听我的忠告，回去干你老本行！

林·希伊斯

一九五七年三月十三日，于C市友谊宾馆

很显然，这封信里透露的意思，和容金珍平时的表现是一脉相承的。这时候，人们（起码是相关领导们）似乎不难理解容金珍为什么表现如此差劲，因为他身边有这个人——苦心忠告他回去干老本行的洋教授！林·希伊斯！

07

其实，由于信**内容不健康**，容金珍并没有收到此信。不该问的不问，不该说的不说，不该知的不知，这是 701 最根本的纪律。所以，没收这类信，在 701 不是违法，而是纪律。作为组织来说，他们希望这种信来得越少越好，免得老是动用纪律，在组织和个人间埋下过多的秘密。

但是，对容金珍来说，这种秘密简直无法消除。一个月后，信件监审组居然替他收到一封发自 X 国的信——是 X 国，太敏感了！拆开看，内文又是英文，看落款，还是林·希伊斯。这封信比较长，换句话说，在这封信中，希伊斯劝说容金珍回去干老本行的用心表露得更加充分无遗。信中，他先是谈了些刚从某学术刊物上看到的有关人脑研究的最新进展，然后有点言归正传的意思，这样写道：

> 是一个梦让我决定给你写这封信的。坦率说，这些天我一直在想，你现在到底是在干什么，是什么样的诱惑或压力，让你作出这么惊人的选择。昨天夜里，在梦里，我听你对我说，你现在在替贵国情报部门从事破译密码的工作。我不知道为什

么会做这个梦，我也无法像你一样能对梦中的经历作出现实的解释，也许这仅仅是个梦而已，没什么必然的明证暗示。但愿如此吧，只是个梦！不过，我想，这个梦本身就表明我对你的担忧和希望，就是：你的才能很可能被人拉去干这工作，而你又是决不能去干这工作的。为什么这么说？我现在想到有两条理由：

Ⅰ.这是由密码的本质决定的。

尽管密码界如今科学家云集，有人由此认定它也是门科学，并吸引不少优秀的科学家在为之献计献策，甚至献身。但这不能改变密码的本质，以我的经验和认识看，不论是制造密码，还是破译密码，密码的本质是反科学、反文明的，是人类毒杀科学和科学家的阴谋和陷阱。这里面需要智慧，但却是魔鬼的智慧，只会使人类变得更加奸诈、邪恶；这里面充满挑战，但却是无聊的挑战，对人类进步一无是处。

Ⅱ.这是由你的性格决定的。

我说过，你的性格极度尖锐又脆弱，灵敏又固执，是典型的科学家性格，也是最不适宜去干秘密行当的。因为，秘密意味着压迫，意味着抛弃自己，你行吗？我敢说你不行的，因为你太脆弱而执着，弹性太差，弄不好就会被莫名折断！你自己应该有体会，人在什么情况下最适宜思索？肯定是在轻松自在、有为无为、有意又不刻意的情况下。可如果你一旦从事破译工作，等于是被捆绑了，被国家的秘密和利益捆绑了，压迫了。关键什么是你的国家？我经常问自己，到底哪里是我的国家？是波兰？还是以色列？还是英国？还是瑞典？还是中国？还是**X**国？

现在，我终于明白，所谓国家，就是你身边的亲人、朋友、语言、小桥、流水、森林、道路、西风、蝉鸣、萤火虫，等等，等等，而不是某片特定的疆土，更不是某个权威人士或党派的意志和信仰。坦率说，我十分崇敬你现在身处的国家，我在那里度过了我人生最美好的十余年，我会说中国话，那里的地上和地下都有我的亲人——活着和死去的亲人，那里还有我不尽的思念和回忆。从这意义上说，你的国家——中国——也是我的国家，但这并不意味着我要欺骗自己，进而欺骗你。如果我不对你说这些，不指出你现在所处的困境和可能面临的风险，那就是在欺骗你……

希伊斯的信有点一发而不可收拾的架势，没有一个月，第三封信又来了。这一回，他下笔就劈头盖脸地对金珍发了通火，主要是指责他不回信。不过，对金珍为什么不回信，他似乎已经有自己的理解——

你不回信，说明你就在干那个行当（**破译密码**）！

是那种人们通常理解的“沉默 = 不反对 = 认同”的思路。

接下来，他又尽量控制好情绪，变得语重心长起来，这样写道：

说不清为什么，想起你，我就感到心像被一只血手牵扯着，挤捏着，浑身都感到虚弱无力。每个人生命中都有劫数，也许你就是我生命的一个劫。金珍，亲爱的金珍，你我之间到底发生了什么，怎么叫我如此放不下你？金珍，亲爱的金珍，请告诉我，你没有在从事破译工作——像我梦中担忧的一样。然而，你的才力，你的科研项目，还有你久久的沉默，让我越来越相信你极可能已被我不幸梦中。啊，密码，该死的密码！你总是嗅觉灵敏，把你想要的人如愿揽在怀中——其实是关在监狱里，丢在陷阱里！啊，金珍，亲爱的金珍，如果确实如此，你要听我说的，一定要尽可能选择回头，只要还有一丝回头的余地，你都不要犹豫，马上选择回头！如果实在无法回头，那么金珍，我亲爱的金珍，请无论如何记着我说的，在你们试图破译的多部密码中，你可以选择任何一部，但决不能选择X国的紫密！

紫密是当时701面临的一种最为高级的密码，有种未经证实的说法，说紫密是某宗教团体用重金加上黑社会的手段，引诱加威胁地强迫一位科学家研制的，但研制成功后，由于它设置的机关太多，难度太大，密中有密，错综复杂，深不见底，以致主人根本无力使用，最后才转卖给X国，成了X国军方目前使用的顶级密码，也是701当前最渴望破译的一部密码。几年来，701破译处的秀才们一直为它苦苦折磨着、奋斗着、拼搏着、梦想着，但结果似乎只是让人越来越畏惧而不敢碰它。事实上，棋疯子正是因为破译紫密而被逼疯的，换句话说，棋疯子就是被制造紫密的那位未名科学家逼疯的。而没逼疯的也不是因为他们的精神有多强大，而是因为胆怯、聪明，连碰都不去碰它——紫密！聪明让他们预先知道碰它的结果，所以不碰它显然再次证明他们是聪明的。这是一个陷阱、黑洞，聪明的人躲开了它，勇敢的人疯了，疯了的人让人们更加敬畏它，回避它，躲开它。这就是701破译紫密的现状，令人心急如焚，却又百般无奈。

现在希伊斯特别告诫金珍不要碰紫密，这一方面是说明紫密确实很难破译——碰它不会有好结果，而另方面这又似乎暗示出他对紫密有所了解。从已有的几封信看，他对容金珍的感情绝非寻常，如果对他这份感情加以适当的利用，也许可以从他那里挖到一点有关破译紫密的灵感。于是，一封以金珍之名写给希伊斯的信悄悄地上路了。

信是铅印的，只有最后落款和时间是手写的，笔迹是容金珍的，但并非亲笔。说句难听话，在这件事上，容金珍只有被组织利用的荣幸。因为，给希伊斯去信的目的是破译紫密，这对一个整天看闲书、跟疯子下棋的人来说无疑是沾不上边的事，所以何必让他知情呢？再说，让他亲自写还不一定有这样的效果好，在这封由五位专家起草、三位领导定夺的信上，虚拟的金珍一连用了五个排比句，无比真切又巧妙地要求尊敬的希伊斯如实告知他：为什么我不能去破译紫密？

也许是一连串真切又巧妙的排比句起的作用，希伊斯很快回了信，语气是无奈又真诚的。他先是对金珍的现状不幸被他梦中仰天长叹一番，当中既有对金珍本人无知的责备，也有对命运无情不公的谴责。接着，他这样写道：

> 我已强烈地感到一种冲动，要对你说出我的秘密，真不知这是什么力量。也许等我把信写完，寄走，我就会懊悔不已。我曾发过誓，今生不对任何人公开我的秘密，可为了你的好，我又似乎不得不说……

是什么秘密？

信中，希伊斯告诉我们，原来，那年冬天，他带着两棺材书回到N大学，本是准备搞人造大脑研究的，然而来年春天，一个来自以色列国的重要人物找到他。来人对他说：拥有一个自己的国家，是我们全体犹太人的共有梦想，但现在它面临着巨大的困难，你愿意看你的同胞继续沦丧吗？希伊斯说：当然不愿意。来人说：那么我希望你为广大同胞做一件事。

什么事？

希伊斯信上说：就是替同胞破译几个邻国的军事密码，而且一干就是几年。这大抵就是希伊斯拖老带小地去X国前给小黎黎留言中说的：**出于族人的殷切愿望，我后来一直在为我的同胞干着一件非常紧要又秘密的事情，他们的困难和愿望感动了我，让我放弃了理想。**希伊斯接着写道：我是幸运的，受他们雇用后，我相继顺利地破掉了他们邻国好几部中、次高级密码，几乎一下子在秘密的破译界赢得了像我当初在数学界的荣誉。

接下来的有些事情似乎是可以想象的，比如后来X国为什么会那么兴师动众地帮助他，把他像宝贝一样地接走，那就是他们想用他的破译技术。但到X国后，有一点似乎连希伊斯本人都没想到。他这样写道：

> 我万万没想到，他们喊我来不是叫我破译敌国密码，而是叫我破译他们X国本国的密码，就是紫密！不用说，如果有一天我破译或即将破译紫密，紫密便将被废弃。就是说，我工作的意义就是替紫密报喜或者报忧。我成了X国感应敌国破译紫密的风向标。也许，我应该感到荣幸，因为人们相信只要我破不了紫密，就无人能破。不知为什么，也许是我并不喜欢现在扮演的角色，也许是紫密不可破译的呼声让我反感，总之我格外想破掉紫密。但到现在为止，我连破译紫密的边都还没摸着，

这就是我为什么告诫你别去碰紫密的原因……

人们注意到，这封信的寄信地址和笔迹跟前几封都不一样，说明希伊斯知道说这些的危险。他几乎冒着当卖国贼的风险寄来此信，再次证明他对金珍的感情之深之切。看来，这份感情被利用的可能完全是有的。于是，又一封以金珍之名写给希伊斯的信去了 X 国。在这封信上，伪金珍想利用深厚的师生情拉老师下水的企图昭然若揭：

我现在已身不由己，如果我想换回自由身，唯一的办法就是破译紫密……我相信你跟紫密打交道这么多年，一定能对我指点迷津……没有经验，有教训，教训也是财富……亲爱的希伊斯，你打我吧，骂我吧，唾弃我吧，我成了犹大[①]……

这样一封信当然不可能直寄希伊斯，最后确定是由在 X 国的我方有关同志中转的。虽然可以相信，信一定能够安全转到希伊斯手上，但对希伊斯会不会再回信，701 人毫无信心。毕竟，现在的金珍——伪金珍——无异于犹大，对这样的学生，通常情况下老师只会不屑一顾。换句话说，在伪金珍现有的可怜和可恶之间，要希伊斯摒弃憎恶，选择怜悯，这也许比破译紫密本身还要困难。也就是说，这封信完全是怀着侥幸又侥幸的心理寄出的。这从一定角度说明，当时 701 为破译紫密已无奈到了何等地步。病急乱投医的地步。

①犹大：《圣经》中人物，因自己利益出卖老师耶稣的不义之人。

然而，奇迹发生了，希伊斯回信了！

在随后大半年时间里，希伊斯多次冒着杀身之祸与我方同志接触，给亲爱的金珍疯狂地提供了有关紫密的种种绝密资料和破译思想。为此，总部临时组建起一支紫密破译小组，成员多数是由总部指派下来的，他们要抓住机会，一举敲开坚硬的紫密。只是谁都没有想到，他们应该给容金珍这个机会。事实上，在前后近一年时间里，希伊斯不厌其烦地给金珍寄出的一系列信件，容金珍不但没收到，连知都不知道。就是说，这些信对容金珍毫无意义，如果说有什么意义的话，那就是给容金珍平添了一点引蛇出洞的价值而已。所以，后来领导们看容金珍变本加厉地显得不思上进，甚至可以用吊儿郎当来评判他时，组织上一直宽慰地将就着他，另眼相看着他。因为，他是破译紫密的诱饵。

所谓变本加厉，是指容金珍在看闲书、下棋的劣迹上，后来又沾染上经常给人圆梦的是非。随着他圆梦之术的偶然显露，必然地引来不少好奇好事的人，他们经常悄悄找到他，把自己夜间的思想经历告诉他，以求大白真相。和下棋一样，容金珍并不热衷此事，但碍于情面，也许是不知如何推辞，他总是有求必应，把他们不着边际的黑思暗想说得有头有脑，明明白白的。

每周四下午是全体业务人员的政治活动时间，活动内容是不一的，有时候是传达文件，有时候是读报，有时候是自由讨论。遇到后者，容金珍经常被人挟持到一边，悄悄展开圆梦活动。有一次，容金珍正在替人解说一个梦，恰好被下来检查活动情况的主管党建工作的副局长逮个现行。副局长为人有点左，喜欢把问题扩大化，搞上纲上线一套，他认为容金珍这是搞封建迷信活动，批评的声色相当严肃，并且要求容写出书面检查。

副局长在下面的威望有点差，尤其是搞业务的人都烦他，他们都怂恿容金珍别理他，要不就是随便写几句敷衍了事。容金珍想的是敷衍，但他理解的敷衍与通常的敷衍又有天壤之别。检查书交上去了，正文只有一句话——**世上所有的秘密都藏在梦中，包括密码。**

这哪是敷衍？分明是在辩解，好像他给人圆梦跟破译工作是有什么关系似的，甚至还有点唯我独尊的意思。副局长虽然不懂破译业务，但对梦这种唯心主义的东西是深恶痛绝的，他盯着检查书，感觉上面的字在对他做鬼脸，在嘲笑他，在污辱他，在发疯，在鸡蛋碰石头……是可忍孰不可忍！他忍无可忍，跳起来，抓起检查书，气呼呼冲出办公室，坐上摩托车，开进山洞，一脚踢开厚重的破译处铁门，当着破译处众人，用领导骂人的声音，甩出一句非常冲动而又难听的话。他是指着容金珍说的，他说：

"你送我一句话，我也送你一句——所有的癞蛤蟆都以为自己会吃上天鹅肉！"

副局长没想到，自己要为这句话付出惨重代价，以致羞愧得无法在 701 待下去。说真的，副局长的话是说得冲动了些，但就破译工作的本质言，这句话又不是不可以说的，说了很可能是要说中的，错不了的。因为——前面说过，这项孤独而残酷而阴暗的事业，除了必要的知识、经验和天才的精神外，似乎更需要远在星辰之外的运气。何况容金珍平时给人的感觉，**既没有聪颖的天资溢于言表，也看不出有多少暗藏的才气和野心**，有幸言中的可能似乎比谁都大。

然而，中国有句老话可以回击这些人的成见：海不可斗量，人不可貌相。

当然，最有力的回击无疑是一年后容金珍破译紫密的壮举。

只有一年啊！

破译紫密啊!

谁想得到，在很多人把紫密当鬼似的东躲西避时，**癞蛤蟆**却勇敢又悄秘地盯了上它！如果是事先让人知道他在破译紫密，不叫人笑话才怪呢。人们或许会说，那叫无知者无畏。然而，现在——事实证明，这只**大头大脑的癞蛤蟆不**但具有天才的才能，还有天才的运气。星辰之外的运气。祖坟青烟直冒的运气。

容金珍的运气确实是不可想象的，更不可祈求，有人说他是在睡梦中——或许还是别人的梦中——破掉紫密的，也有人说他是在跟棋疯子对弈的棋盘上获得灵感的，又有人说他是在读闲书中识破天机的。总之，他几乎不动声色地、悄悄地破译了紫密，这简直令人惊叹地妒忌而又兴奋！兴奋是大家的，妒忌也许是那几位由总部派来的专家的，他们在遥远而疯狂的希伊斯的指点迷津下，以为可以有幸破译紫密呢。

这是一九五七年冬天，即容金珍到 701 一年多后的事情。

08

二十五年后，郑氏拐杖局长在他朴素的会客室里告诉我说，在当时包括副局长在内的很多人用斗量容金珍这片深海时，他是少有的对容金珍寄予厚望的人中的一个，有点众人都醉他独醒的高明。不知是事后的高明，还是果真如此，反正他是这么说的——

【郑局长访谈实录】

说实话，我在破译界浸泡一辈子，还从没见过像他（容金珍）这样对密码有着超常敏觉的人。他和密码似乎有种灵性的联系，就像儿子跟母亲一样，很多东西是自然通的，血气相连的。这是他接近密码的一个了不起，他还有个了不起，就是他具有一般人罕见的荣辱不惊的坚硬个性，和极其冷静的智慧，越是绝望的事，越使他兴奋不已，又越是满不在乎。他的野性和智慧是同等的、匹配的，都在常人两倍以上。审视他壮阔又静谧的心灵，你既会受到鼓舞，又会感到虚弱无力。

我记得很清楚，他到破译处后不久，我去 Y 国参加了三个月的业务活动，就是关于破译紫密的。当时 Y 国也在破译 X 国的紫密，进展比我们要大,所以总部特意安排我们去那里取经。共去了三个人,我和处里一个破译员,还有总部一位具体分管我们这边破译业务的副局长。

回来后,我从局领导和周围都听到一些对他的非议,说他工作上用心不深,缺乏钻研精神,要求不严,等等。我听了当然很难受,因为他是我招来的,好像我兴师动众招来一个废物似的。第二天晚上,我去宿舍找他,门是半开的,我敲门,没回音,便径自进去。外间没人,我又往里边的卧室看,黑暗中见有人正蜷在床上在睡觉。我嗨了一声,走进卧室,摸亮电灯,灯光下,我惊愕地发现,四面墙上挂满了各种图表,有的像函数表,爬满曲折不一的线条;有的像什么统计表,五颜六色的数字一如阳光下的气泡一样蠢蠢而动,使整个房间呈现出一种空中楼阁的奇妙感。

通过每张图表简洁的中文注解,我马上明白,这些图表其实是《世界密码史》的重写,然而要没有这些注解,我是怎么也看不出究竟的。《世界密码史》是一套洋洋三百万字的巨书,他能够如此简洁地提拎出来,而且是采用这种特殊的数列方式,这首先强烈地震惊了我。好像一具人体,能够剔除皮肉以其骨架的形式传真已是一个天才的作为,而他根本不要骨架,只掰了一截手指骨。你想想,以一截手指骨就将一个人体活脱脱地展现出来,这是一种什么样的能力!

说真的,容金珍确实是个天才,他身上有很多我们不能想象的东西,他可以几个月甚至一年时间不跟任何人说一句话,把沉默当做饭一样吃,而当他开口时,一句话又很可能把你一辈子的话都说尽了。他做什么事似乎总是不见过程,只有结果,而且结果往往总是正确无误的,惊人的。他有种抓住事物本质的本能和神性,而且抓住的方式总是很怪异、特别,超出常人想象。把一部《世界密码史》这么神奇地搬入自己房间，这谁想得到？想不到的。打个比方说，如果说密码是一座山，破译密码就是探寻这座山的秘密，一般人通常首先是在这座山上寻觅攀登的道路，有了路再上山，上了山再探秘。但他不这样，他可能会登上相邻的另一座山，登上那山后，他再用探照灯照亮那座山，然后用望远镜细细观察那山上的秘密。他就是这样的怪，也是这样的神。

毫无疑问，当他把《世界密码史》这么神奇地搬入房间后，这样他举手投足，睁眼闭眼，都是在一种和密码史发生通联的间隙间完成了，时间一长，你可想象整部密码史就会如丝丝氧气一样被他吸入肺腑，化作血液，滚动于心灵间。

……

我刚才说到一个震惊，那是我看到的，马上我又受到震惊，那是我听到的。我问他为何将精力抛掷于史中。因为在我看来，破译家不是史学家，破译家挨近历史是荒唐而危险的。你知道他说什么？

他说，我相信世上密码与一具生命是一样的，活着的，一代密码与另一代密码丝丝相联，同一时代的各部密码又幽幽呼应，我们要解破今天的哪本密码，谜底很可能就藏在前人的某本密码中。

我说，制造密码的准则是抛开历史，以免一破百破。

他说，统一这种摒弃历史的愿望便是联系。

他的一句话将我整个心灵都翻了个身！

接着他又说：密码的演变就像人类脸孔的演变，总的趋势是呈进化状的，不同的是，人脸的变化是贯穿于人脸的基础，变来变去，它总是一张人脸，或者说更像一张人脸，更具美感。密码的变化正好相反，它今天是一张人脸，明天就力求从人脸的形态中走出来，变成马脸、狗脸，或者其他的什么脸，所以这是一种没有基形的变化。但是不管怎么变，五官一定是变得越来越清晰、玲珑、发达、完美——这个进化的趋势不会变。力求变成它脸是一个必然，日趋完美又是一个必然，两个必然就如两条线，它们的交叉点就是新生一代密码的心脏。若能从密码的史林中理出这两条线，对我们今天破译就能提供帮助。

他这样叙述着，一边用手指点着墙上的如蚁数群，指头有节有奏地停停跳跳，仿佛穿行于一群心脏间。

说真的，我对他说的**两条线**感到非常惊奇。我知道，从理论上说，这两条线肯定是存在的，可实际上又是不存在的。因为没有人能看到——拉出这两条线，企图去拉动这两条线的人，最终必将被这两条线死死缠住、勒死。

……

是的，我会解释的。我问你，靠近一只火炉你会有什么感觉？

对，你会觉得发热，烫，然后你就不敢靠近，要保持一定距离，免得被烫伤了是不？靠近一个人也是这样的，你多多少少会受其影响，多少的程度取决于那个人本身的魅力、质量和能量。再说——我可以绝对地说，混迹于密码界的人，无论是制密者（又称造密者）还是破译者，都是人之精英，魅力无穷，心灵深邃如黑洞。他们中任何一人对别人都有强大的影响力，当你步入密码的史林中，就如同步入了处处设有陷阱的密林，每迈入一步都可能使你跌入陷阱，不能自拔。所以，制密者或破译者一般是不敢挨近密码史的，因为那史林中的任何一颗心灵，任何一个思想，都会如磁石一般将你吸住，并化掉。当你心灵已被史林中的某颗心灵吸住、同化，那么你在密码界便一文不值，因为密码的史林中不允许出现两颗相似的心灵，以免破一反三。相似的心灵，在密码界是一堆垃圾，密码就是这么无情，这么神秘。

好了，现在你该明白我当时的震惊了，容金珍在求索那两条线，其实是犯了破译的一大禁忌。我不知道他这是由于无知，还是明知的偏行，从他给我的第一个震惊看，我更相信他是明知的偏行，是有意的冒犯。他能将一部密码史呈表状张挂出来，这已隐隐暗示出他绝非等闲之辈。这样一个人的冒犯举动，就很可能不是由于愚昧和鲁莽，而是出于勇气和实力。

所以，听了他的**两条线之理论**后，我没有理所应当地去驳斥他，而是默默地生出了几分敬佩，且隐隐嫉恨，因为他显然站到我前面去了。

当时他到破译处还没半年。

但同时我又替他担心，好像他大难临头似的。事实上谁都知道，现在你也该知道，容金珍想拉出两条线，就意味着他要将盘踞于密码史林中的每一颗心灵，即将构成线的无数个点都一一劈开，作细致入微的研究、触摸。而这些心灵、这些点，哪一颗——每一颗，都是魔力无穷的，都有可能变成一只力大无比的手，将他牢牢抓住，捏于掌心中，使他成为一堆垃圾。所以，多少年来，破译界在破译方式上已形成一条不成文的规定：抛开历史！尽管谁都知道，那里面——历史的里面——很可能潜伏着种种契机和暗示，能使你受到启悟。但进去出不来的恐惧，堵死了你进去的愿望，从而覆盖了那内里的一切。

完全可以这么说，在众多史林中密码史无疑是最沉默、最冷清的，那里面无人问津，那里面无人敢问津！破译家的悲哀正是因此而生，他们失去了历史这面镜子，失去了从同仁成果中吸取养料的天律。他们的事业是那么艰难深奥，而他们的心灵又是那么孤独无伴，前辈之身躯难以成为他们高站的台阶，却常常变成一道紧闭的门，吃人的陷阱，迫使他们绕道而行，另辟蹊径。依我看，世上没有哪项事业需要像密码一样割裂历史，反叛历史。历史成了后来者的包袱和困难，这是多么残酷，多么无情。所以，葬送于密码界的天才往往是科学界最多的，葬送率之高令人扼腕悲号啊！

……

好的，我简单介绍一下。一般讲，破译的惯用方式是一种就事论事的方式，先是情报人员给你收集相应素材，然后你依据素材作种种猜想，那感觉就像用无数把钥匙去开启无数扇门，门和钥匙都是你自己设计和打造的，其无数的限度既取决于素材的多少，又取决于你对密码的敏觉度。应该说，这是一种很原始而笨拙的方法，却也是最安全、最保险、最有效的，尤其是对破译高级密码，其成功率一直居于其他方法之上，所以才得以沿袭至今。

但容金珍，你知道，他已从这世袭的方法中滑出去，胆大包天地闯入禁区，将破译之手伸入史林，搭在前辈肩膀上，其结果我刚才说过，是危险的、可怕的。当然，如果成功，即如果进去后他的心灵没给前辈吃掉，那绝对是了不起的，那样起码可以极大地缩小搜索的范围。比如说如果我们面前有一万条小公式岔路，那他很可能只剩下一半乃至更少，少的程度取决于他成功的大小，取决于他对两条线把握的力度和深度。不过，说实话，这种成功率极低，以致尝试者极少，成功者更是寥若晨星。在破译界，只有两种人敢冒如此大险，一种是真正的天才、大天才，一种是疯子。疯子无所畏惧，因为他们不知什么叫可怕；天才也是无所畏惧，因为他们有一口上好的牙和一颗坚硬的心，一切可怕都会被他们锋利的牙咬掉，或被坚硬的心弹开。

说真的，当时我不能肯定容金珍到底是天才还是疯子，但有一点我已肯定，就是：容金珍今后不论是辉煌还是废弃，不论有什么惊天动地的壮举还是悲剧，我都不会吃惊。所以，他后来一声不响地破译紫密后，我一点也不感到奇怪，只是替他舒了口气，同时我灵魂的双脚乖乖地跪倒在了他脚下。

再说，当容金珍破译紫密后，我们发现希伊斯给这边提供的破译紫密的思路完全是错误的。这就是说，幸亏当时紫密破译小组鬼鬼地把容金珍排斥在外，否则谁知道他会不会误入歧途而无缘破译紫密呢？世上的事情就是这样说不清楚，本来把他排斥在外是对他很不公平的，但结果却成全了他，有点塞翁失马的意思。至于希伊斯提供的思路为什么是错误的，这应该说有两种可能，一个是有意的，他存心想害我们；再一个是无意的，是他本身在破译中犯了这样的错误。从当时的情况看，后一种可能性更大，因为他开始就表示过，紫密是不可破译的——（未完待续）

破译紫密啊！

是容金珍啊！

不用说，在以后的岁月里，这个神秘的年轻人理所当然地开始大把大把收获了，尽管他还是一如既往地孤僻，孤僻地生活，孤僻地工作；还是手不释卷，跟人下棋，替人圆梦，寡言寡语，不冷不热，荣辱不惊——凡此种种，他全都不变样地保留了下来。但人们的认识却已变地为天，人们相信，这就是他的神秘、他的魅力、他的运气。在 701，没有一个男人或女人不认识他，不尊敬他，因为经常一个人独来独往，甚至连每一条狗都认识他。大家知道，天上的星星会坠落，而他这颗星星却永远不会，因为他获得的荣誉是任何一个人一辈子都享用不尽的。一个秋天接着一个秋天，人们眼见他步步高升：组长、副科长、科长、副处长……他总是一贯地宁静地接受着一切，既不因此狂妄，也不因此谦卑，一切感觉就如水消失在水中。人们的感觉也是如此，羡慕而不妒忌，感叹而不丧气。因为，人们已自觉地将他独立出来，承认他是特殊的，不可攀比的。十年后（一九六六年），当他以别人一半甚至更少的时间轻巧地坐上破译处长的位置时，人们似乎早料到会这样，因而一点也没有夸张的感觉。人们甚至还满有把握地认为，总有一天，701 会成为容金珍的天下，局长的头衔正在他以后一个必然中的偶然时间里等待着这个沉默的年轻人。

也许，人们的想法或愿望是容易变成事实的，因为在 701，在这个特别的神秘的机构里，几乎所有领导都不容置疑地将由那些业务尖子担任，何况容金珍礁石一般沉默而冷峻的性格，似乎也非常适合做一个秘密组织的头脑。

然而，在一九六九年年底的几天时间里，发生了一件至今也许仍有不少人记得的事情，叙述这件事的前后经过，便有了第四篇的故事。

第四篇

再转

01

事情的起头是黑密研究会。

黑密，顾名思义，是紫密的姊妹密码，但比紫密更为先进、高级，正如黑色要比紫色更为沉重、深刻。三年前——容金珍永远记得这个恐怖的日子，是一九六六年九月一日（即回 N 大学救容先生前不久），黑密的足迹第一次鬼祟地闪现在紫密领域里。就像鸟儿从一丝风中悟到大雪即将封山一样，容金珍从黑密吐露的第一道蛛丝中，就预感到自己攻克的山头有被覆没的危险。

以后的事实果然如此，黑密的足迹不断在紫密的山头上蔓延、扩张，就如黑暗的光芒不断涌入没落的日光里，直至日光彻底没落。从此，对 701 来说，十年前那种黑暗岁月又重现了，人们把企求光明的愿望不由分说地寄托在容金珍这颗巨大的明星上。三年来，他日复一日夜复一夜地索求着光明，而光明却总是躲在黑暗中，远在山岭的另一边。正是在这种情况下，701 和总部联合召开了黑密研究会——一个默默无闻而隆重的会议。

会议在总部召开。

像众多总部一样，701 的总部在首都北京，从 A 市出发，走铁路需要三天两夜。飞机也是有的，但飞机不能坐，因为飞机总使人想到劫机犯。如果说现实中飞机被劫持的可能性是很小的，但倘若飞机上加进一个701破译处的人员，那么它被劫持的可能就会增大十倍，甚至百倍。而如果这个人是破译过紫密如今又在破译黑密的容金珍，那么这可能性就会无限地增大。甚至可以说，只要X国的情报部门知道某架飞机上有容金珍，那这架飞机最好不要上天。因为机上极可能已经潜有X国的特工，他们焦急地等着你起飞，好实施他们的疯狂而无耻的行动。这不是说笑的，而是有前车之鉴的。701人都知道，一九五八年春天，也就是容金珍破译紫密后不久，Y国破译部门的一位小字号人物就这样被X国的特工劫走，郑瘸子在那里取经期间，还跟此人一起吃过两次饭，当然认识。但现在谁知道那人在哪里，是死是活？这也是破译职业残酷的一部分。

相比之下，地上跑的火车和汽车要牢靠和安全得多，即使有个三长两短，还有补救措施，有后路，不会眼巴巴看着人被劫走的。这么长的路途，坐汽车肯定吃不消，所以容金珍此行乘火车是别无选择的。因为身份特殊，又随身携带密件，按规定是可以坐软卧的，只是临时搭乘的那次火车的软卧铺位在始发站就被一拨警界官员包揽一空。这种事情极少见，容金珍碰上了，似乎不是个好兆头。

有一位随行者，是个满脸严肃的人，高个，黑脸，大嘴，三角眼，下巴上留着寸长的胡子，胡子倔强地倒立着，猪鬃一般，坚硬的感觉使人想到钢丝。钢丝这么密集地倒插在一起，就有一种杀气腾腾的感觉。所以，说此人脸上布满杀气，有一副凶相，这话是一点不为过的。事实上，在701，这个严肃的人从来是作为一种力量而存在，并且为人们谈论的——和容金珍作为一种智慧的存在谈论不一样。他还有一个别人没有的荣幸，就是701的几位首长外出总喜欢带着他，正因为这样，701 人都喊他叫瓦西里。瓦西里是列宁的警卫，《列宁在一九一八》电影里的。他是 701 的瓦西里。

在人们印象中，瓦西里仿佛总是穿着时髦的大风衣，两只手斜插风衣口袋，走路大步流星，风风火火，威风凛凛，固然有一种保镖的派头。701 的年轻人没有一个不对他怀有羡慕和崇敬之情的，他们时常聚在一起津津有味地谈论他，谈论他神气十足的派头，谈论他可能有的某种英勇业绩。甚至连两只风衣口袋，也被他们谈论得神神秘秘的，说他右边口袋里藏的是一把德国造的 B7 小手枪，随时都可能拔出来，拔出来打什么中什么，百发百中；而左边口袋里则揣着一本由总部首长——一位著名的将军——亲笔签发的特别证件，拿出来想去哪里就去哪里，天皇老子也休想阻拦。

有人说，他左臂腋下还有一把手枪。但是说真的，没有人见过。没人见过也不能肯定没有，因为谁能看到他腋下？即使看到了——真的没有，年轻人依然不会服输，还会振振有词地告诉你：那只是在外出执行任务时才带的。

当然，这很可能。

对于一个保镖式的人物来说，身上多一把枪，多一种秘密的武器，就如容金珍身上多一支笔，多一册书，简直没什么可奇怪的，太正常了，就像人们工作需要吃饭一样正常。

尽管有这样一个了不起的人随行，但容金珍却并没有因此感到应该的胆大和安全，火车刚刚启动，他便陷入了莫名的不安中，老是有感到被人家窥视的慌张、别扭，好像众人的眼都在看他，好像他没穿衣服（所以别人要看他），浑身都有种暴露的难堪、紧张、不安全、不自在。他不知自己是怎么了，更不知怎样才能让自己变得安静。其实，有这种不祥之感正是因于他太在乎自身，太明白此行的特别——

【郑局长访谈实录】

我说过的，Y 国的那个被 X 国特工从飞机上劫走的人只是个小字号人物，跟容金珍比简直有天地之别。不是我们神经过敏，也不是容金珍自己吓自己，当时他出门的风险确实是存在的。有一点开始我们一直感到奇怪，就是容金珍破译紫密后，尽管是悄悄的，事后又一再保密，可 X 国还是知道了。当然，就破译紫密之事，他们迟早要知道的，很多事情都会反映出来的，除非我们不利用他们的情报资源。但具体由谁破译，这是不应该知道的。可当时对方不但知道是容金珍破译的，而且连容金珍很多个人情况都摸得清清爽爽的。对此，有关部门专门作过调研，得出几条嫌疑线索，其中就有希伊斯。这是我们对希伊斯真实身份的最初怀疑，不过当时仅仅是怀疑而已，没有确凿证据。直到一年后，我们偶然地得到一个情报，说希伊斯和当时臭名昭著的反共科学家伟纳科其实是同一人，这时我们才真正看清希伊斯丑恶的嘴脸。

希伊斯为什么会从一个科学家走到极端反共的道路上，而且要这么拐弯抹角（改名易姓）地反共，这是他的秘密，但是伟纳科的面纱一经揭下后，他曾经想阴谋我们的一面顿时变得一目了然。也许，没有谁比希伊斯更了解容金珍的天才，再说他自己干过破译，当时又在模拟破译紫密，他想象得到，只要容金珍来干这行当一定会成为高手，紫密也难保不破。所以，他想极力阻止容金珍介入破译行业，当发现已经介入后，又极力想阻止他去碰紫密，知道已经在破紫密后，又故意来个指东打西，布迷魂阵。我想，他这么做既有政治上的因素，也是个人需要。因为你想，如果容金珍先破译紫密，对他是十分丢人现眼的，好比东西都已盗走了，警报器却还没响。他当时的角色其实就是一个紫密预警器。然后你再来想，为什么后来对方能知道是容金珍破掉紫密的，肯定是希伊斯十拿九准地猜的。是的，他猜得准！不过，有一点他肯定想不到，就是：他精心布下的迷魂阵对容金珍无效！可以说，在这件事上，上帝是站在容金珍一边的。

再说，当时对方 JOG 电台的策反广播几乎天天都在对这边闪烁其词地广播，想用重金收买我方破译人员，什么人什么价，明码标价的。我清楚记得，当时他们给容金珍标出的身价已是一个飞行员的十倍：一百万。

一百万哪！

在容金珍看来，这个数字把他举上了天，同时离地狱也只剩一步之遥了。因为，他觉得自己既然这么值钱，想伤害他的人就有理由了，而且理由充足，足以吸引很多人，让他防不胜防。这是他的不聪明，其实我们对他的保安措施是远远超过他可能有的风险的，比如这次出门，除了有瓦西里贴身作保镖外，车上还有不少便衣在保护他，包括沿路的部队都是进入二级战备的，以防不测。这些他是不知道的，加上当时在普通车厢里，人来人往的，所以害得他紧紧张张。

总的说，容金珍性格中有股钻牛角尖的劲头，他那些深奥的学问、天才的运气，也许正是依靠这种百折不挠的钻牛角尖的精神获得的，而现在这种精神似乎又让他获得了深奥的敌意。这就是天才容金珍，尽管读了许多书，学问广博精深，奇思妙想成堆，但在日常生活面前依然是无知的、不清醒的，因而也是谨慎的、笨拙的，甚至是荒唐的。那些年里，他唯独出过一次门，就是回去救他姐（容先生）那次，是当天走第二天就回来的。事实上，在他破译紫密后的好几年时间里，他工作上压力并不大，回家的时间随便有，只要他想走，组织上也会全力配合的，派车，派警卫，都没问题。但他总是一次又一次地拒绝，表面上说是回去被警卫看管得跟个犯人似的，说不能随便说，走不能随便走，没意思。可实际上，他是怕出事。就像有些人怕关在家里、怕孤独一样，他怕出门，怕见生人。荣誉和职业已使他变得如玻璃似的透明、易碎，这是没有办法的，而他自己又把这种感觉无限地扩大、细致，那就更没法了——（未完待续）

就这样，职业和对可能发生的事情的过度谨慎而畏惧的心理，一直将容金珍羁留在隐秘的山沟里，多少个日日夜夜在他身上流过，他却始终如一只困兽，负于一隅，以一个人人都熟悉的、固有的姿势，一种刻板得令人窒息的方式生活着，满足于以空洞的想象占有这个世界，占有他的日日夜夜。现在，他要去总部开会，这是他到 701 后的第二次外出，也是最后一次。

和往常一样，瓦西里今天还是穿一件风衣，一件米黄色的挺括的风衣，很派头，把领子竖起来又显得有些神秘。他左手今天已不能惯常地插在风衣口袋里，因为要提一只皮箱。皮箱不大，不小，褐色，牛皮，硬壳，是那种常见的旅行保险箱，里面装的是黑密资料，和一枚随时可引爆的燃烧弹。他的右手，容金珍注意到，几乎时刻都揣在风衣口袋里，好像有手疾，不便外露。不过，容金珍明白，手疾是没有的，手枪倒有一把。他已不经意瞥见过那把手枪，加上那些曾经耳闻过的说法，容金珍有点儿厌恶地想：他把手枪时刻握在手里是出于习惯和需要。这个思想进一步发展、深化，他就感到了敌意和恐怖，因为他想起这样一句话——

身上的枪，如同口袋里的钱，随时都可能被主人使用！

一想到自己现在身边就有这样一把枪，也许有两把，他就觉得可怕。他想，一旦这把枪被使用，那就说明我们遇上了麻烦，枪也许会将麻烦消灭掉，就像水可以扑灭火一样。但也许不会，正如水有时也不能灭火一样。这样的话……他没有接着想下去，而耳边却模模糊糊地掠过一声枪响。

事实上容金珍很明白，只要出现那种情况，就是寡不敌众的危情，瓦西里在引爆燃烧弹的同时，将毫不犹豫地朝他举枪射击。

“杀人灭口！”

容金珍这样默念一句，刚刚消逝的枪声又像风一样在他耳际飘忽而过。

就这样，这种失败的感觉，这种灾祸临头和害怕意外的压抑，几乎贯穿了容金珍整个旅途，他坚强地忍受着，抗拒着，反复感到路程是那么远，火车又是走得那么慢。直到终于安全抵达总部后，他紧张的心情才变得轻松和温暖起来。这时，他才勇敢地想，以后（最现实的是归途），无论如何用不着这样自己吓唬自己。

“会出什么事？什么事也不会出，因为谁也不认识你，谁也不知道你身上带有密件。”

他这样喃喃自语，算是对自己一路慌张的嘲笑和批评。

02

会议是次日上午召开的。

会议开得颇为隆重，总部正副四位部长都出现在开幕式上。一位满头银发的老者主持了会议。据介绍，这位老者是总部第一研究室主任，但私下不乏有人说他是 ××× 的第一秘书兼军事顾问。对此容金珍并不在乎，他在乎的是这个人在会上反复说的一句话——

我们必须破译黑密，这是我们国家安全的需要。

他说："同样是破译密码，但不同的密码破译的要求和意义都是不同的，有些密码我们破译它是为了打赢一场具体战争的需要，有些是军备竞赛的需要，有些是国家领导人安全的需要，有些是外交事务的需要，有些甚至仅仅是工作的需要，职业的需要。还有很多很多的需要，然而所有所有的需要，捆在一起都没有一个国家安全重要。我可以坦率地告诉大家，看不见 X 国的高层秘密，是对我们国家安全的最大威胁，而要摆脱这种威胁，最好的办法只有一个，就是尽快破译黑密。有人说，给他一个支点，他可以把地球撬动，破译黑密就是我们撬动地球的支点。如果说我们国家现在安全问题上有些沉重、被动的压力，破译黑密就是我们杀出重围、争取主动的支点。”

开幕式在这位肃穆老者激越而庄严的呼吁声中达到了鸦雀无声的高潮，他激越的时候，满头银亮的头发闪烁着颤动的光芒，像是头发也在说话。

下午是专家发言，容金珍受命率先作了一个多小时的报告，主要介绍黑密破译进展，那就是：毫无确凿的进展，和他个人在困惑中的某些奇思异想：有些极其珍贵，以至事后他都后悔在这个会议上公布。随后几天，他用十几小时的时间听取了九位同行的意见和两位领导的闭幕讲话。总的说，容金珍觉得整个会议开得像个讨论会（不是研究会），轻浮又浅薄，人们用惯常的花言巧语和标语式的口号讲演，也仅仅是讲演而已，既没有咬牙的争论，也缺乏冷静的思考。会议始终浮在一个平静的水面上，断断续续冒出的几只水泡，全都是容金珍憋不住气所呼出的——他为宁静和单调所窒息。

也许，从根本上说，容金珍是讨厌这个会议，和会议上的每一个人的，起码在会议落幕之后。但后来他又觉得这是不必要的，甚至是没道理的，因为他想，黑密就如他身体里的一个流动的深刻的癌，自己挖空心思深究多年，依然感到一无蛛迹的茫然，感到死亡的咄咄逼人的威胁，他们一帮局外人，既非天才，也非圣人，仅仅道听途说一点，便指望他们发表一针见血的高见，做救世主，这无疑是荒唐的，是**梦中的无稽之谈——**

【郑局长访谈实录】

作为一个孤独而疲倦的人，容金珍白天常常沉溺于思想或者说幻想，每一个夜晚都是在梦中度过的。据我所知，有一段时间，他曾鼓励自己天天晚上都做梦，这是因为：一方面，他曾尝到过做梦的甜头（有人说他是在梦中破译紫密的）；另一方面，他怀疑制造黑密的家伙是个魔鬼，具有和常人不一样的理性、思维，那么自己作为一个常人，看来只有在梦中才能接近他了。

这个思想闪现之起初非常鼓舞他，好像在绝境中拾到了条生路。于是有阵子，我听说他天天晚上都命令自己做梦，做梦成了他一时间内的主要任务。这种刻意的夸张和扭曲，结果使他后来一度精神濒临崩溃，只要眼皮一合上，形形色色的梦便纷至沓来，驱之不散。这些梦纷乱不堪，毫无思想，唯一的结果是骚扰了他正常的睡眠。为了保证睡眠，他又不得不反过来消灭这些每天纠缠他的梦，于是他养成睡前看小说和散步的习惯。这两个东西，前者可以松懈他白天过度紧张的脑筋，后者使之疲劳，加起来对他睡眠倒真有些促进作用，用他自己的话说就是：小说和散步是保证他睡好觉的两粒安眠药。

话说回来，他做了那么多梦，几乎把现实中的所有一切都在梦中经历了，体验了，品味了，于是他就有了两个世界：一个是现实的，一个是梦中的。人都说，陆地上有的东西海里全有，而海里有的东西陆地上不一定有。容金珍的情况也是这样，梦中世界有的东西在现实世界中并不一定都有，但凡是在现实世界中有的东西，在他的梦中世界里一定是有的。也就是说，现实世界中的一切东西，到容金珍头上都有一式两份：一份现实的——真的，活生生的；一份梦中的——虚的，乱糟糟的。比如**无稽之谈**这个成语，我们只有一个，但容金珍就有两个，除了通常的一个外，还有一个梦中的，一个唯他独有的。不用说，梦中的这个要比现实中的那个更加荒唐、更加谵妄——（未完待续）

现在，冷静下来的容金珍相信，指望那些人发表有关黑密的高见，口吐金玉良言，给自己指点迷津，就是**梦中的无稽之谈**，是荒唐中的荒唐，是比通常的无稽之谈还要无稽之谈的无稽之谈。所以，他这样告慰自己说：

“别去指望他们，别指望，他们不可能给你指点迷津的，不可能的，不可能……”

他反复这样说，也许以为在这种加强的旋律中会忘掉痛苦。

不过，容金珍此行也并非毫无收获。收获起码有四：

1．通过此会，容金珍看到总部首长很关心黑密破译现状及今后的命运。这对容金珍既是压力，也是鼓励，他感到内心被推了把似的有点来劲。

2．从会议上同仁们对他又是语言又是肉体的讨好（比如把你的手握得亲亲热热、对你点头哈腰、殷勤微笑，凡此种种，均属肉体讨好），容金珍发现自己在秘密的破译界原来是那么璀璨，那么人见人爱。这一点他以前知之不多，现在知道了终归有点儿高兴。

3．在会余的一次交杯中，那位权威的银发老者几乎即兴答应给容金珍调拨一台四十万次的计算机。这等于给他配了一个几乎是国际一流的好帮手！

4．临走前，容金珍在“昨日书屋”买到了两本他梦寐以求的好书，其中之一《天书》（又译《神写下的文字》），系著名密码学专家亚山之作。

什么叫不虚此行？

有了这些东西就叫不虚此行。

有了这些东西，容金珍也能愉快回去了。回去的列车上没有警界或其他什么部门的庞大团体，所以瓦西里很容易就弄到了两张软卧铺位。当容金珍步入上好的软卧车厢时，他的心情就有了外出六天来所没有的轻松。

他确实是十分愉快地离开首都的，愉快还有个原因是：那天晚上首都的天空竟然飘出了这年冬天的第一批雪花，好像是为欢送他这个南方人特意安排的。雪花愈撒愈烈，很快铺满一地，在黑暗中隐隐生辉。容金珍在一片雪景中等待火车启动，雪落无声和水的气息使他心中充满宁静而美妙的遐想。

归途的开始无可挑剔地令人满意，鼓舞着容金珍有信心作一次轻松的旅行。

和来时不一样。

03

和来时不一样，归途的时间是两天三夜，不是三天两夜。现在，一个白天和两个夜晚已经过去，第二个白天也正在逝去。一路上，容金珍除了睡觉，其余时间几乎全都在看他新买的书。很明显，这次旅途容金珍已从上次胆小怕事的不祥感觉中走出来，能够睡好觉和看书就是这种证明。大家知道，归途有个好处，就是他们买到了软卧铺位，有了一个火柴盒一般独立的、与外界隔绝因而也是安全的空间。容金珍置身其中，心里有种恰到好处的满足和欢喜。

没有人能否认，一个胆小的人，一个敏感的人，一个冷漠的人，独立就是他们最迫切的愿望，最重要的事情。在 701，容金珍以别人不能忍受的沉默和孤独尽可能地省略了种种世俗的生活，为的就是要和旁人保持距离，独立于人群。从某种意义上说，他慷慨地接受棋疯子，不排除有远离人群的动机。换句话说，与疯子为伍是拒绝与人往来的最好办法。他没有朋友，也没谁把他当朋友，人们尊敬他，仰慕他，但并不亲近他。他孤零零地生活（后来棋疯子身上的密级随着时间的推移减弱了，于是离开了 701），人们说他是原封不动的，不近人情的，孤独的，沉闷的。但孤独和沉闷并不使他烦恼，因为要忍受别人五花八门的习惯将使他更加痛苦。从这个意义上说，破译处长的头衔是他不喜欢的，丈夫的头衔也是他不喜欢的——

【郑局长访谈实录】

容金珍是一九六六年八月一日结婚的，妻子姓翟，是个孤儿，很早就从事机密工作，先在总部机关当电话接线员，一九六四年转干后才下来到我们破译处当保密员。她是个北方人，个子很高，比容金珍还高半个头，眼睛很大，讲一口纯正的普通话，但很少开口说，说话的声音也很小，也许是搞机密工作久了的缘故。

说起容金珍的婚姻，我总觉得怪得很，有点命运在捉弄他的意思。为什么这么说？因为我知道，以前那么多人关心他的婚姻，也有那么多人想嫁给他，分享他耀眼的荣光。但也许是不想吧，也许是犹豫不决，或者别的什么原因，他一概拒之门外，感觉是他对女人和婚姻不感兴趣。可后来，不知怎么的，他又突然没一点声响地跟小翟结了婚。那时候他已经三十四岁。当然这不是个问题，三十四岁是大龄了一点，但只要有人愿意嫁给他，这有什么问题？没问题。问题是他们婚后不久，黑密就贼头贼脑地出现了。不用说，当时容金珍要不跟小翟结婚的话，他这辈子恐怕就永远不会结婚了，因为黑密将成为他婚姻的一道不可逾越的栅栏。这场婚姻给人感觉就同你在关窗之前突然扑进来一只鸟一样，有点奇怪，有点宿命，有点不知道该怎么说——是好是坏？是对是错？

说真的，容金珍这个丈夫是当得极不像话的，他常常十天半月不回家，就是回家，也难得跟小翟说一句话，饭烧好了就吃，吃了就走，要么就睡，睡醒了又走。就是这样的，小翟跟他生活在一起，常常连碰他一下目光的机会都很少，更不要说其他的什么。作为处长，一个行政领导，他也是不称职的，每天，他只有在晚上结束一天工作之前的一个小时才出现在处长办公室里，其余时间全都钻在破译室内，并且还要把电话机插头拔掉。就这样，他总算躲掉了作为处长和丈夫的种种烦恼和痛苦，保住了自己惯常而向往的生活方式，就是一个人独处，孤独地生活，孤独地工作，不要任何人打扰或帮助。而且，这种感觉自黑密出现后似乎变得越来越强烈，好像他只有把自己藏起来后，才能更好地去寻找黑密深藏的秘密——（未完待续）

现在，容金珍躺在几乎是舒适的软卧铺位上，似乎也有这样的感觉，即总算弄到了一个不坏的藏身之处。确实，瓦西里很容易弄来的两张铺位真是十分理想，他们的旅伴是一位退休的教授和他九岁的小孙女。教授也许有六十岁，曾经在G大学当过副校长，因为眼疾于不久前离职。他身上有点权威的味道，喜欢喝酒，抽飞马牌香烟，一路上，烟酒使他消磨了时间。教授的小孙女是个长大立志要当歌唱家的小歌手，一路上反复地唱着歌，把车厢唱得跟舞台似的。如此两人，一老一少，使容金珍原本随时都可能悬吊起来的心像是吃了镇静剂似的变踏实了。换句话说，在这个单纯得没有敌意甚至没有敌意的想象的小小空间里，容金珍已经感受不到自己的胆小，他把时间都用来做当前最现实又最有意义的两件事，就是睡觉和看书。睡眠使旅途漫长的黑夜压缩为一次做梦的时间，看书又把白天的无聊打发了。有时候，他躺在黑暗里，睡不着又看不成书，他就把时间消耗在胡思乱想中。就这样，睡觉，看书，胡思乱想，他消磨着归途，一个小时又一小时，逐渐又逐渐地接近了他当前最迫切的愿望：结束旅途，回701。

现在，第二个白天即将过去，火车正轻快地行驶在一片空旷的田野上，田野的远处，一轮傍晚的太阳已经开始泛红，散发出毛茸茸的光芒，很美丽，很慈祥。田野在落日的余晖下，温暖，宁静，好像是梦境，又好像一幅暖色调的风景画。

吃晚饭时，教授和瓦西里攀谈起来，容金珍在旁有一句没一句地听着，突然听到教授用羡慕的口气这样说道：

“啊，火车已经驶入G省，明天一早你们就到家了。”

这话容金珍听着觉得挺亲切，于是愉快地插一句嘴：

“你们什么时候到？”

“明日下午三点钟。”

这也是火车的终点时间，于是容金珍幽默地说：

“你们是这趟火车最忠实的旅客，始终跟它在一起。”

“那你就是逃兵了。”

教授哈哈大笑。

看得出，教授为车厢里突然多出来一位对话者感到高兴。但似乎只是白高兴一场，因为容金珍干笑两下后，便不再理睬他，又捧起亚山的《天书》不闻不顾地读起来。教授怪怪地盯他一眼，想他是不是有病哩。

病是没有的，他就是这样的人，说话从来都是说完就完，没有拉扯，没有过渡，没有客气，没有前言，没有后语，说了就说了，不说了就不说了，像在说梦话，弄得你也跟着在做梦似的。

说到亚山的《天书》，是解放前中华书局出版的，由英籍华裔韩素音女士翻译，很薄的一册，薄得不像本书，像本小册子，扉页有个题记，是这样写的：

天才，乃人间之灵，少而精，精而贵，贵而宝。像世上所有珍宝一样，大凡天才都是娇气的，娇嫩如芽，一碰则折，一折则毁。

这句话像子弹一样击中了他——

【郑局长访谈实录】

天才易折，这对天才容金珍说不是个陌生而荒僻得不能切入的话题，他曾多次同我谈起过这个话题，他说：天才之所以成为天才，是因为他们一方面将自己无限地拉长了，拉得细长细长，游丝一般，呈透明之状，经不起磕碰。从一定意义上说，一个人的智力范围越是局限，那么他在某一方面的智力就越容易接近无限，或者说，他们的深度正是由于牺牲了广度而获得的。所以，大凡天才，他们总是一方面出奇的英敏，才智过人，另一方面却又出奇的愚笨，顽冥不化，不及常人。这最典型的人就是亚山博士，他是破译界的传奇人物，也是容金珍心目中的英雄，《天书》就是他写的。

在密码界，没有一个人不承认，亚山是神圣的，高不可攀的，他像一个神，世上的密码没有一本会使他不安。他是一个深悉密码秘密的神！然而，在生活中，亚山却是一个十足的笨蛋，是个连回家的路都不认识的笨蛋。他出门就像一只宠物似的，总需要有人牵引着，否则就可能一去不返。据说，亚山终生未婚，他母亲为了不让儿子丢失，一辈子都亦步亦趋地跟着儿子，带他出门，引他回家。

不用说，对母亲来说，这无疑是个糟糕透顶的孩子。

然而，在半个世纪前，在德国，在法西斯兵营里，就是这个人，这个伤透母亲心的糟糕孩子，一度成了法西斯的死神，叫希特勒吓得屁滚尿流。其实，亚山还说得上是希特勒的同乡，他出生在一个名叫“TARS”的岛上（岛上盛藏金子），如果说一个人必须有一个祖国的话，那么德国就是他的祖国，希特勒是他当时祖国的统帅。从这个意义上说，他当然应该为德国、为希特勒服务。可他没有，或者说没有始终服务（曾经服务过）。因为，他不是哪个国家或哪个人的敌人，而仅仅是密码的敌人。他可以在一段时间里成为某个国家、某个人的敌人，而到另一个时候又可能成为另一个国家、另一个人的敌人，这一切都取决于谁——哪个国家、哪儿的人，制造并使用了世界上最高级的密码，拥有最高级密码的那个人就是他的敌人！

二十世纪四十年代初，当希特勒的桌面上出现了由老鹰密码加密的文书后，亚山便背叛了他祖国，走出德军阵营，成了盟军朋友。反戈的原因不是因为信仰，也不是因为金钱，而仅仅是因为**老鹰密码**使当时所有破译家都感到了绝望。

有一种说法，说老鹰密码是一个爱尔兰的天才数学家在柏林的一座犹太人教堂里，在神的佑助下研制成功的，其保险系数高达三十年，足足比当时其他高级密码的保险系数高出十几倍！这就是说，三十年内人类将无法破译该密码——破译不了是正常的，破译了反而是不正常的。

这也是世上所有破译家所面临的共同命运，即他们所追求的东西，在正常情况下将永远在远处，在一块玻璃的另一边。换句话说，他们追求的是一种不正常，好像海里的一粒沙子要跟陆地上的一粒沙子碰撞一样，碰撞的可能性只有亿万分之一，碰撞不了是正常的。然而，他们正是在寻求这个亿万分之一，这个**天大的不正常**！造密者或者密码在使用过程中出现的某些不可避免的**闪失**——犹如人们偶然中本能的一个喷嚏，这可能是亿万分之一的开始。问题是将自己的希望维系于别人的闪失和差错之上，你不能不感到，这既是荒唐的，又是悲哀的，荒唐和悲哀叠加构成了破译家的命运，很多人——都是人类的精英——就这样默默无闻地度过了他们惨淡悲壮的一生。

然而，也许是天才，也许是好运气，亚山博士仅用七个月时间就敲开了老鹰密码。这在破译史上可谓空前绝后，其荒唐程度类似于太阳从西边升起，又好像是漫天雨点往下掉的同时，一个雨点却在往上飞——（未完待续）

每每想起这些，容金珍总觉得有种盲目的愧疚感，一种不真实之感。他经常对着亚山的照片和著作这样自言自语：

“人们都有自己的英雄，你就是我的英雄，我的一切智慧和力量都来自你的指示和鼓舞。你是我的太阳，我的光亮离不开你光辉的照耀……”

他这样自贬，不是由于对自己不满，而是出于对亚山博士极度的崇敬。事实上，除了亚山，容金珍心中从来只有他自己，他不相信 701 除他容金珍还会有第二个人能破译黑密。而他不信任同僚，或者说只信任自己的理由很简单，只有一个，就是：他们对亚山博士缺乏一种虔诚而圣洁的感情，一种崇拜的感激之情。在火车的咣当声中，容金珍清晰地听到自己在这样对他的英雄说：

“他们看不到您身上的光华，看到了也害怕，不以为荣，反以为耻。这就是我无法信任他们的理由。欣赏一种极致的美是需要勇气和才能的，没有这种勇气和才能，这种极致的美往往会令人感到恐怖。”

所以，容金珍相信，天才只有在天才眼里才能显出珍贵，天才在一个庸人或者常人眼里很可能只是一个怪物，一个笨蛋。因为他们走出人群太遥远，遥遥领先，庸人们举目遥望也看不见，于是以为他们是掉在了队伍后面。这就是一个庸人惯常的思维，只要你沉默着，他们便以为你不行了，吓倒了，沉默是由于害怕，而不是出于轻蔑。

现在，容金珍想，自己和同僚的区别也许就在这里，就是：他能欣赏亚山博士，所以崇敬。所以，他能在巨人光亮的照耀下闪闪发光，一照就亮，像块玻璃。而他们却不能，他们像块石头，光芒无法穿透他们。

接着他又想，把天才和常人比作玻璃和石头无疑是准确的，天才确实具有玻璃的某些品质：透明、娇气、易碎，碰不得，一碰就碎，不比石头。石头即使碰破也不会像玻璃那么粉碎，也许会碰掉一只角，或者一个面，但石头仍然是块石头，仍然可以做石头使用。但玻璃就没这么妥协，玻璃的本性不但脆弱，而且暴烈，破起来总是粉碎性的，一碎就会变得毫无价值，变成垃圾。天才就是这样，只要你折断他伸出的一头，好比折断了杠杆，光剩下一个支点能有什么用？就像亚山博士，他又想到自己的英雄，想他如果世上没有密码，这位英雄又有什么用？废物一个！

窗外，夜晚正在慢慢地变成深夜。

04

以后发生的事情是不真实的，因为太真实。

事情太真实往往会显得不真实而使人难以相信，就像人们通常不相信在广西的某个山区你可以拿一根缝衣针换到一头牛甚至一把纯银的腰刀一样。没有人能否认，十二年前容金珍在一个“门捷列夫的梦”中（门捷列夫在梦中发现了元素周期表）获得紫密深藏的秘密，是个出奇的故事，但却并不比接下来发生的事情出奇多少。

半夜里，容金珍被火车进站时的咣当声碰醒。出于一种习惯，他醒来就伸手去摸床下的保险箱。箱子被一把链条锁锁在茶几腿上。

在!

他放心地又躺下去，一边懵懵懂懂地听到月台上零散的脚步声和车站的广播声。

广播通知他，火车已经到达 B 市。

这就是说，下一站就到 A 市了。

“还有三个小时……”

“就到家了……”

“回家了……”

“只剩下一百八十分钟……”

“再睡一觉吧，回家了……”

这样想着，容金珍又迷迷糊糊地睡过去。

不一会儿，火车出站时的噪音再次将他弄醒，而接下来火车愈来愈紧的咣当声，犹如一种递进的令人亢奋的音乐，不断地拍打着他的睡意。他的睡眠本来就不是很坚强，怎么经得起这么蹂躏？睡意被咣当声辗得粉碎，他彻底清醒过来。月光从车窗外打进来，刚好照在他床铺上，阴影儿颠簸着，忽上忽下，很勾引他惺忪的目光。这时候，他总觉得眼前少了样东西，是什么呢？他懒洋洋地巡视着，思忖着，终于发现是挂在板壁挂钩上的那只皮夹——**一只讲义夹式的黑皮夹**——不在了。他立马坐起身，先在床铺上找了找，没有。然后又察看地板上，茶几上，枕头下，还是没有！

当他叫醒瓦西里后来又吵醒教授时，教授告诉他们说，一个小时前他曾上过一次厕所（请记住是一小时前），在车厢的连接处看到一位**穿军便装的小伙子**，靠着门框在抽烟，后来他从厕所里出来时，刚好看见小伙子离去的背影，“手上拎着一只你刚说的那种皮夹”。

“当时我没想太多，以为皮夹是他自己的，因为他站在那里抽烟，手上有没有东西我没在意，再说我以为他一直站着没动呢，只是抽完了烟才走，现在——唉，当时我要多想一下就好了。”

教授的解释富有同情心。

容金珍知道，皮夹十有八九是这个穿军便装的小伙子偷走了，他站在那里，其实是站在那里狩猎，教授出来方便，恰好给他提供了线索，好像在雪地里拾到了一路梅花印足迹，沿着这路足迹深入，尽头必是虎穴。可以想象，教授在卫生间的短暂时间，便是小伙子的作案时间。

“这叫见缝插针。”

容金珍这样默念一句，露出一丝苦笑——

【郑局长访谈实录】

其实，破译密码说到底就是一个**见缝插针**的活儿。

密码好像一张巨大的天网，天衣无缝，于是你看不真切。但是，一本密码只要投入使用，就如一个人张口说话，难免要漏嘴失言。漏出来的话，就是流出来的血，就是裂开的口子，就是一线希望。正如闪电将天空撕开口子一样，削尖脑袋从裂开的缝隙中钻进去，通过各种秘密的迷宫一般的甬道，有时候可以步入天堂。这些年来，容金珍以巨大的耐心等待着他的天空裂开缝隙，已经等待上千个延长了的白天和夜晚，却是蛛丝未获。

这是不正常的。很不正常。

究其缘故，我们想到两点：

1．紫密的破译逼使对方咬紧牙关，每张一次口说话都慎而又慎的，深思熟虑的，滴水不漏的，使得我们无懈可击。

2．有破绽却未被容金珍发现，滴水在他的指缝间滑落，流走。而且，这种可能性很大。因为你想，希伊斯那么了解容金珍，他一定会提醒黑密的研制者们如何来针对容金珍的特点，设置一些专门对付他的机关。说实话，他们曾如父子一样情深意浓，但现在由于身份和信仰的关系，两人心灵深处的距离甚至比地理上的距离还要远大。我至今记得，当我们得知希伊斯就是伟纳科时，组织上把这个情况连同希伊斯对我们布迷魂阵的诡计都向容金珍详细说了，以引起他警觉。然后你想他说了句什么话？他说：叫他见鬼去吧，这个

科学圣殿中的魔鬼[①]！

再说，对方越是谨慎，破绽越少，就越容易为我们忽视，反之一样，即我们一有疏漏，对方的破绽就显得越发少。双方就这样犹如一个榫头的凹凸面，互相呼应，互相咬紧，紧到极致，衔接面消失了，于是便出现蛛丝不显的完美。这种完美陌生而可怕，容金珍日夜面对，常常感到发冷和害怕。没有人知道，但妻子小翟知道，丈夫在梦呓中不止一次地告诉她：在破译黑密的征途上，他已倦于守望，他的信念，他的宁静，已遭到绝望的威胁和厌烦的侵袭——（未完待续）

现在，小偷的守望，皮夹的失窃，使容金珍马上联想到自己的守望和绝望，他有点儿自嘲地想：我想从人家——黑密制造者和使用者——身上得到点东西是那么困难，可人家窃去我东西却是那么容易，仅仅是半支烟工夫。嘿嘿，他冰冷的脸上再次挂起一丝苦笑。

说真的，这时候，容金珍还没有意识到丢失皮夹是什么可怕的事。他初步回忆，知道皮夹里有往返车票、住宿票和价值两百多元的钱粮票以及证件什么的。亚山的《天书》也在其中，那是他昨晚睡前放进去的。这似乎首先刺痛了他的心。不过，总的来说，这些东西和床下保险箱比，他觉得自己还是幸运的，甚至感到一丝大难不死的欣慰。

不用说，要偷走的是保险箱，那事情就大了，可怕了。现在看来，可怕是没有的，只是有些可惜而已。只是可惜，不是可怕。

十分钟后，车厢内又平静下来。容金珍在接受瓦西里和教授的大把安慰话后，一度动乱的心情也逐渐安静下来。但是，当他重新

---

①语出小黎黎给金珍论文所题的前言。

浸入黑暗时，这安静仿佛被夜色淹没，又如被车轮的咣当声碰坏一样，使他又陷入对失物的惋惜和追忆之中。

惋惜是心情，追忆是动脑，是用力。

皮夹里还有没有其他东西？

容金珍思索着。

一只想象中的皮夹，需要用想象力去拉开拉链。开始他的思绪受惋惜之情侵扰，思索显得苍白，无法拉开皮夹拉链，眼前只有一片长方形的晕目的黑色。这是皮夹的外壳，不是内里。渐渐地，惋惜之情有所淡化，思索便随之趋紧、集中，丝丝力量犹如雪水一般衍生、聚拢、又衍生、又聚拢。最后，拉链一如雪崩似的弹开，这时一片梦幻般的蓝色在容金珍眼前一晃而过。仿佛晃见的是一只正在杀人的手，容金珍陡然惊吓地坐起身，大声叫道：

“瓦西里，不好了！”

“什么事？”

瓦西里跳下床来，黑暗中，他看到容金珍正在瑟瑟发抖。

“笔记本！笔记本！……”

容金珍失声叫道。

原来皮夹里还放着他的工作笔记本！

【郑局长访谈实录】

你可以想象，作为一个孤独的人，一个像死一样陷入沉思的人，容金珍经常可以听到一些奇妙的声音。这些声音仿佛来自遥远天外，又仿佛发自灵魂深处。这些声音等不来，盼不及，却又常常不期而遇，不邀自到，有时候出现在梦中，梦中的梦中，有时候又从某本闲书的字里行间冲杀出来，诡谲无常，神秘莫测。我要说，这些声音是天地发出的，但其实又是容金珍自己发出的，是他灵魂的射精，是他心灵的光芒，闪烁而来，又闪烁而去，需要他随时记录下来。否则，来也匆匆，去也匆匆，等它们走了后，影子都不会留下一个。为此，容金珍养成了随身携带笔记本的习惯，不论在什么时候，不论走到哪里，笔记本犹如他的影子，总是默默地跟随着他。

我知道，那是一本小三十二开本的蓝皮笔记本，扉页印有“绝密”字样和他的秘密代号，里面记录着这些年来他关于黑密的种种奇思异想。通常，容金珍总是把笔记本放在上衣左手边的下面口袋里，这次出来，因为要带些证件什么的，他专门备了只皮夹，笔记本便被转移到皮夹里。皮夹是我们局长有次去国外带回来送他的，用料是上好的小牛皮，样子很小巧轻便的，拎手是一道宽条子的松紧带，松紧带箍在腕上，皮夹便成了一只从衣服上延伸出来的口袋。笔记本置于其中，我想容金珍一定不会感到使用的拗手，也不会感到丢失的不安，感觉就像仍在衣袋里——（未完待续）

几天来，容金珍曾两次使用过笔记本。

第一次是四天前的下午，当时他刚从会议上下来，因为有人在会上作了无知而粗暴的发言，他又气又恨，回到房间便气呼呼地躺在床上，眼睛正好对着窗户。起初，他注意到，窗外伸展着傍晚的天空，由于视角不正，那天空是倾斜的，有时候——他眨眼时，又是旋转的。后来，他觉得视线越来越模糊，窗户、天空、城市、夕阳，一切都悄然隐退，继之而来的是流动的空气，和夕阳燃烧天空的声音——他真的看见了无形的空气和空气流动的姿态，它们像火焰一样流动，而且似乎马上会溢出天外。流动的空气，夕阳燃烧的声音，这些东西如同黑暗一般，一点点扩张开来，把他包裹起来。就这样，豁然间，他感到自己身体仿佛被一种熟悉的电流接通，通体发亮，浑身轻飘，感觉是他躯体顿时也化作一股气，像火焰一样燃烧起来，流动起来，蒸发起来，向遥远的天外腾云驾雾起来。与此同时，一线清亮的声音，翩翩如蝶一般飘来……这就是他命运中的天外之音，是天籁，是光芒，是火焰，是精灵，需要他随时记录下来。

这是他出来后第一次动用笔记本，事后他不无得意地想，这是愤怒燃烧了他，是愤怒给了他灵感。第二次是在昨夜的凌晨时分，他在火车的摇晃中幸福地梦见了亚山博士，并与他作了长时间的深刻交谈，醒来，他在黑暗中记录了与亚山交谈的内容。

可以说，在破译密码的征途上，在通往天才的窄道上，容金珍没有大声呼号，也没有使劲祈求，而是始终拄着两根拐杖，就是：勤劳和孤独。孤独使他变得深邃而坚硬，勤劳又可能使他获得远在星辰外的运气。运气是个鬼东西，看不见，摸不着，说不清，道不明，等不得，求不来，鬼鬼祟祟，神神秘秘，也许是人间最神秘的东西。鬼东西。但是，容金珍的运气却并不神秘，甚至是最现实不过的，它们就深藏在笔记本的字里行间……

然而，现在笔记本不翼而飞了！

案发后，瓦西里仿佛被火点燃，开始紧张地忙碌起来，他首先找到列车乘警长，要求全体乘警各就各位，严禁有人跳车；然后又通过列车无线电，将案情向 701 作了如实报告（由 A 市火车站中转）。701 又将情况报告给总部，总部又上报，就这样一级又一级，最后报到最高首长那里。最高首长当即作出指示：

失物事关国家安危，所有相关部门必须全力配合，设法尽快找到！

确实，容金珍的笔记本怎么能丢失？一方面，它牵涉到 701 的机密，另一方面，它直接关系到黑密能不能破译的问题。因为，笔记本是容金珍的思想库，所有关于破译黑密的珍贵思想和契机都聚集在里面，丢得起吗？

丢不起！

非找到不可！

现在，火车已加速行驶，它要尽快到达下一站。

下一站大家知道就是A市，这就是说，容金珍是在家门口闯祸的，事情的发生好像是蓄谋已久，又像是命中注定的。谁也想不到，那么多天过去了，什么事情也没有发生，偏偏是到现在，到了家门口，事情才发生，而且竟然发生在黑皮夹上（不是保险箱）。而且，从现在情况看，案犯不可能是什么可怕的敌人，很可能只是个可恶的小偷。这一切都有种梦的感觉，容金珍感到虚弱迷乱，一种可怜的空虚的迷宫那样的命运纠缠着他，折磨着他，火车愈往前驶，这种感觉愈烈，仿佛火车正在驶往的不是A市，而是地狱。

火车一抵A市便被封锁起来，而前一站B市早在一个小时前，全城便被秘密管制起来。

常识告诉大家：小偷极可能一作案就下车，那就是B市。

没有人不知道，隐藏一片树叶的最好地方是森林，隐藏一个人最好的地方是人群，是城市。因此，侦破这样的案子是很困难的，要说清楚其中之细微也是困难又困难的。可以提供一组数据，也许能够从中看出整个侦破过程的一点眉目。

据当时“特别事故专案组”记载，直接和间接介入破案的部门有——

1.701（首当其冲）；

2.A市公安部门；

3.A 市军队方面；

4.A 市铁路局；

5.A 市某部一连队；

6.B 市公安部门；

7.B 市军队方面；

8.B 市铁路局；

9.B 市环卫局；

10.B 市城管局；

11.B 市城建局；

12.B 市交通局；

13.B 市日报社；

14.B 市邮政局；

15.B 市某部一个团队；

还有无数的小单位、小部门。

被检查之处有——

1.A 市火车站；

2.B 市火车站；

3.A 市至 B 市 220 公里铁道线；

4.B 市 72 家旅馆招待所；

5.B 市 637 只垃圾桶；

6.B 市 56 个公共厕所；

7.B 市 43 公里污水道；

8.B 市 9 处废品收购站；

9.B 市无数民宅。

直接投入破案人员有 3700 多人，其中包括容金珍和瓦西里。

直接被查询人员有 2141 位乘客、43 名列车工作人员和 B 市 600 多名着军便装的小伙子。

火车因此延误时间 5 小时 30 分钟。

B 市秘密管制时间 484 小时，即 20 天零 4 小时。

人们说，这是 G 省历史上从未有过的一个巨大而神秘的案子，几万人为之惊动，几个城市为之颤抖，其规模和深度实为前所未有！

05

话说回来当然是容金珍的需要，这个故事是他的故事，还没完，似乎才开始。

当容金珍走下火车，出现在A市月台上的时候，他一眼看见一行向他逼来的人，为首的是当时701头号人物——一个有一张放大的马脸的恐怖的局长大人（郑氏拐杖局长的前任的前任），起码容金珍现在看来是如此。他走到容金珍面前，气愤使他失去了往日对容金珍的尊敬，阴冷的目光咄咄逼人。

容金珍害怕地避开了这目光，却避不开这声音：

“为什么不把密件放在保险箱里！”

这时候，在场的人都注意到，容金珍眼睛倏地亮闪一下，旋即熄灭，就像烧掉的钨丝，同时整个人硬成一块，直挺挺地倒在了地上。

当黎明的曙光照亮窗户方框的时候，容金珍苏醒过来，目光触到了妻子朦胧的面容。有那么一会儿，他幸福地忘记了一切，以为自己是躺在家里的床上，妻子刚被他梦中的呼号惊醒，正不安地望着他（他妻子也许经常这样守望着梦中的丈夫）。但是，白色的房间和房间里的药气，使容金珍很快清醒过来，知道自己是在医院里。

于是，休克的记忆又活转过来。于是，他又听到局长威严的声音：

“为什么不把密件放在保险箱里！”

“为什么！”

“为什么？”

“为什么……”

【郑局长访谈实录】

你应该相信，容金珍对这次外出并不缺乏敌意，和因敌意而有的警惕。所以，如果说事情的发生是由于他麻痹大意，是他掉以轻心或者玩忽职守的结果，那是不公平的。但是，没有把笔记本放在保险箱里，又似乎可以说容金珍是不谨慎的，警惕性很不高。

我清楚记得，在他们从701出发时，我和瓦西里都曾再三要求他，叮嘱他，应将所有密件，包括所有能证明他身份的东西，都放入保险箱，他也确实这么做了。返回时，据瓦西里说，他还是很小心的，把所有密件一一都放入保险箱，包括总部首长在会议期间送给他的一本格言诗集（是首长自己创作的），完全是一本书店里的书，毫无秘密可言。但容金珍想到扉页上有首长的签名，唯恐因此露出他身份的一丝蛛迹，特意将它归入密件，置于保险箱内。就这样，他几乎把什么都放进去了，却独独将笔记本遗落在外。事后想来，当初他怎么就将它遗落掉的，这简直是个古老而深奥的谜。我相信，绝对相信，他不会因为要经常用而特意留下它的，不会的。他不会这样冒险，他也没有勇气和胆量这样冒险。他留下它似乎是完全没理由的，即使事后，他企图想出一个理由也难以想象。奇怪的是，事发前，他似乎从来没有意识到这本笔记本的存在（事发后也没有马上想到），好像它是一枚别在妇女袖口上的针，除了需要它或者不经意被它刺痛时，平时似乎总是想不到它。

但笔记本对容金珍来说，绝不可能是一枚妇女袖口上的针，因为不值钱可以无须记住它。他本意无疑是想记住它的，而且非常想，要牢记住它，要记在心上的心上。因为，这是他最珍贵的东西，用他自己的话说：**是他灵魂的容器**。

这样一件他最珍重的东西，他的宝贝，他怎么就将它忽视了呢？

这的确是个巨大的坚硬的谜——（未完待续）

现在，容金珍正在为此深深悔恨，同时他极力想走入神秘的迷宫，找到他为什么把笔记本忽视掉的谜底。开始，他为里面无穷无尽的黑暗所眩晕，但渐渐地，他适应了黑暗，黑暗又成了发现光亮的依靠。就这样，他接近了一个宝贵的思想，他想——

也许正是因为我太珍视它了，把它藏得太深了，藏在了我心里的心里，以致使我自己都看不见了……也许在我的潜意识里，笔记本早已不是一件什么孤立存在的、具体的物体，就像我戴的眼镜……这些东西，由于我太需要——简直离不开！早已镶嵌在我生命里，成为我生命的一滴血，身体的一个器官……我感觉不到它们，就像人们通常感觉不到自己有心脏和血液一样……人只有在生病时才会感觉到自己有个身体，眼镜只有不戴时才会想起它，笔记本只有丢掉……

想到笔记本已经丢掉，容金珍触电似的从床上坐起来，一边穿着衣服，一边急煞地冲出病房，火急火燎的样子，像是在逃跑。他的妻子，小翟，一个比他高大年轻的女人，也许从未见过丈夫的这种样子，万分吃惊。但没惊呆，跟着就往外追。

由于容金珍视力没有适应楼道里的黑暗，加上跑得匆忙又快，下楼时，他跌倒在楼梯上，眼镜摔掉了，虽然没破，但耽误的时间让妻子追上了他。妻子才从701赶来，来之前有人通知她，说容金珍可能在路上累着了，突然病发住在某医院里，要她来陪护。她就这样来了，并不知晓真正发生的事情。她叫丈夫回去休息，却遭到粗暴拒绝。

到楼下，容金珍惊喜地发现他的吉普车正停在院子里，他过去一看，司机正趴在方向盘上睡觉呢。车子是送他妻子来的，现在容金珍似乎正用得上。上车前，他跟妻子撒了一个真实的谎言，说他把皮夹丢在了车站，“去去就回”。

然而他没去车站，而是直接去了B市。

容金珍知道，小偷现在只有两个去处：一个是仍在列车上，另一个是已在B市下车。如果在车上，那是跑不了的，因为列车已被封锁。所以，容金珍急着要去B市，因为A市不需要他，而B市——B市也许需要全城人！

三个小时后，小车驶入B市警备区大院。在这里，容金珍打听到他应该去的地方：特别事故专案组。专案组设在警备区招待所内，组长是总部某副部长（当时尚未到任），下面有五位副组长，分别是A市、B市军地各相关部门的领导，其中一位副组长就是后来的郑氏拐杖局长——时任701第七副局长，当时他就在招待所内。容金珍赶到那里后，郑副局长告诉他一个坏消息：A市封锁列车检查，结果没有发现小偷。

这就是说小偷已在B市下车！

于是，各个方向的破案人员，源源不断地涌入B市。当天下午，瓦西里也来到B市，他来B市的目的原本是奉局长之令，把容金珍带回医院去治病。但局长可能料到他的这道命令会遭到容金珍拒绝，所以下达命令的同时，又给命令补充了一个**注解**，说：如果他执意不肯，你瓦西里必须寸步不离地保护他的安全。

结果，瓦西里执行的果然不是命令本身，而是**注解**。

没有人想得到，瓦西里这次小小的妥协可给 701 闯下大祸了。

06

在后来的几天里，容金珍白天像游魂一样，飘荡于B市的街街巷巷，角角落落，又把一个个黑夜，漫长得使人发疯的黑夜，消耗在对遥远事物的想念之中。由于过度的希望，他自然感到极度失望，黑夜于是成了他受刑的时光。每天晚上，他为自己可怜的命运所纠缠，所折磨，失眠的难以忍受的清醒压迫着他，炙烤着他。他挖空心思回顾着当前的每一个白天和夜晚，企图审判自己，搞清楚自己的过错。但现实的一切似乎都错了，又似乎都没错，一切如梦，一切似幻。在这种无休无止的迷惘中，悲愤的热泪灼伤了他双眼；在这种深刻的折磨中，容金珍就像一朵凋谢的花，花瓣以一种递进的速率不时剥落，又如一只迷途的羔羊，哀叫声一声比一声软弱又显得孤苦。

现在到了事发后的第六天晚上。这个珍贵而伤感的夜晚是从一场倾盆大雨开始的，雨水将容金珍、瓦西里两人淋得精湿，以致容金珍咳嗽不止，因此他们要比往常回来得早些。两人躺在床上，疲劳并没使他们不能忍受，因为要忍受窗外无穷的雨声已是够困难的了。

滔滔不尽的雨水使容金珍想到了一个可怕的问题——

【郑局长访谈实录】

作为当事人，容金珍对案件侦破工作是有不少独特的见解的，比如他曾提出，小偷行窃的目的是要钱，所以极可能取钱弃物，将他的宝贝笔记本当废纸扔掉。这个观点不乏有其准确性，所以容金珍提出的起初就引起专案组高度重视，为此B市的垃圾箱、垃圾堆天天受到成群的人青睐。容金珍当然是其中一员，而且还是一名十足的主将，干得最卖力又一丝不苟的，常常别人搜寻过一遍后，他还不放心，还要亲自捣鼓一遍。

但是事发后的第六天傍晚，一场倾盆大雨从天而降，而且下了就不见收，雨水在天上哗哗地下，又在地上哗哗地流，三下五下，B市的角角落落都水流成河，水满为患。这使以容金珍为代表的所有701人都痛苦地想到，即使有一天找回笔记本，那其中的种种珍贵思想也将被这无情的雨水模糊成一团墨迹。再说，雨水汇聚成流，就可能冲走笔记本，使它变得更加飘忽难觅。所以，这场雨让我们都感到很痛苦，很绝望，而容金珍一定感到更加痛苦，更加绝望。说真的，这场雨，它一方面像是一场普通的雨，毫无恶意，和小偷的行为并不连贯，另一方面又和它遥相呼应，默默勾结，是一种恶意的继续、发展，使我们面临的灾难变得更加结实而坚硬。

这场雨将容金珍仅存的一丝希望都淋湿了——（未完待续）

听着，这场雨将容金珍仅存的一丝希望都淋湿了！

从这场雨中，容金珍很容易而且很直接地再次看见了——更加清晰而强烈地——灾难在他身上的降临过程：仿佛有一种神秘的外力操纵着，使所有他害怕又想不到的事情得以一一发生，而且是那么阴差阳错，那么深恶痛绝。

从这场雨中，容金珍也看到了十二年前的某种相似的神秘和深奥：十二年前，他在一个“门捷列夫的梦”中闯入紫密天堂，从而使他在一夜间变得辉煌而灿烂。他曾经想，这种神奇，这种天意，他再也不会拥有，因为它太神奇，神奇得使人不敢再求。可现在，他觉得，这种神奇，这种天意，如今又在他身上重现了，只是形式不一而已，好像光明与黑暗，又如彩虹与乌云，是一个东西的正反面，仿佛这么多年来，他一直在环绕着这个东西在行走，既然面临了正面，就必然面临其反面。

那么这东西是什么呢？

一度为洋先生教子的、心里装有耶稣基督的容金珍想，这东西大概就是万能的上帝，万能的神。因为只有神，才具有这种复杂性，也是完整性，既有美好的一面，又有罪恶的一面；既是善良的，又是可怕的。似乎也只有神，才有这种巨大的能量和力量，使你永远围绕着她转，转啊转，并且向你显示一切：一切欢乐，一切苦难，一切希望，一切绝望，一切天堂，一切地狱，一切辉煌，一切毁灭，一切大荣，一切大辱，一切大喜，一切大悲，一切大善，一切大恶，一切白天，一切黑夜，一切光明，一切黑暗，一切正面，一切反面，一切阴面，一切阳面，一切上面，一切下面，一切里面，一切外面，一切这些，一切那些，一切所有，所有一切……

神的概念的闪亮隆重的登场，使容金珍心里出奇地变得透彻而轻松起来。他想，既然如此，既然这一切都是神的旨意，我还有什么好抗拒的？抗拒也是徒劳。神的法律是公正的。神不会因为某个人的意愿改变她的法律。神是决计要向每个人昭示她的一切的。神通过紫密和黑密向我显示了一切——

一切欢乐
一切苦难
一切希望
一切绝望
一切天堂
一切地狱
一切辉煌
一切毁灭
一切大荣
一切大辱
一切大喜
一切大悲
一切大善
一切大恶
一切白天
一切黑夜
一切光明
一切黑暗
一切正面
一切反面
一切阴面
一切阳面
一切上面
一切下面
一切里面

一切外面

一切这些

一切那些

一切所有

所有一切

……

容金珍听到自己心里喊出这么一串排比的口号声后，目光坦然而平静地从窗外收了回来，好像雨下不下已与他无关，雨声也不再令他无法忍受。当他躺上床时，这雨声甚至令他感到亲切，因为它是那么纯净，那么温和，那么有节有奏，容金珍听着听着就被它吸住并融化了。他睡着了，并且还做起了梦。在梦中，他听到一个遥远的声音在这样跟他说——

"你不要迷信什么神……"

"迷信神是懦弱的表现……"

"神没给亚山一个完美的人生……"

"难道神的法律就一定公正……"

"神的法律并不公正……"

后头这句话反复重复着，反复中声音变得越来越大，到最后大得如雷贯耳的，把容金珍惊醒了，醒来他还听到那个声嘶力竭的声音仍然在耳际余音缭绕：

"不公正——不公正——不公正……"

他想不出这是谁的声音，更不知道这个神秘的声音为什么要跟他这么说——**神的法律不公正**！好的，就算不公正吧，那么不公正又不公正在哪里？他开始漫无边际地思索起来。不知是由于头痛，还是由于怀疑或是害怕，起初他的思路总是理不出头绪，各种念头游浮一起，群龙无首，吵吵闹闹的，脑袋里像煮着锅开水，扑扑直滚，揭开一看，却是没有一点实质的东西，思考成了个形式的过场。后来，一下子，滚的感觉消失了——好像往锅里下了食物，随之脑海里依次滚翻出列车、小偷、皮夹、雨水等一系列画面，使容金珍再次看见了自己当前的灾难。但此时的他尚不明了这意味着什么——好像食物尚未煮熟。后来，这些东西又你挤我攘起来——水又渐渐发热，并慢慢地沸腾了。但不是当初那种空荡荡的沸腾，而是一种远航水手望见大陆之初的沸腾。加足马力向着目标靠近、靠近，终于容金珍又听到那个神秘的声音在这样对他说：

"让这些意外的灾难把你打倒，难道你觉得公正吗？"

"不——！"

容金珍嚎叫着，破门而出，冲入倾盆大雨中，对着黑暗的天空大声疾呼起来：

"天哪，你对我不公正啊！"

"天哪，我要让黑密把我打败！"

"只有让黑密把我打败才是公正的！"

"天哪，只有邪恶的人才该遭受如此的不公正！"

"天哪，只有邪恶的神才会让我遭受如此非难！"

"邪恶的神，你不能这样！"

"邪恶的神，我跟你拼了——！"

一阵咆哮之后，他突然感到冰冷的雨水像火一样燃烧着他，使他浑身的血都哗哗流动起来，血液的流动又使他想到雨水也是流动的。这个思想一闪现，他就觉得整个躯体也随之流动起来，和天和地丝丝相连，滴滴相融，如气如雾，如梦如幻。就这样，他又一次听到了缥缈的天外之音，这声音仿佛是苦难的笔记本发出的，它在污浊的黑水中颠沛流离，时隐时现，所以声音也是断断续续的：

“容金珍，你听着……雨水是流动的，它让大地也流动起来……既然雨水有可能把你笔记本冲走，也可能将它冲回来……冲回来……既然什么事情都发生了，为什么就不会发生这种事……既然雨水有可能把笔记本冲走，也可能将它冲回来——冲回来——冲回来——冲回来……”

这是容金珍的最后一个奇思异想。

这是一个神奇而又恶毒的夜晚。

窗外，雨声不屈不挠，无穷无尽。

07

故事的这一节既有令人鼓舞的一面，又有令人悲伤的一面。令人鼓舞的是因为笔记本终于找到了，令人悲伤的是因为容金珍突然失踪了。这一切，所有一切，正如容金珍说的：神给我们欢乐，也给我们苦难，神在向我们显示一切。

容金珍就是在那个漫长的雨夜中走出失踪的第一步的。谁也不知道容金珍是什么时候离开房间的，是前半夜，还是后半夜？是在雨中，还是雨后？但是，谁都知道，容金珍就是从此再也不回来了，好像一只鸟永远飞出了巢穴，又如一颗陨落的星永远脱离了轨道。

容金珍失踪，使案子变得更加复杂黑暗，也许是黎明前的黑暗。有人指出，容金珍失踪会不会是笔记本事件的一个继续，是一个行动的两个步骤。这样的话，小偷的身份就变得更为神秘而有敌意。不过，更多人相信，容金珍失踪是由于绝望，是由于不可忍受的恐怖和痛苦。大家知道，密码是容金珍的生命，而笔记本又是他生命的生命，现在找到笔记本的希望已经越来越小，而且即使找到也可能被雨水模糊得一文不值，这时候他想不开，然后自寻短见，似乎不是不可能的。

以后的事情似乎证实了人们的疑虑。一天下午，有人在 B 市向东十几公里的河边（附近有家炼油厂）捡回一只皮鞋。瓦西里一眼认出这是容金珍的皮鞋，因为皮鞋张着一张大大的嘴，那是容金珍疲惫的脚在奔波中踢打出来的。

这时候，瓦西里已经愈来愈相信，他要面临的很可能是一种鸡飞蛋打的现实，他以忧郁的理智预感到：笔记本也许会找不到，但他们有可能找到一具容金珍的尸体，尸体也许会从污浊的河水中漂浮出来。

要真是这样，瓦西里想，真不如当初把他带回去，事情在容金珍头上似乎总是只有见坏的邪门。

“我操你个狗日的！”

他把手上的皮鞋狠狠远掷，仿佛是要将一种倒霉蛋的岁月狠狠远掷。

这是案发后第九天的事情，笔记本依然杳无音讯，不禁使人失去信心，绝望的阴影开始盘踞在众人心头，并且正在不断深扎。因此，总部同意将侦破工作扩大乃至有所公开——以前一直是秘密的。

第二天，《B市日报》以醒目的版面，刊登一则寻物启事，并作广播。信中谎称失主为一名科研工作者，笔记本事关国家某项新技术的创造发明。

应该说，这是万不得已采取的一个冒险行动，因为小偷有可能因此而珍藏或销毁掉笔记本，从而使侦破工作陷入绝境。然而，令人难以置信的是，当天晚上十点零三分，专案组专门留给小偷的那门绿色电话如警报般地鸣叫起来，三只手同时扑过去，瓦西里以他素有的敏捷率先抓到了话筒：

“喂，这里是专案组，有话请讲。”

“……”

“喂，喂，你是哪里，有话请讲。”

“嘟，嘟，嘟……”

电话挂了。

瓦西里沮丧地放回话筒，感觉是跟一个影子碰了一下。

一分钟后，电话又响。

瓦西里又抓起话筒，刚喂一声，就听到话筒里传来一个急匆匆的发抖的声音：

“笔、笔记本、在邮筒里……”

“在哪只邮筒，喂，是哪里的邮筒？”

“嘟，嘟，嘟……”

电话又挂了。

这个贼，这个可恨又有那么一点点可爱的贼，因为可以想象的慌张，来不及说清是哪只信箱就见鬼似的扔了电话。然而，这已够了，非常够。B市也许有几十上百只邮筒，但这又算得了什么？何况，运气总是接连着来的，瓦西里在他不经意打开的第一只邮筒里，就一下子发现——

在深夜的星光下，笔记本发着蓝幽幽的光，深沉的寂静有点怕人。然而那寂静几乎又是完美的，令人鼓舞的，仿佛是一片缩小了的凝固的海洋，又像是一块珍贵的蓝宝石！

笔记本基本完好，只是末尾有两页白纸被撕。因此，总部一位领导在电话上幽默地说：“那也许是小偷用去擦他肮脏的屁股了。”

后来，总部的另一位首长接着此话又开心地说：“如果找得到这家伙，你们就送他些草纸吧，你们701不是有的是纸吗。”

不过没人去找这贼。

因为他不是卖国贼。

因为，容金珍还没有找到。

第二天，《B市日报》头版刊登了一则寻人启事，是寻容金珍的，上面这样写道：

容金珍，男，三十七岁，身高1.65米，样子瘦小，皮肤偏白，戴褐色高度近视镜，穿藏青色中山装，浅灰色裤子，胸前插有进口钢笔一支，手上戴有钟山牌手表一块，会讲普通话和英语，爱下象棋，行动迟缓，可能赤脚等。

第一天，没有回音；

第二天，还是没有回音；

第三天，《G省日报》也刊登了寻容金珍启事，当天依然没有见到回音。

也许，在瓦西里看来，没有回音是正常的，因为要一具尸体发出回音是困难的。他已经深刻地预感到，他要把容金珍活着带回701——这是他的任务——已是一件十分困难的事。

可是第二天中午，专案组通知他，M县城有人刚刚给他们打来电话，说他们那边有个**像容金珍的人**，请他赶紧去看看。

像容金珍的人？瓦西里马上想到自己的预感已被证实，因为只有一具尸体才会发出这种回音。还没有上路，以坚强、凶猛著称的瓦西里就懦弱地洒下了一大把热泪。

M县城在B市以北一百公里处，容金珍怎么会跑到那里去找笔记本，真让人感到神秘和奇怪。一路上，瓦西里以一个梦中人的眼睛审视着已经流逝的种种灾难和即将面临的痛苦，心里充满了惊惶失措的怅惘和悲恸。

到M县城，瓦西里还没有去找那个给他们打电话的人，便对路过的 M 县造纸厂门口废纸堆里的一个人发生了兴趣。要说这个人，确实非常引人注目，他一看就是那种有问题、不正常的人，满身污泥，光着双脚（已冻得乌青），两只血糊糊的手，像爪子一样，在不停地挖掘、翻动着纸堆，把一本本破书、烂本子如数家珍地找出来，一一地仔细察看，目光迷离，口中念念有词，落难而虔诚的样子，一如惨遭浩劫的方丈在庙宇的废墟上悲壮地查找他的经典祷文。

这是个冬天的有阳光的下午，明亮的阳光正正地打在这个可怜的人的身上——

打在他血糊糊的手上

打在他跪倒的膝盖上

打在他佝偻的腰肚上

打在他变形的脸颊上

嘴巴上

鼻子上

眼镜上

目光里

就这样，瓦西里的目光从那双爪子一样哆嗦的手上开始一点点扩张开来，延伸开来，同时双脚一步步向那人走近，终于认出这人就是容金珍！

这人就是容金珍啊——！

这是案发后第十六天的事，时间是一九七〇年元月十三日下午四时。

一九七〇年元月十四日下午的晚些时候，容金珍在瓦西里亦步亦趋的陪同下，带着肉体加心灵的创伤和永远的秘密，复又回到高墙深筑的 701 大院，从而使本篇的故事可以结束。

第五篇

合

01

结束也是开始。

我要对容金珍已有的人生故事做点故事外的补充说明和追踪报道，这就是第五篇，合篇。

和前四篇相比，我感觉，本篇就像是长在前四篇身体上的两只手，一只手往故事的过去时间里摸去，另一只手往故事的未来时间里探来。两只手都很努力，伸展得很远，很开，而且也都很幸运，触摸到了实实在在的东西，有些东西就像谜底一样遥远而令人兴奋。事实上，前四篇里包裹的所有神秘和秘密，甚至缺乏的精彩都将在本篇中依次纷呈。

此外，与前四篇相比较，本篇不论是内容或是叙述的语言、情绪，我都没有故意追求统一，甚至有意作了某些倾斜和变化。我似乎在向传统和正常的小说挑战，但其实我只是在向容金珍和他的故事投降。奇怪的是，当我决定投降后，我内心突然觉得很轻松，很满足，感觉像是战胜了什么似的。

投降不等于放弃！当读完全文时，你们就会知道，这是黑密制造者给我的启示。嗯，扯远了。不过，说真的，本篇总是这样，扯来扯去的，好像看容金珍疯了，我也变疯了。

言归正传——

有人对我这个故事的真实性提出质疑，这是首先刺激我写作本篇的第一记鞭子。

我曾经想，作为一个故事，让人相信，信以为真，并不是根本的、不能抛弃的目的。但这个故事却有其特别要求，因为它确实是真实的，不容置疑的。为了保留故事本身原貌，我几乎冒着风险，譬如说有那么一两个情节，我完全可以凭想象而将它设置得更为精巧又合乎情理，而且还能取得叙述的方便。但是，一种**保留原本**的强烈愿望和热情使我没这么做。所以说，如果故事存在着什么痼疾的话，病根不在我这个讲述者身上，而在人物或者生活本身的机制里。那不是不可能的，每个人身上都有这种和逻辑或者说经验格格不入的痼疾。这是没办法的。

我必须强调说：这个故事是历史的，不是想象的，我记录的是过去的回音，中间只是可以理解地（因而也是可以原谅）进行了一些文字的修饰和必要的虚构，比如人名地点，以及当时天空颜色之类的想象而已。一些具体时间可能会有差错；一些至今还要保密的东西当然进行了删减；有些心理刻画可能是画蛇添足。但这也是没办法的，因为容金珍是个沉溺于幻想中的人，一生都没什么动作，唯一一个动作——破译密码，又因为是秘密的，无法表现。就是这样的。

另外，最后找到容金珍是在M县的造纸厂还是印刷厂，这是没有一个准确说法的，而且那天去带容金珍回来的也不是瓦西里，而是当时701的头号人物，局长本人，是他亲自去的。那几天里，瓦西里由于过度惊累，已经病倒，无法前往。而局长大人十年前就已离开我们，而且即使在生前，据说他对那天的事也从不提起，仿佛一提起就对不起容金珍似的。有人说，局长大人对容金珍的疯一直感到很内疚，就是在临死前，还在绝望地自责。我不知他该不该自责，只是觉得他的自责使我对容金珍的结局更充满了遗憾。

话说回来，那天随局长大人一同去M县接容金珍的还有一人是局长的司机，据说他车开得很好，却只字不识，这是造成“印刷厂”和“造纸厂”模糊的根本原因。印刷厂和造纸厂在外观上确实有某些相似处，对一个不识字的人，加上又只是粗粗一见，把它们弄混是很正常的。我在跟这位司机交谈时，曾极力想让他明白，造纸厂和印刷厂是有些很明显的区别的，比如一般造纸厂都会有很高的烟囱，而印刷厂不会有，从气味上说，印刷厂会有一股油墨味的，而造纸厂只会流出浊水，不会溢出浊气。就这样，他还是不能给我确凿无疑的说法，他的言语总是有点模棱两可，含含糊糊的。有时候我想，这大概就是一个有文化和没文化人的区别吧。一个没文化的人在判断事情的真假是非上往往要多些困难和障碍，再说几十年过去了，他已经变成一个老态龙钟的老头子，过度的烟酒使他的记忆能力退化得十分吓人。他甚至肯定地跟我说，事情发生在一九六七年，不是一九六九年。这个错误使我对他提供的所有资料都失去了信心。所以，在故事的最后，为了少个人物出场，我索性将错就错，让瓦西里取代了局长大人，到M县去“走了一趟”。

这是需要说清楚的。

这也是故事最大的失实处。

对此，我偶尔地会感到遗憾。

有人对容金珍后来的生活和事情表示出极大的关注，这是鼓励我采写此篇的第二鞭。

这就意味着要我告诉你我是怎么了解到这个故事的。

我很乐意告诉你。

说真的，我能接触这个故事是由于父亲的一次灾难。一九九〇年春天，我的七十五岁的父亲因为中风瘫痪住进了医院，医治无效后，又转至灵山疗养院。那也许是个死人的医院，病人在里面唯一的任务就是宁静地等待死亡。

冬天的时候，我去疗养院看望父亲，我发现父亲在经历一年多病痛后，对我变得非常慈祥，亲爱，同时也变得非常健谈。看得出，他也许是想通过不停的唠叨来表示他对我的热情和爱。其实这是不必要的，尽管他和我都知道，在我最需要他爱的时候，他也许是因为想不到有今天这样的困难，或者别的什么原因，没有很好地爱我。但这并不意味他今天要来补偿。没这么回事。不管怎样，我相信自己并不会对父亲的过去产生什么不对的想法或感情，影响我对他应该的爱和孝敬。老实说，当初我是极力反对他到这疗养院来，只是父亲强烈要求，拗不过而已。我知道父亲为什么一定非要来这里，无非是担心我和妻子会在不尽的服侍中产生嫌恶，给他难堪什么的。当然，有这种可能，久病床前无孝子嘛。不过，我想不是没有另一种可能，就是看了他的病痛，我们也许会变得更有同情心，更加孝顺。说真的，看着父亲不尽地唠叨他过去的这个惭愧那个遗憾，我真是感到不好受。不过，当他跟我讲起医院里的事情，病友们的种种离奇故事时，我倒是很听得下去，尤其是说起容金珍的事情，简直让我着了迷。那时候，父亲已经很了解容金珍的事情，因为他们是病友，并且住隔壁，是邻居呢。

父亲告诉我，容金珍在这里已有十好几年，这里的人无不认识他，了解他。每一位新来的病人，首先可以收到一份特殊礼物，就是容金珍的故事，大家互相传播他的种种天才的荣幸和不幸，已在这里蔚然成风。人们喜欢谈论他是因为他特别，也是出于崇敬。我很快注意到，这里人对容金珍都是敬重有加的，凡是他出现的地方，不管在哪里，所有见到他的人都会主动停下来，对他行注目礼，需要的话，给他让道，对他微笑——虽然他可能什么都感觉不到。医生护士跟他在一起时，总是面带笑容，说话轻言轻语的，上下台阶时，小心地护着他，让人毫不怀疑她（他）们真的把他当做了自己的老人或孩子，或者某位大首长。如此地崇敬一个有明显残障的人，生活中我还没见过，电视上见过一次，那就是被世人喻为**轮椅上的爱因斯坦**的英国科学家斯蒂芬·霍金。

我在医院逗留了三天。我发现，其他病人白天都有自己打发时间的小圈子，三个五个地聚在一起，或下棋，或打牌，或散步，或聊天，医生护士去病房检查或发药，经常要吹哨子才能把他们吆喝回去。只有容金珍，他总是一个人无声无息地待在病房里，连吃饭散步都要有人去喊他，否则他一步都不会离开房间，就像当初待在破译室里一样。为此，院方专门给值班护士增加一条职责，就是一日三次地带容金珍去食堂吃饭，饭后陪他散半个小时的步。父亲说，开始人们不知道他的过去，有些护士嫌烦，职责完成得不太好，以致他经常饿肚子。后来，有位大首长到这里来疗养，偶然地发现这个问题后，于是召集全院医生护士讲了一次话，首长说：

“如果你们家里有老人，你们是怎么对待老人的，就该怎么对待他；如果你们家里只有孩子没有老人，那么你们是怎么对待孩子的，就该怎么对待他；如果你们家里既没有老人也没有孩子，那么你们是怎么对待我的，就怎么对待他。”

从那以后，容金珍的荣誉和不幸慢慢地在这里传播开来，同时他在这里也就变得像个宝贝似的，谁都不敢怠慢，都对他关怀备至的。

父亲说，要不是工作性质决定，或许他早已成为家喻户晓的英雄人物，他神奇而光辉的事迹将被代代传颂下去。

我说："为什么不固定一个人专门护理他呢？他应该可以有这个待遇的。"

"有过的。"父亲说，"但因为他卓著的功勋慢慢被大家知道后，大家都崇敬他，大家都想为他奉献一点自己的爱心，所以那个人成了多余的，就又取消了。"

尽管这样——人们都尽可能地关心照顾他，但我觉得他还是活得很困难，我几次从窗户里看他，发现他总是呆呆地坐在沙发上，有目无光，一动不动，像座雕塑，而双手又像受了某种刺激似的，老在不停地哆嗦。晚上，透过医院白色的宁静的墙壁，我时常听到他苍老的咳嗽声，感觉像是有什么在不断地捶打他。到了深夜，夜深人静，有时又会隔墙透过来一种类似铜唢呐发出的呜咽声。父亲说，那是他梦中的啼哭。

一天晚上，在医院的餐厅里，我和容金珍偶然碰到一起，他坐在我对面的位置上，佝偻着身子，低着头，一动不动，仿佛是件什么东西——一团衣服？有点儿可怜相，脸上的一切表情都是时光流逝的可厌的象征。我一边默默地窥视着他，一边想起父亲说的，我想，这个人曾经是年轻的，年轻有为，是特别单位701的特大功臣，对701的事业做出过惊人的贡献。然而，现在他老了，而且还有严重的精神残障，无情的岁月已经把他压缩、精简得只剩下一把骨头（他瘦骨嶙峋），就如流水之于一块石头，又如人类的世代之于一句愈来愈精练的成语。在昏暗里，他看起来是那么苍老，苍老得触目惊心，散发出一个百岁老人随时都可能离开我们的气息。

起初，他低着头一直没发现我的窥视，后来他吃完饭，站起来正准备离去时，无意间和我的目光碰了一下。这时，我发现他眼睛倏地一亮，仿佛一下子活过来似的，朝我一顿一顿地走来，像个机器人似的，脸上重叠着悲伤的阴影，好似一位乞求者走向他的施主。到我跟前，他用一种金鱼的目光盯着我，同时向我伸出两只手，好像乞讨什么似的，颤抖的嘴唇好不容易吐出一组音：

“笔记本，笔记本，笔记本……”

我被这意外的举动吓得惊惶失措，幸亏值班护士及时上来替我解了围。在护士的安慰和搀扶下，他一会儿抬头看看护士，一会儿又回头看看我，就这样一步一停地朝门外走去，消失在黑暗中。

事后父亲告诉我，不管是谁，只要你在看他被他发现后，他都会主动向你迎上来，跟你打听他的笔记本，好像你的目光里藏着他丢失已久的笔记本。

我问：“他还在找笔记本？”

父亲：“是啊，还在找。”

我说：“你不是说已经找到了吗？”

“是找到了，”父亲说，“可他又怎么能知道呢？”

那一天，我惊叹了！

我想，作为一个精神残障者，一个没有精神的人，他无疑已经丧失记忆能力。但奇怪的是，丢失笔记本的事，他似乎一直刻骨铭心地牢记着，耿耿于怀。他不知道笔记本已经找到，不知道岁月在他身上无情流逝。他什么都没有了，只剩下一把骨头和这最后的记忆，一个冬天又一个冬天，他以固有的坚强的耐心，坚持着寻找笔记本这个动作，已经度过了二十多年。

这就是容金珍的后来和现在的情况。

今后会怎样？

会出现奇迹吗？

我忧郁地想，也许会的，也许。

我知道，如果你是个图玄务虚的神秘主义者，一定希望甚至要求我就此挂笔。问题是还有不少人，大部分人，他们都是很实实在在的人，喜欢刨根问底，喜欢明明白白，他们对黑密后来的命运念念不忘，心有罅漏（不满足才生罅漏），这便成了我写本篇的第三鞭。

就这样，第二年夏天，我又专程到A市走访了701。

02

就像时间斑驳了 701 营区大门的红漆一样，时间也侵蚀了 701 的神秘、威严和宁静，我曾经以为入 701 大门是一件烦琐而复杂的事。但哨兵只看了看我证件（身份证和记者证），让我在一本卷角的本子上稍作登记，就放行了。这么简单，反倒使我觉得怪异，以为是哨兵玩忽职守。可一深入院子，这种疑虑消失了，因为我看到大院里还有卖菜的小贩和闲散的民工，他们大大咧咧的样子如入无人之境，又好像是在乡村民间。

我不喜欢 701 传说中的样子，却也不喜欢 701 变成这个样子，这使我有种一脚踩空的感觉。不过，后来我探听到，701 院中有院，我涉足的只是一片新圈的生活区，那些院中之院，就像洞中之洞，你非但不易发现，即使发现了也休想进入。那边的哨兵常常像幽灵一样，冷不丁就出现在你面前，而且浑身冒着逼人的冷气，像尊冰雕。他们总是不准你挨近，仿佛怕你挨近了，你身上的体温会化掉他们一样，仿佛真的是冰雪雕刻成的。

我在 701 陆陆续续待了十来天，可以想象，我见到了瓦西里，他真名叫赵棋荣。我也见到了容金珍不年轻的妻子，她全名叫翟莉，还在干她的老本行。她高大的身材，在岁月的打磨下已经开始在缩小，但比一般人还是要显得高大。她没有孩子，也没有父母，但她说容金珍就是她孩子，也是父母。她告诉我，现在她最大的苦恼就是不能提前退职，这是由她的工作性质决定的。她说，她退职后将去灵山疗养院陪丈夫度过每一天，但现在她只能用年休假时间去陪他，一年只有一两个月。不知是因为保密工作干久了的缘故，还是因为一个人的日子过久了，她给我的印象似乎比传说中的容金珍还要冷漠，还要沉默寡言。坦率说，瓦西里也好，容金珍妻子也好，他们并没有帮我多少忙，他们和 701 其他人一样，对容金珍的**悲痛往事**不愿意重新提起，即使提起也是矛盾百出的，好像悲痛已使他们失去了应有的记忆，他们**不愿**说，也无法说。用无法说的方式来达成不愿说的目的，也许是一种最有力也是最得体的方式了。

我是晚上去拜访容金珍妻子的，因为没谈什么，所以很早就回了招待所。回招待所后没多久，我正在作笔记（记录对容金珍妻子的所见所闻），一个三十来岁的陌生人突然闯进我房间，他自我介绍是 701 保卫处干事，姓林，随后对我进行了再三盘查。说老实话，他对我极不友好，甚至擅自搜查了我房间和行李什么的。我知道搜查的结果只会让他更加相信我说的——想颂扬他们的英雄容金珍，所以我并不在乎他的无理搜查。问题是这样，他依然不相信我，盘问我，刁难我，最后提出要带走我所有证件——共有四本，分别是记者证、工作证、身份证和作协会员证，以及我当时正在记录的笔记本，说是要对我作进一步调查。我问他什么时候还我，他说那要看**调查的结果**。

我度过了一个不眠之夜。

第二天上午，还是这人——林干事——找到我，但态度明显变好，一见面就对昨晚的冒昧向我表示了足够的歉意，然后客气地把四本证件和笔记本一一归还给我。很显然，调查的结果是令他满意的，这也在我的意料之中。令我感到意外的是，他还给我带来了最好的消息：他们局长想见我。

在他的护卫下，我大摇大摆地通过三岗哨卡，走进了森严的院中之院。

三道岗哨，第一道是武警站的，是两人岗，哨兵身上挎着手枪，皮带上吊着警棍。第二道是解放军站的，也是两个人，身上背着乌亮的半自动步枪，围墙上有带刺的铁丝网，大门口有一座石砌的圆形碉堡，里面有电话，好像还有一挺机枪什么的。第三道是便衣，只有一个人，是来来回回在走的，手上没武器，只有一部对讲机。

说真的，我至今也不知道 701 到底是个什么单位，隶属于军方，还是警方，还是地方？从我观察的情况看，那些工作人员大部分是着便装的，也有少数是穿军装的，里面停的车也是这样，有地方牌照和军牌照的，军牌照的要比地方牌照的少。从我打问的情况看，不同的人回答我都是一样的，首先他们提醒我这是不该问的，其次他们说他们也不知道，反正是国家的机要单位，无所谓是军方还是地方——军方和地方都是国家的。当然，都是国家的，话说到这份上还有什么可说？不说了，说了也没用，反正是国家的重要部门。**一个国家总是要有这样的机构的，就像我们家家户户都有一定的安全措施一样。**这是必需的，没什么好奇怪的。没这样的机构才奇怪呢。

经过第三道岗哨后，迎面是一条笔直的林荫小道，两边的树高大，枝繁叶茂，树上有鸟儿在跳来跳去，叽叽喳喳地叫，还有不少鸟窝，感觉是进了一处人迹罕至的地方，继续走下去，很难想象会见到什么人影。但是很快，我看到前方耸着一幢漂亮的楼房，六层高，外墙贴着棕色瓷砖，看上去显得庄严而稳固，楼前有片半个足球场大的空地，两边各有一片长方形的草坪，中间是一个方形平台，上面摆满鲜花，鲜花丛中蹲着一座石头雕像，造型和色泽仿同罗丹的《思想者》。开始，我以为这就是《思想者》的复制品，但走近看，见雕像头上还戴了副眼镜，底座刻着一个遒劲的“魂”字，想必不是的。后来仔细端详，我恍惚觉得雕像总有那么一点点面熟的样子，却又一时想不起是谁。问一旁的林干事，才知这就是容金珍。

我在雕像前端立良久。阳光下，容金珍单手稳稳地托着下巴，凝视着我，双目显得炯炯有神，和灵山疗养院里的那个容金珍既相似又不相似，犹如一个人的壮年和暮年。

告别容金珍，林干事没有像我想的一样带我进大楼，而是绕过大楼，走进了大楼背后的一幢青砖白缝的两层小洋楼里，具体说是一楼的一间空荡荡的会客室里。林干事安排我在会客室坐下后又出去，不一会儿，我先听到走廊上响起金属点击地面的清亮的声音，随后一位拄拐杖的老人一跳一跳地走进门来，一见我就爽朗地招呼我：

“啊，你好，记者同志，来，我们握个手。”

我赶紧上前与他握手，并请他在沙发上坐下。

他一边入座，一边说道：“本来该我去见你，因为是我要求见你的，可是你看见了，我行动不方便，只好请你来了。”

我说：“如果我没猜错的话，您就是当初去N大学接容金珍的那个人，姓郑。”

他哈哈大笑一通，用拐杖指了指自己的跛足，说：“是它告诉了你是不？你们当记者的就是不一样。啊，不错，不错，我就是那人，那么请问你是谁呢？”

我想，我的四本证件您都看过，还用我说吗？

但出于对他尊重，我还是简单介绍了下自己。

他听完我介绍，挥挥手上的一沓复印件，问我：“你这是从哪儿了解到这些的？”

他手上挥的居然是我笔记本的复印件！

我说：“你们没经我同意，怎么擅自复印我的东西？”

他说：“请你不要见怪，我们这样做确实出于无奈，因为我们同时有五个人要对你笔记本里的文字负责，如果大家传着看，恐怕没有三五天是无法还你笔记本的。现在好了，我们五个人都看了，没什么问题，可以说没涉及一点机密，所以笔记本还是你的，否则就是我的了。”

他笑了笑，又说：“现在我疑问的是，从昨天晚上到现在，我一直都在想，你是怎么知道这些的，请问记者同志，能告诉我吗？”

我简单向他谈起我在灵山疗养院里的经历和耳闻目睹。

他听着，若有所悟地笑着说：“哦，这么说，你还是我们这个系统的子弟。”

我说：“不可能吧，我父亲搞工程设计的。”

他说：“怎么不可能，告诉我，你父亲是谁？说不定我还认识呢。”

我说是谁，问他：“认识吗？”

他说：“不认识。”

我说：“就是，怎么可能，我父亲不可能是你们系统的。”

他说：“凡是能进灵山疗养院疗养的人，都是我们一个系统的。”

这对我真正是个天大的新闻，父亲快死了，居然我们还不知道他是什么人。不用说，要不是这么偶然说起，我将永远不知道父亲的真实，就像容先生至今也不知容金珍是什么人一样。现在，我有理由相信，父亲当初为什么不能给我和母亲足够的关爱，以致母亲要同他分手。看来母亲是冤枉他了，但问题不在这里，问题是父亲似乎宁愿被冤枉也不作申辩。这叫什么？是信仰，还是迂腐？是可敬,还是可悲？我突然觉得心里有种被堵得慌的感觉。直到半年之后，容先生跟我谈起她对此的认识后，我才有所明白过来，并相信这应该是敬而不是悲。

容先生说：**一个秘密对自己亲人隐瞒几十年甚至一辈子，是不公平的，但如果不这样我们的国家就可能不存在，起码有不存在的危险，不公平也只有让它不公平了。**

容先生就是这样让我平添了对父亲的爱戴。

话说回来，局长大人对我笔记本的第一个评价——没有泄密，当然令我有种如释重负的高兴，因为否则笔记本就不是我的啦。但紧接着的第二个评价却又一下把我打入冷宫——他说：

“我认为你掌握的素材多半来自道听途说，所以遗憾颇多。”

“难道这些都不是真的？”我急切问。

“不，”他摇着头说，“真都是真的，就是……嗯，怎么说呢，我认为你对容金珍了解太少了，嗯，就是太少了。”

说到这里，他点了一根烟，抽了一口，想了想，抬起头，显得很认真地对我说：“看了你的笔记本，虽然零零碎碎的，甚至多半是道听途说的，但却勾起了我对容金珍很多往事的回忆。我是最了解容金珍的，起码是最了解他的人之一，你想不想听听我说一些容金珍的事呢？”

我的天呐，哪有这么好的事，简直是我求之不得的！

就这样，几千字的东西偶然间获得了茁壮成长的生机。

我在 701 期间，曾与局长大人几次相对而坐，往容金珍的历史深处挺进，现有的**【郑局长访谈实录】**就是这样产生的。当然，它的意义不仅仅如此，从一定意义上说，在结识局长大人之前，容金珍对我只是个不着边际的传说，现在它几乎成了一段不容置疑的历史，而促使它发生改换变化和链接活动的主要人物就是局长大人，他不但不厌其烦地向我回忆他记忆中的容金珍，而且还给我提供了一长串人的名单，他们都是容金珍某个阶段的知情者，只是不少人已经谢世而已。

现在，我非常遗憾的是，在我离开701之前，我被自己口口声声的**局长**、**首长**的称呼所迷乱，一直忘记问他名字，以致现在我都不知他名字。作为一个秘密机构的官员，名字是最无用的东西，经常要被各式各样的秘密代号和职务所覆盖，加上他光荣的历史造成的跛足，覆盖得就更为彻底。但覆盖不是没有，只是埋在面子底下而已。我相信，只要我专门问他，他一定会告诉我的，只是我被表象所迷乱，忘记问了。所以，现在有关他的称谓是乱的，瘸子、郑瘸子、郑处长、拐杖局长、郑局长、首长等。一般N大学的人都管他叫瘸子或郑处长，他自己一般喊自己叫拐杖局长，我多半喊他叫首长，或郑局长。

03

郑局长告诉我——

他和容家的关系是从外祖父那里继承过来的，辛亥革命后的第二年，他外祖父在戏院里结识了老黎黎，两人后来结成莫逆之交。他自小是在外祖父家长大的，也就是自小就认识老黎黎。后来，老黎黎去世时，外祖父带他去N大学参加老黎黎葬礼，又认识了小黎黎。那年他十四岁，正在读初中二年级，N大学美丽的校园给他留下了深刻印象。后来他初中毕业，自己拿了成绩单找到小黎黎，要求到N大学来读高中。就这样，他进了N大学高中部，他的语文老师是个共产党，吸收他入了党。抗日战争爆发后，他和老师双双弃学去了延安，开始了漫长的革命生涯。

应该说，当他踏进N大学后，他和容金珍之间就埋下了有一天注定要认识的机关。

但正如局长自己说的，这个机关没有很早打开，而是直到十五年后，他代表701回N大学来收罗破译人才，顺便去看望老校长，又顺便说起他想要个什么样的人时，结果老校长当玩笑一样地给他举荐了容金珍。

局长说："虽然我不可能跟老校长直言我要的人是去干什么的，但我要的人应该有什么见长，这一点我当时是说得清清楚楚的。所以，老校长那么一说后，我就动了心，因为我相信老校长的眼力，也深知他的为人。老校长不是爱开玩笑的那种人，他跟我开这个玩笑，本身便说明容金珍很可能是我最需要的人选。"

事实也是如此，当他与容金珍见过一面后，几乎当即就决定要他。

局长说："你想想，一个数学天才，自小与梦打交道，学贯中西，学成后又一门心思探索人脑奥秘，简直是天造地设的破译人才，我能不动心吗？"

至于老校长是怎么同意放人的，他表示，这是他跟老校长之间的秘密，他不会跟任何人说的。我想，这基本上可以肯定，他当初一定是要人心切，只好违反组织纪律，跟老校长如实道了真情的，否则为什么至今还要守口如瓶？

在与我交谈中，他几次表明，发现容金珍这是他对701事业的最大贡献，只是谁都没想到，容金珍最后会落得如此不幸的结局。每每说起这些时，他都会痛苦地摇头，长叹一口气，连连地喊道：

容金珍！

容金珍！

容金珍啊——

【郑局长访谈实录】

如果说破译紫密前，容金珍在我心目中的形象是模糊不清的，介于天才和疯子间摇摆不定，那么破译紫密后，这形象便变得清晰了，变得优美而可怕，就像一只静默的老虎。说实在的，我欣赏他，崇敬他，但从来不敢挨近他。我怕被他烫伤了，吓着了，这感觉多像对一只老虎。我敢说，他在灵魂里就是一只老虎！他撕啃疑难就像老虎撕啃肉骨那么执着又津津有味，他咬牙酝酿的狠狠一击，又像老虎静默中的一个猛扑。

一只老虎啊！

兽中之王啊！

密码界的天王啊！

说真的，虽然就年龄言我是他兄长，就资格言我是破译处元老，他刚到处里时，我是一处之长，可在心里我一直视他为兄长，什么事愿意听他的。我越了解他，接近他，结果就越是成了他精神上的奴隶，跪倒在他脚下，还跪得无怨无悔的。

……

我前面说过，密码界不允许出现两个相似的心灵，相似的心灵是一堆垃圾。因此，密码界还有一条不成文的规定，简直是铁律：**一个人只能制造或破译一本密码**！因为制造或破译了一本密码的人，他的心灵已被他自己的过去吸住，那么这心灵也等于被抛弃了。由此，从原则上说，容金珍后来是不应该再去承担破译黑密的任务的，因为他的心灵已属于紫密，若要再破黑密，除非他将心灵粉碎了重新再铸。

但是，对容金珍这人，我们似乎已经不相信现存的客观规律，而更相信他的天才了。换句话说，我们相信，**将心灵粉碎重新再铸**，这对容金珍说不是不可能的。我们可以不相信自己，不相信客观规律，但无法不相信容金珍。他本身就是由我们众多平常的不相信组成的，我们不信的东西，到了他身上往往都变成了现实，活生生的现实。就这样，破译黑密的重任最终还是压在了他肩上。

这意味着他要再闯禁区。

不同于第一次的是，这次他是被别人——也是被他自己的英名——抛入禁区的，不像第一次，他深入密码史林的禁区，是他自己主动闯进去的。所以，一个人不能太出众，太出众了，不是你的荣誉会向你靠拢，不是你的灾难也会朝你扑来。

我一直没去探究容金珍接受黑密的心情，但他为此遭受的苦难和不公，我却看得清清楚楚。如果说破译紫密时，容金珍身无压力，轻装上阵，按时上班，按时下班，旁人说他跟玩似的，那么破译黑密时，这种感觉他已全然消失。他背上趴着千斤目光，目光压断了他的腰！那些年里，我眼看着容金珍乌黑的头发一点点变得灰白，身躯一点点缩小，好像这样更便于他挤入黑密的迷宫似的。可以想象，容金珍被黑密卷走的血水是双倍的，他既要撕啃黑密，又要咬碎自己心灵，艰难和痛苦就像魔鬼的两只手齐齐压在了他肩头。一个原本可以跟黑密毫无关系的人（因为破译了紫密），现在却背着黑密的全部压力，这就是容金珍的尴尬，他的悲哀，甚至也是701的悲哀。

坦率说，我从不怀疑容金珍的天才和勤奋，但他能不能再度创造奇迹，破掉黑密，打破破译界已有的**一个人只能破译一本密码**的铁律，我这不是没有疑虑的。要相信，一个天才也是人，也会糊涂，也会犯错误，而且天才一旦犯起错误来必然是巨大的，惊人的。事实上，现在密码界一致认为，黑密不是一部严格意义上的高级密码，它在设置密锁的过程中有惊世骇俗的愚弄天下之举。正因为此，后来我们有人很快就破译了黑密，那人从才情上说和容金珍简直不能同日而语，但他接手破译黑密任务后，就像容金珍当初破译紫密一样，仅用三个月时间，就轻轻松松把黑密破掉了——（续完）

你们听，黑密被人破译了！

这个人是谁？

他（她）还在世吗？

郑局长告诉我：这个人名叫严实，还活着，建议我也可以去采访他一下，并要求我采访完他后再来见他，说是还有资料要给我。两天后，我再次见到局长时，他第一句话就问我：

“你喜欢那个老家伙吗？”

他说的老家伙就是指破译黑密的严实，他的这种措辞和发问让我一时无语。

他又说：“不要见怪，说真的，这里人都不大喜欢严实。”

“为什么？”我很奇怪。

“因为他得到的太多了。”

“他破译了黑密，当然应该得到的多啊。”我说。

“可人们都认为他是靠容金珍留下的笔记本得到破译黑密的灵感的。”

“是啊，他自己也这么说的。”我说。

“不会吧？他不会这么说的。”

“怎么不会？我亲耳听到他说的。”

“他说什么了？”他问。

“他说其实是容金珍破译了黑密，他是徒有其名的。”

“噢，这倒是个大新闻。”他惊讶地盯着我说，“以前他从来都回避说容金珍的，怎么对你就不回避了？大概因为你是个外人吧。”

顿了顿，又说：“他不提容金珍，目的就是想拔高自己，给人造成是他独立破译黑密的感觉。但这可能吗？大家在一起都几十年了，谁不了解谁，好像他一夜间变成大天才似的，谁信？没人信的。所以，最后看他一个人独吞了破译黑密的荣誉，这里人是很不服气的，闲话很多，都替容金珍抱不平呢。”

我陷入了沉思，在想，要不要把严实跟我说的告诉他。说真的，严实没有交代我不能把他对我说的那些拿出去说，但也没有暗示我可以说。

沉静一会儿，局长看看我，又接着说：“其实，他从容金珍留下的笔记本中获得破译黑密的灵感，这是不容置疑的，人都是想也想得到的，你刚才说他自己也是承认的。他为什么不对我们承认，正如我刚才说的，无非就是想拔高自己，这也是大家想得到的。因为是大家都想得到的，他硬是否认只会叫人反感，失信于众。所以，他的这个小算盘我认为打得并不高明。但这是另外一个话题，暂且不说它。现在我要问的是，你可以想一想，为什么他都可以从容金珍的笔记本中获得灵感，而容金珍自己却不能？按理说，他可以得到的东西，容金珍早应该得到了，毕竟这是他自己的东西，是他的笔记本。打个比方说就是这样的，好比笔记本是一个房间，里面藏着一把开启黑密的钥匙，结果主人怎么找也找不到，而一个外人却随便一找就找到了，你说这怪不怪？”

他比喻得很成功，把他心中理解的事实形象地和盘托出，很透彻，但我要说这不是真正的事实。换句话说，他的比喻没问题，有问题的是他认定的事实。有那么一会儿，我甚至决定告诉他严实是怎么对我说的，那应该才是真正的事实。但他没给我插话机会，继续一口气往下说：

“正是从这里，我更加相信容金珍在破译黑密过程中必定是犯下天才的大错误了，这种错误一旦降临到头上，天才就会变成傻子。而这种错误的出现，说到底就是**一个人只能破译一本密码的铁律**在起作用，是他破译紫密留下的后遗症在隐隐作怪。”

说到这里，局长大人久久地沉默不语，给我感觉像是陷入了悲痛之中，等他再次开口跟我说话时，明显是在跟我话别了。这样，即使我想说似乎也没机会了。不说也好，我想，因为我本来就吃不准该不该把严实对我说的转告于他，既然有机会不说那最好，免得我说了以后心里落个负担。

在分手之际，我没有忘记提醒他："您不是说还有资料要给我吗？"

他噢了一声，走到一只铁的文件柜前，打开一只抽屉，取出一只档案袋，问我："容金珍在大学时有个叫林·希伊斯的洋教授，听说过吗？"

我说："没有。"

他说："这个人曾企图阻止容金珍破译紫密，这些信就是证据。你拿去看看吧，如果需要，可以带复印件走。"

这是我第一次接触到希伊斯。

局长承认，他对希伊斯不了解，知道一点也都是听说的。局长说：

"当时希伊斯跟这边联络时，我在Y国学习取经，回来后也没让我接触，主要是紫密破译小组在接触，当时是总部在直接管的，他们也许怕我们抢功，一直对我们保着密。这些信还是我后来找总部一位首长要回来的，原件都是英文，但都已译成中文。"

说到这里，局长忽然想起，我应该把英文原件留下。于是我当场打开档案袋，准备把中英件分开。这时候，我首先看到一份电话记录——**钱宗男来电记录**，像引言一样的，放在信件之首，只有短短几句话，是这样的：

希伊斯是X国军方雇用的高级军情观察家，我见过他四次，最后一次是一九七〇年夏天，后来听说他和范丽丽一直被软禁在ＰＰ基地，原因不明。一九七八年，希（伊斯）死在ＰＰ基地。一九八一年，X军方结束对范（丽丽）软禁。一九八三年，范（丽丽）到香港找我，希望我帮她联系回国事宜，我没同意。一九八六年，我从报纸上看到范（丽丽）在家乡C市临水县捐资兴办希望工程事宜，据说现在就定居在临水。

局长告诉我，这个钱宗男就是当时在X国中转希伊斯信件的我方同志，本来是我了解希伊斯很好的人选，但遗憾的是他年前刚去世。而记录中提到的范丽丽就是希伊斯的中国夫人，要了解希伊斯，她无疑是独一无二的最好人选。

范丽丽的出现，使我有种惊惶失措的快乐。

04

因为没有具体的地址，我原以为要找到范丽丽女士可能会费些周折，结果到临水县教育局一问，似乎楼里的人都认识她。原来，几年间，她不但在临水山区创办起三所希望小学，还给县里几所中学捐赠了价值几十万元的图书，可以说，临水文教战线上的人无不认识她，尊敬她。不过，我在C市金和医院找到她时，我就凉了心气。因为，我看到的人喉咙已经被割开，纱布把她的颈项绑得跟头一样粗，感觉她像有两只脑袋似的。她得的是喉癌，医生说即使手术成功，她也已经无法说话，除非能练习肺部发声。因为刚做手术，她身体十分虚弱，不可能接受我采访。所以，我没有说什么，只是像来自临水的众多家长一样，留下了鲜花和祝愿便告辞了。后来，我在十几天间又三次去医院看她，三次加起来，她用铅笔给我写下了几千字，几乎每一个字都让我感到震惊！

说真的，要没有她这几千字，我们永远也抓不到希伊斯的真正的真实，真实的身份、真实的处境、真实的愿望、真实的尴尬、真实的苦难、真实的悲哀。从某种意义上说，希伊斯去了X国后，就没有他应有的一切了。他的一切都变得阴差阳错了！

说真的，这几千字我们需要耐心品味和重视。

现照抄如下：

第一次——

1. 他（希伊斯）不是破译家。

2. 既然你已知道他（希伊斯）写那些信的目的是布迷魂阵，为什么还要相信他说的？那都是骗人的，他哪是什么破译家？他是制造密码的，是破译家的冤家！

3. 紫密就是他制造的！

4. 这说来话长。是（一九）四六年春天，有人找到他，来人是他剑桥同学，当时好像在筹建的以色列国担任很重要的职务，他把他（希伊斯）带到鼓楼街教堂，当着上帝的面，以几千万犹太同胞的名义要求他为以（色列）国造一部密码。他用半年多时间造出一部密码，对方很满意。事情本来是了了，但他却老是担心他的密码被人破译。他自小在荣誉中长大，自尊心极强，从不允许自己失败。那部密码由于时间紧，事后他觉得缺陷很多，于是私自决定再造一部去替换它。这一下他就完全迷进去了，越迷越深，最后用近三年时间才造出来一部他满意的，这就是后来的紫密。他要求以（色列）国用紫密替代他以前的密码，结果试验（使用）证明，它（紫密）太难，人家根本无力使用。当时著名破译家亚山还在世，据说他见了用紫密加密的密电后说过一句话：我要三千份这样的密电才接受破译，但现在这形势[①] 我的时间可能

①当时二战已结束，全球没有大规模的战争。

只够看到一千份[1]。意思是说他有生之年是破不了它了。X国闻讯后便想买走紫密，但当时我们没打算离开N大，考虑到X国与中国的紧张关系，没答应。后来情况正如你说的，为救我父亲，我们拿紫密跟X国做了交易。

5. 是的，他认为金（珍）是迟早要破掉紫密的，所以才极力阻止他。

6. 世上他只佩服一个人，就是金（珍）。他认为金（珍）是集中西人智慧结晶的精灵，百年不遇的。

7. 我累了，改天吧。

第二次——

1. 这（军情观察家的说法）是对外说的，其实他（希伊斯）还是在研制密码。

2. 高级密码像一出戏中的主角，必须有替补。研制高级密码一般都会同时研制两部，一部用，一部备用。但紫密纯粹是希（伊斯）的个人行为，他不可能同时一人研制两部密码，再说他研制时也没想到这将成为一部高级密码，他像研发一门语言一样研制它，只求本身的精密。当X国确定将它作高级密码用时，同时决定马上研制一部紫密的备用密码，这就是后来的黑密。

3. 是的，他一去X国就参与了研制黑密的工作。准确说是旁观研制工作。

①没有战争，密电的数量一时是上不去的。

4. 严格讲，一人只能造一部高级密码（以免破一反三）。他参与黑密研制，不是直接介入具体研制，而是向具体研制者指明紫密的特点、走向，引导他们避免雷同、交叉，有点导航员的意思。比如紫密是朝天上飞的，他可能就要求黑密往地下钻，至于怎么钻是具体研制者的事。

5. 得知金珍在破译紫密之前，黑密研制工作基本已告终，难度和紫密不相上下。以难取胜是所有高级密码的制造法则，为什么密码界云集那么多高智人士，就因为大家都想难倒对方。但得知金珍在破紫密后，他坚决要求更改黑密，他一边预感到金珍必将破掉紫密，同时还可能破掉黑密。因为，他深知金珍少有的天资和奇特的秉性，一味的追深求难对他说只会加倍激发他神秘的才情，而不会憋死他。他是憋不死的，只有设法迷惑他，用奇招怪拳迷乱他的心智才有可能击败他。所以，据说黑密后来被改得很荒唐，一方面是很难，一方面又很容易，不伦不类的，用希（伊斯）的话说，像一个外表穿着十分考究的人，里面却连裤衩袜子都没穿。

6. 你这说法[①] 没错，但金珍对希（伊斯）太了解，他破译紫密可能就同跟希（伊斯）下了盘棋一样，他的心灵不可能因此被希（伊斯）吸住。没有吸住，他就可能再破别人的密码。黑密后来不是照样被破了。

7. 首先我怀疑你的说法[②] ，其次即便确有此人，那么我相信

---

①密码界有条不成文的定规：一个人只能制造或破译一部密码！因为制造或破译了一本密码的人，他的心灵已被自己的过去吸住，那么这心灵等于已被抛弃。因为世上不允许出现两部相似的密码。

②我告诉她，黑密最终不是容金珍破译的。

他不是靠自己，而是金珍留下的笔记本破译（黑密）的。

8. 如果可以，请告诉我金珍具体出了什么事？

9. 这么说，希伊斯没说错。

10. 他（希伊斯）说：我们一生都让金珍给毁了，最后他还要把自己毁了。

11. 金（珍）这种人大概也只有自己毁自己，别的人是毁不了他的。其实，两个人（希伊斯和容金珍）都是被命运毁掉的，不同的是金（珍）是希（伊斯）命运的一部分，而对金（珍）来说，希（伊斯）只是一个卓越赏识他（金珍）的老师而已。

12. 改天吧。下次来请把希（伊斯）写给金（珍）的信带来给我看看。

第三次——

1. 是，伟纳科就是他（希伊斯）。

2. 这是明摆的，他当时是秘密机构的秘密人物，怎么能用真名真姓去当科学家？科学家是公众人物，职业性质不允许的。从职业道德讲也不允许，拿着他们的高俸又干私活，哪个机构允许？

3. 因为当时他（希伊斯）只是旁观研制（黑密）工作，所以有时间和精力搞课题研究。其实，他一直梦想把人工智能研究工作搞上去，应该说，他提出的数字双向理论对后来电子计算机的长足发展是起到重要作用的。他为什么那么热切地想叫金（珍）出国，不瞒你说他是有个人目的的，希望把他（金珍）留在国外，跟他合作搞人工智能研究。

4. 这问题[①] 你自己去想，我回答不了。总的说，希（伊斯）是个科学家，政治上很幼稚，所以很容易被伤害，也很容易被利用。而你刚才说的有些东西（指希伊斯激烈的反共行为）是子虚乌有的，我敢说没这样的事！

5. 这也是明摆的[②]，两部高级密码（紫密和黑密）都先后被破，一部是他（希伊斯）亲自造的，一部是他参与造的。而破译的人又是他学生，我又是这边人，他又写了那么多信——虽然表面上是布迷魂阵，但实际上谁知道这谜中是不是还有谜？破译高级密码的几率是极低的，现在一个人相继破掉两部，而且那么快，正常说是不可能的，唯一可能就是泄密。谁泄的密？最大嫌疑就是他（希伊斯）。

6. 真正彻底软禁是得知黑密破译后，具体是（一九）七〇年下半年。但这之前（紫密破译后），我们行动已随时有人跟踪，信件电话都被监视，还有很多限制，事实上已经处在半软禁中。

7.（一九）七九年（希伊斯）去世，是病故的。

8. 是啊，软禁时，我们每一天都在一起，每一天都互相找话说。我为什么知道这么多，都是在这（软禁）期间他跟我说的，之前我一无所知。

9. 我就在想，上帝为什么叫我得这病，大概就因为我知道太多秘密了。其实，没有嘴照样可以说。其实，有嘴时我还从没说过。

10. 我不想带着这么多秘密走，我想轻松一点走，来世做个平常凡人，不要荣誉，不要秘密，不要朋友和敌人。

---

①指希伊斯后来为什么会走上极端政治的道路。

②指 X 国后来为什么软禁希伊斯夫妇。

11. 不要骗我，我知道我的病，癌细胞已经转移，也许我还可以活几个月吧。

12. 不要跟一个垂死者说再见，要倒霉的。你走吧，祝你一生平安！

几个月后，我听说她又做了开颅手术，再几个月后，我听说她已去世。据说，她在遗嘱中还专门提到我，希望我在书中不要用他们的真名，因为她说——**我和丈夫都想安静**。现在书中范丽丽和希伊斯的名字都是化名，尽管这是违背我写此书的准则的，但我有什么办法呢？一个老人——命运坎坷又深怀爱心的老人——遗嘱——想安静——因为他们生前没有安静！

05

该说说严实的情况了。

也许是严实曾经想抛弃容金珍拔高自己的做法，造成了他跟701人的某种隔阂和情结，赋闲后的严实没有住在单位里，而是和女儿一起住在G省省城。通坦的高速公路已经把G省省城和A市拉拢得很近，我从701出发，只花不到三个钟头就到了G省省城，并不费什么周折找到严实女儿家，见到了严实老人。

和我想象的一样，严老戴着一副深度近视镜，已经七十多岁，快八十了，有着一头白晶晶的银发，他的目光有点狡谲和秘密，所以看上去缺乏一个老人应有的慈祥和优雅。我造次拜访他时，他正趴在一桌子围棋子前，右手玩弄着两只黄灿灿的健身球，左手捏着一枚白色的围棋子，在思虑。但面前没有对手，是自己跟自己在下棋。是的，是自己跟自己下，就像自己跟自己说话，有一种老骥伏枥的悲壮感和孤独感。他的外孙女，一个十五岁的高中生，告诉我说，她爷爷退休后和围棋结下了难解之缘，每天都在下棋和看棋书中消磨时光，棋艺就这样高长，现在她爷爷已经很难在周围寻找到对手，所以只好靠跟棋书对弈过过棋瘾。

听到了没有？自己和自己下棋，其实是在跟名家下呢。

我们的谈话正是从满桌子的围棋上引发的。老人自豪地告诉我，围棋是个好东西，可以赶走他的孤独，锻炼脑筋，颐养气神，延长寿命等等。说了一大堆下围棋的好处之后，老人总结性地说，爱下围棋其实是他的职业病。

“所有从事破译工作的人，命运中和棋类游戏都有着一种天然的联系，尤其是那些平庸之辈，最后无一例外地都会迷恋于棋术，就好比有些海盗、毒枭，晚年会亲近于慈善事业一样。”

老人这样解释道。

他的比喻使我接近了某种真实，但是——

我问：“为什么您要专门强调是那些平庸之辈？”

老人稍作思考，说：“对于那些天才破译家来说，他们的热情和智慧可以在本职中得以发挥。换句话说，他们的才华经常在被使用——被自己使用，被职业使用，精神在一次次被使用和挥发中趋于宁静和深远，既无压抑之苦，也无枯干之虑。没有积压，自然不存在积压后的宣泄，没有枯干就不会渴求新生。所以，大凡天才，他们的晚年总是在总结和回忆中度过的，他们在聆听自己美好的回声。而像我这种平庸之辈——圈内人把我们这些人叫做半边天，意思是你有天才的一定天分，却从未干出过天才的事业，几十年都是在寻求和压抑中度过，满腹才情从未真正放射过。这样的人到晚年是没什么回忆的，也没什么可总结的，那么他们到晚年干什么？还是在忙忙碌碌寻求，无意识地寻求自己的用武之地，作一种类似垂死挣扎的努力。迷恋棋术其实就这个意思，这是其一。

“其二，从另外一个角度讲，天才们长期刻苦钻研，用心艰深，思想的双足在一条窄道上深入极致，即便心存他念，想做他事，可由于脑筋已朝一个方向凝成一线，拔不出来（他用了一个拔字使我感到毛骨悚然，似乎我整副精神都给提拎了一下似的）。他们的脑力，他们的思想之剑已无法潇洒舞动，只能如针尖般直刺，直挺挺地深入。知道疯子的病根吗？天才的失常与疯子同出一辙，都是由于过分迷醉而导致的。他们的晚年你想叫他们来下棋？不可能的，下不了！”

略作停顿，老人接着说：“我一直认为，天才和疯子是一种高度的对立，天才和疯子就如你的左右手，是我们人类这个躯体向外伸出的两头，只是走向不一而已。数学上有**正无穷大**和**负无穷大**的概念，从某种意义上说，天才就是**正无穷大**，疯子或白痴就是**负无穷大**。而在数学上，正无穷大和负无穷大往往被看做是同一个，同一个**无穷远点**。所以，我常想，哪一天我们人类发展到一定高度，疯子说不定也能像天才一样作为人杰为我们所用，为我们创造惊人事业。别的不说，就说密码吧，你可以设想一下，如果我们能照着疯子的思路（就是无思路）设计一部密码，那么这密码无疑是无人可破的。其实研制密码的事业就是一项接近疯子的事业，你愈接近疯子，你就愈接近天才，反过来同理，你愈是天才也就愈接近疯子。天才和疯子在构造方面是如此相呼相应，真是令人惊叹。所以我从不歧视疯子，就因为我总觉得他们身上说不定蕴藏着宝贝，只是未被我们发现而已。他们像一座秘密的矿藏，等着我们人类去开采呢。”

听老人说道如精神沐浴，我心灵不时有种被擦亮之感，仿佛我心灵深处积满尘埃，他的一言一语化作滔滔激流冲击着尘埃，使我黯然的心灵露出丝丝亮光。舒服啊，痛快啊！我聆听着，体味着，沉醉着，几乎失去思绪，直到目光被一桌子黑白棋子碰了一下，才想起要问：

“那么你又怎么能迷恋围棋呢？”

老人将身体往藤椅里一放，带点开心又自嘲的口吻说："我就是那些可怜的平庸之辈嘛。"

"不，"我反驳说，"你破译了黑密怎么能说是平庸之辈？"

老人目光倏地变得凝重，身体也跟着紧凑起来，椅子在吱吱作响，仿佛思考使他的体重增加了似的。静默片刻，老人举目望我，认真地问我：

"你知不知道我是怎么破译黑密的？"

我虔诚地摇摇头。

"想知道吗？"

"当然。"

"那么我告诉你，是容金珍帮我破译了黑密！"老人像在呼吁似的，"啊，不，不，应该说就是容金珍破译了黑密，我是徒有其名啊。"

"容金珍……"我吃惊了，"他不是……出事了吗？"

我没说疯。

"是的，他出事了，他疯了。"老人说，"可你想不到，我就是从他出的事中，从他的灾难中，看到了黑密深藏的秘密的。"

"这怎么说？"

我感到心灵要被劈开的紧张。

"嗯，说来话长啊！"

老人舒一口气，目光散开，沉浸在对往事的回忆中——

06

【严实访谈实录】

我记不清具体的时间，也许是一九六九年，也许是一九七〇年，反正是冬天时节，容金珍出了事。这之前，容金珍是我们破译处处长，我是副处长。我们破译处是个大处，鼎盛时期有上 × 号人，现在少了，少多了。之前还有位处长，姓郑，现在还在那里，听说是当局长了。他也是个了不起的人，小腿吃过子弹头，走路一瘸一瘸的，但似乎一点也没影响他跻身人类精英行列。容金珍就是他发现的，他们都是N大学数学系出来的，两人关系一直很好，据说还有点沾亲带故。再之前，还有个处长，是个老牌中央大学的高材生，二战时候破译过日本鬼子的高级密码，解放后加入我们 701 也屡立奇功，可惜后来被紫密逼疯了。我们破译处好在有他们仨，才能取得这么辉煌的成果。我说辉煌那是一点不夸张的，当然，如果容金珍不出那个事，我敢肯定，我们一定还会更辉煌，想不到……啊，想不到的，人的事情真是想不到的。

话说回来，容金珍出事后组织上决定由我接任处长，同时我也挑起破译黑密的重任，那本笔记本，容金珍的那本笔记本，作为破译黑密的宝贵资料，自然也到了我手里。这本笔记本，你不知道，它就是容金珍思想的容器，也可以说就是他思考黑密的一只脑袋，里面全是他关于黑密的种种深思熟虑，奇思异想。当我一字一句、一页一页地细细阅读笔记本时，我直觉得里面每一个字都是珍贵的，惊心动魄的；每一个字都有一股特殊的气味，强烈地刺激着我。我没有发现的才能，却有欣赏的能力，笔记本告诉我，在破译黑密的征途上，容金珍已经走了九十九步，只剩下最后一步。

这最后一步也是关键的一步，即寻找密锁。

密锁的概念是这样的，比方说黑密是一幢需要烧毁的房子，要焚烧房子首先必须积累足够干燥的柴火，使它能够引燃。现在容金珍积累的干柴火已堆积如山，已将整幢房子彻头彻尾覆盖，只差最后点火。寻找密锁就是点火，就是引爆。

从笔记本上反映，这最后的寻找密锁的一步，容金珍在一年前就开始在走了。这就是说，前面九十九步容金珍仅用两年时间就走完了，而最后一步却迟迟走不出。这是很奇怪的。从某种意义上说，一个用两年时间可以走完九十九步的人，最后一步不管怎么难走，也不需花一年时间，而且还走不出。这是一个怪异。

还有一个怪异，我不知你能否理解，就是：黑密作为一本高级密码，当时启用三年我们却逮不到它一丝差错，就像一个正常人模仿一个疯人讲疯话，三年滴水不漏，不显真迹，这种现象在密码史上极为少见。对此容金珍很早就曾同我们探讨过，认为这很不正常，再三提出质疑，甚至怀疑黑密就是过去某部密码的抄袭。因为只有经过使用，也就是经过修改的密码，才可能如此完美，否则除非造密者是个天神，是个我们不能想象的大天才。

两个怪异就是两个问题，逼迫你去思索。从笔记本上看，容金珍的思索已相当广博、精深而尖锐；笔记本使我再次真切地触摸到容金珍的灵魂，那是一团美到极致因而也显得可怕的东西。在我获得笔记本之初，我曾想让自己站到容金珍肩膀上去，于是我一个劲儿地想沿着笔记本的思路走。但是走进去我发现，我无疑是走近了一颗强大的心灵，这心灵的丝丝呼吸对我都是一种震动和冲击。

这心灵要吞没我呢。

这心灵随时都可能吞没我！

可以这么说，笔记本就是容金珍，我愈是面临他（笔记本），愈是逼近他，愈是感到了他的强大，他的深刻，他的奇妙，于是愈是感到了自己的虚弱、渺小——仿佛在一点点缩小。在那些日子里，透过笔记本的一字一句，我更加真切地感到这个容金珍确实是个天才，他的许多思想稀奇古怪，而且刁钻得犀利、尖锐，气势逼人，杀气腾腾，暗示出他内心的阴森森的吃人的凶狠。我阅读着笔记本，仿佛在阅读着整个人类，创造和杀戮一并涌现，而且一切都有一种怪异的极致的美感，显示出人类的杰出智慧和才情。

说真的，笔记本为我模造了这样一个人——他像一个神，创造了一切，又像个魔鬼，毁灭了一切，包括我的心灵秩序。在这个人面前，我感到热烈、崇敬、恐怖，感到一种彻头彻尾的拜倒。就这样，三个月过去了，我没有站上容金珍肩膀——我站不上去！只是幸福又虚弱地趴在了他身上，好像一个失散多年的孩子趴在了母亲怀里，又好像一个雨点终于跌落在地，钻入土里。

你可以想象，这样下去，我顶多成为一个**走出九十九步的容金珍**，那最后一步将永远埋在黑暗里。时间也许可以让容金珍走出最后一步，而我却不能，因为我刚才说过，我只是趴在他身上的一个孩童，现在他倒下了，我自然也跟着倒下了。这时候，我才发现，容金珍留给我笔记本，其实是给了我一个悲哀，它让我站到胜利的前沿，胜利的光辉依稀可见，却永远无法触摸、抓到。这是多么可悲可怜！我对自己当时的处境充满恐慌和无奈。

然而，就在这时候，容金珍从医院回来了。

是的，他出院了，不是康复出院，而是……怎么说呢？反正治愈无望，待在医院没意思，就回来了。

说来也是天意，自容金珍出事后我从未见过他，出事期间，我生病正在住院，等我出院时，容金珍已转到省城，就是我们现在这里，接受治疗，要来看他已经很不方便，再说我一出院就接手了黑密，也没时间来这里看他。我在看他笔记本呢。所以，容金珍疯后的样子，我是直到他出院回来时才第一次目睹到的。

这是天意。

我敢说，我要早一个月看见他，很可能就不会有后来的一切了。为什么这么说？有两个原因：一、在容金珍住院期间，我一直在看他笔记本，这使他在我心目中的形象变得越发伟悍、强大；二、通过阅读笔记本和一段时间的思考，黑密的疑难对我已局限至相当尖细的一点。这是一种铺垫，是后来一切得以发生的基础。

那天下午，我听说容金珍要回来，就专门去看他，到他家才知道他人还没有回呢，于是我就在楼下的操场上等。没多久，我看见一辆吉普车滑入操场，停住。不一会儿，从前后车门里钻出来两个人，是我们处黄干事和容金珍妻子小翟。我迎上去，两人朝我潦草地点了个头后，又重新钻进车门，开始扶助容金珍一寸一寸地移出来。他好像不肯出来似的，又好像是件易碎品，不能一下子拉出来，只能这么慢慢地、谨慎地挪出来。

不一会儿，容金珍终于从车里出来，可我看到的却是这样一个人——

他佝偻着腰，浑身都在哆嗦；他的头脑僵硬得像是刚摆上去的，而且还没有摆正，始终微微歪仰着；他的两只眼睛吃惊地睁着，睁得圆圆的，却是不见丝毫光芒；他的嘴巴如一道裂口似的张开着，好像已无法闭上，并不时有口水流出来……

这就是容金珍吗？

我的心仿佛被什么东西捏碎，神志也出现了混乱。就像笔记本上的容金珍使我虚弱害怕一样，这个容金珍同样使我感到虚弱害怕。我呆呆地站在那里，竟然不敢上前去跟他招呼一声，似乎这个容金珍同样要烫伤我似的。在小翟搀扶下，容金珍如一个恐怖念头一样地消失在我眼前，却无法消失在我心中。

回到办公室，我跌坐在沙发上，足足有一个小时大气不出，无知无觉，如具尸首。不用说，我受的刺激太大了，大的程度绝不亚于笔记本给我的刺激。后来总算缓过神来，可眼前总是浮现容金珍下车的一幕，它像一个罕见又恶毒的念头蛮横地梗在我心头，驱之不散，呼之不出，斥之不理。我就这样被容金珍疯后的形象包围着，折磨着，愈是看着他，愈是觉得他是那么可怜，那么凄惨，那么丧魂落魄。我问自己，是谁将他毁成这个样子的？于是我想起他的灾难，想起了制造这个灾难的罪魁祸首——

小偷！

说真的，谁想得到，就是这样一位天才人物，一个如此强大而可怕的人（笔记本使我深感容金珍的强大和可怕），一个有着如此高度和深度的人，人类的精英，破译界的英雄，最后竟然被一个街头小偷无意间地轻轻一击，就击得粉碎。这使我感到神秘的荒唐，而且这种荒唐非常震惊我。

所有感觉一旦震惊人，就会引起你思索，这种思索有时是无意识的，所以很可能没有结果，即使有也不一定让你马上意识到。在生活中，我们常常会突然地、毫无理由地感悟到某个思想，你为它莫名地出现感到惊怪，甚至怀疑是神给的，其实它是你早就拥有的，只是一直沉积于无意识的深处，现在仅仅是浮现而已，好像水底的鱼会偶尔探出水面一样。

再说当时我的思索完全是有意识的，小偷猥琐的形象和容金珍高大的形象——两者悬殊的差距，使我的思考似乎一下拥有某种定向。毫无疑问，当你将两个形象加以抽象化，进行精神或质量上的比照，那就是一种悬殊的优与劣、重与轻、强大与渺小的比照。我想，容金珍，一个没有被高级密码或说高级密码制造者打倒的人，现在却被小偷无意间地轻轻一击就打倒了；他在紫密和黑密面前可以长时间地忍受煎熬、焦渴，而在小偷制造的黑暗和困难面前，却几天也忍受不了。

为什么他会变得如此不堪一击？

难道是小偷强大吗？

当然不。

是由于容金珍脆弱吗？

对！

因为小偷偷走的是容金珍最神圣而隐秘的东西：笔记本！这东西正是他最重要也是脆弱的东西，好像一个人的心脏，是碰不得的，只要轻轻一击中就会叫你死掉。

那么你知道，正常情况下，你总是会把自己最神圣、最珍视的东西，存藏于最安全最保险的地方，譬如说容金珍的笔记本，它理应放在保险箱内，放在皮夹里是个错误，是一时的疏忽。但反过来想，如果你把小偷想象为一个真正的敌人，一个X国的特工，他作案的目的就是想偷走笔记本，那么你想，作为一个特工，他一定很难想象容金珍会把这么重要而需要保护的笔记本疏忽大意地放在毫无保安措施的皮夹里，所以他行窃的对象肯定不会是皮夹，而是保险箱。这也就是说，如果小偷是个专门来行窃笔记本的特务，那么笔记本放在皮夹里，反倒是巧妙地躲过劫难了。

然后我们再来假设一下，如果容金珍这一举动——把笔记本放在皮夹里——不是无意的，而是有意的，而他碰到的又确实是一个真正的特务，不是小偷，这样的话你想一想，容金珍将笔记本放在皮夹里的**这个阴谋**是多么高明，它分明使特务陷入了迷魂阵是不？这使我想到黑密，我想，制造黑密的家伙会不会把宝贵的密锁，理应深藏又深藏的密锁，故意没放在保险箱，而放在皮夹里？而容金珍，一个苦苦求索密锁的人，则扮演了那个在保险箱里找笔记本的特务？

这个思想一闪现，就让我激动得不行。

说真的，当时我的想法从道理上讲完全是荒唐的，但它的荒唐又恰恰和我前面提到的**两个怪异**咬紧了。两个怪异，前者似乎说明黑密极其深奥，以致容金珍在已经走出九十九步的情况下都难以走出最后一步；而后者又似乎说明它极为简单，以致连续启用三年都没显出一丝差错。你知道，只有简单的东西才可能行使自如，求得完美。

当然，严格地讲，简单有两种可能，一种是假简单，即制造黑密的家伙是个罕见的大天才，他随便制造一套对他来说是很简单很容易的密码，而对我们来说已是极其深奥。另一种可能是真简单，即以机巧代替深奥，以超常的简单迷惑你，阴谋你，陷害你，打比方说就是将密锁放在了皮夹里。

然后你可以想象，如果说这是一种假简单，那么黑密对我们来说就是不可破译的，因为我们面对的是个千古不见的大天才。我后来想，容**金珍当初一定是陷入了假简单的固执中**，换句话说，他是被假简单欺骗了，迷乱了，陷害了。不过，他陷入假简单是正常的，几乎是必然的，一则……怎么说呢？这么说吧，比如你我是擂台双方，现在你把我打下擂台，然后我方又跳上一人和你对擂，这人从情感和感觉上都容易被你当做高手，起码要比我高是不？容金珍就是这样，他破译了紫密，他是擂台的赢主，他打出了兴头，就心情而言，他早已作好与更高手再战的准备。二则，从道理上讲，只有假简单才能将**两个怪异**统一起来，否则它们是矛盾的，对立的。在这里容金珍是犯了一个天才的错误，因为在他看来，一本高级密码出现如此明显的矛盾是不可思议的，他破译过紫密，他深悉一本高级密码内部应有的缜密而丝丝相吻的结构。所以，面对两个怪异，他的理念不是习惯地去拉开它们，而是极力想压拢它们。要压拢它们，假简单便是唯一的力量。

总之，天才容金珍在这里反倒受到了他天才的伤害，使他迷恋于假简单而不能自拔，这也恰恰说明他有向大天才挑战的勇气和实力。他的心灵渴望与大天才厮杀！

然而，我跟容金珍不一样，对我说来假简单只能使我害怕、绝望，这样等于替我堵住了一条路，堵住一条路后，另一条路自然也就容易伸到我脚下。所以，真简单——密锁可能放在皮夹内的想法一闪现，我就感到绝处逢生的快乐，感到仿佛有只手将我提拎到一扇门前，这扇门似乎一脚即可踹开……

是啊是啊，我很激动，想起这些，我总是非常激动，那是我一辈子最伟大、最神奇的时刻，我的一生正因有这个时刻，才有今天这坦然和宁静，甚至这长寿。风水来回转，那个时刻老天把世人的全部运气都集中地恩赐给了我，我像是被缩小、被送回到了母亲子宫里一样迷糊又幸福。这是真正的幸福，一切都由别人主动给你，不要你索取，不要你回报，像棵树一样。

啊啊，那片刻的心情我从来都没有抓住过，所以回忆也是一片空白。我只记得当时我没有立刻上机去求证我的设想，一方面也许是因为我怕我的设想被揭穿，另一方面是由于我迷信深夜三点这个时辰。我听说人在深夜三点之后既有人的一面，又有鬼的一面，神气和灵气最充足，最适宜沉思和奇想。就这样，我在死气沉沉的办公室里像个囚犯似的反复踱着步，一边倾听着自己剧烈的心跳声，一边极力克制着自己强烈的冲动，一直熬到深夜三点，然后才扑到计算机上（就是总部首长送给容金珍的那台四十万次的计算机），开始求证我荒唐又荒唐的梦想和秘密又秘密的奇想。我不知道我具体演算了多长时间，我只记得当我破掉黑密，疯狂地冲出山洞（那时候我们还在山洞里办公），跪倒在地上，嚎啕着拜天拜地时，天还没亮透呢，还在黎明中呢。

哦，快吧？当然快，你不知道，黑密的密锁就在皮夹里！

啊，谁想得到，黑密根本没有上锁！

密锁是零！

是没有！

是什么也没有！

啊——啊——我真不知该怎样跟你解释清这是怎么回事，我们还是打比方吧，比方说黑密是一幢隐蔽在遥远的、无垠的天空中的房子，这房子有无数又无数道的门，所有的门都一模一样，都是锁着的，而真正能开启的只有一扇门，它混乱在无数又无数的永远无法启开又跟它一模一样的假门中。现在你想进入这屋，首先当然是要在无垠的宇宙中找到这幢隐匿的房子，然后则要在无数又无数道一模一样的假门中，找到那扇唯一能启开的**真门**。找到这扇真门之后，你才可以去寻找那把能打开门锁的钥匙。当时容金珍就是这把开锁的钥匙还没有找到，而其他一切早在一年前他就全解决掉了，房子找到了，真门也找到了，就没找到那把开门的钥匙。

那么所谓找钥匙，我刚才说过，其实就是拿一把把的钥匙去试着捅锁眼儿。这一把把钥匙，都是破译者依据自己的智慧和想象磨制出来的，这把不行，换一把；又不行，再换一把；还不行，再换一把；又不行，再换一把。就这样，容金珍已经忙忙碌碌一年多，可想而知他已经换过多少把钥匙。说到这里，你应该想到，一个成功的破译家不但需要天才的智能，也需要天才的运气。因为从理论上说，一个天才破译家，他心中的无数又无数把钥匙中，必有一把是可以启开门锁的。问题是这把钥匙出现的时机，是一开始，还是中间，还是最后？这里面充满着巨大的偶然性。

这种偶然性危险得足以毁灭一切！

这种偶然性神奇得足以创造一切！

但是，对我来说，这种偶然性所包藏的危险和运气都是不存在的，因为我心中并没有钥匙，我无能磨制那些钥匙，也就没有那种亿万中寻一的痛苦和幸运。这时，假如这扇门的确有一把锁锁牢着，那我的结果你可以想象，就是将永远进不了这门。可现在荒唐的是，这扇门表面上看像是锁着的，实际上却根本没上锁，仅仅是虚掩在那里，你只要用力一推，它就被推开了。黑密的密锁就是这样荒唐得令人不敢正视，不敢相信，就是在一切都明明地摆在我眼前时，我还不相信自己的眼睛，以为一切都是假的，都在梦中。

啊，魔鬼，这确实是魔鬼制造的密码！

只有魔鬼才有这种野蛮的勇气和贼胆！

只有魔鬼才有这种荒唐而恶毒的智慧！

魔鬼避开了天才容金珍的攻击，却遭到了我这个蛮师的迎头痛击。然而，天知道，我知道，这一切都是容金珍创造的，他先用笔记本把我高举到遥远的天上，又通过灾难向我显示了黑密深藏的机密。也许，你会说这是无意的，然而世上哪一部密码不是在有意无意中被破译的？都是在有意无意间破译的，否则我们为什么说破译需要远在星辰外的运气，需要你的祖坟冒青烟？

的确，世上所有密码都是在有意无意间破译的！

哈哈，小伙子，你今天不就不经意地破掉了**我的密码**？不瞒你说，我跟你说的这些都是我的秘密，我的密码，我从来没有跟任何人说过。你一定在想，我为什么独独跟你说出我的秘密，我不光彩的老底？告诉你吧，因为我现在是个快八十岁的老人了，随便到哪一天都可能死去，我不再需要生活在虚荣中——（完）

最后，老人还告诉我：对方所以制造黑密这部没有密锁的密码，是因为他们从紫密被破译的悲惨命运中已看到了自己所处的绝境。他们知道，一次交锋已使他们深悉容金珍的天才和神奇，若是一味追求正面交锋，肯定必死无疑，于是便冒天下之大不韪，疯狂地使出了这生僻、怪诞的毒招。

然而，他们想不到的是，容金珍还有更绝的一招，用老人的话说就是：**容金珍通过自己的灾难——这种神奇又神奇的方式，向他的同仁显示黑密怪诞的奥秘，这是人类破译史上绝无仅有的一笔！**

现在，我回顾着这一切，回顾着容金珍的过去和当代，回顾着他的神秘和天才，心里感到无限的崇敬，无限的凄凉，无限的神秘。

外一篇

容金珍笔记本

本篇，《容金珍笔记本》，顾名思义，只是容金珍笔记的摘抄，有点资料索引的意思，有强烈的独立性，跟前五篇无甚公开或秘密的关联，读者可以看，也可以不看。看也许是个补充，不看也无所谓，没关系的，不会影响我们正确认识容金珍的。换句话说，本篇就如我们身体里的盲肠，有它们没它们关系不大的。正因如此，我强调它叫外一篇，实质是个**后记**或者**补记**什么的东西。

好，现在我告诉你，据我所知，容金珍在 701 工作期间（一九五六～一九七〇年），留下有二十五本笔记本，它们现在都掌握在他妻子小翟手头。但其中只有一本，小翟是以妻子的名义掌握的，其余二十四本她都是以单位保密员的身份掌握的，锁在厚实坚固的铁皮柜里。锁是那种双钥匙锁，就是需要同时插入两把不同钥匙方可启开的锁。而她只掌管着一把钥匙，另一把在她们处长手里。这就是说，这些笔记本说是由她掌管着，但她个人既不能看，更不能据为己有。

什么时候能看？

据小翟说是不一定的，有的过几年也许就可以看，有的可能过几十年都不能看，因为每本笔记本的密级是不一样的，解密的时间也是不一样的。不用说，这二十四本笔记本对我们来说犹如没有，好比灵山疗养院里的容金珍本人一样，说起来是存在的，但实际存在的方式又等于是不存在的，无任何用处，有等于没有，在等于不在。这样，我就格外想看到第二十五本笔记本，就是小翟以妻子名义掌管的那本。据说，小翟从没有拿给任何人看过，但任何人又都知道，那笔记本一定在她手上。因为，她从单位领走这本笔记本是有记录的，有证明她领取的亲笔签名。正因此，小翟无法搪塞我，她承认她手上有这本笔记本，但每当我提及想借阅的事，她总是从牙缝挤出简单的三个字：你走吧！每一次，我都这样被她从家里赶走，没有犹豫，没有解释，没有回旋余地。直到几个月前，我的前五篇已经完稿，去701请政治机关和有关人士履行审阅事宜。小翟自然是审阅者之一，阅完后在跟我谈审阅意见时，她突然主动问我，还想不想看那本笔记本。我说当然想。她说你明天来吧。但当天晚上，她来到招待所，亲自给我送来了笔记本，准确说是笔记本的复印件。

需要说明三点：

1．小翟给我的复印件是不完整的。

为什么这么说？因为据我了解，容金珍包括701人使用的笔记本都是单位统一下发的，大小有三种，分别是大32开、小32开和64开；样式有塑料封皮和硬牛皮纸封皮两种，塑料封皮又分红色和蓝色两种。据说容金珍有点迷信蓝色，使用的都是同一样式的笔记本：蓝色塑料封皮，小32开。我见过这种笔记本的原件（空白的），扉页上方和下方分别有**绝密**和**注意上交不得遗失**的字样，是用印章盖上去的，印泥是红色的，中间有三行印刷体，如下：

编　　号 ________________

代　　号 ________________

使用时间 ________________

编号指的是笔记本在册的流水号，使用时间指的是笔记本从领取到上交的时间，代号相当于使用人的姓名，像容金珍的代号是5603K，外行人看不出任何名堂，但内行人一看就知道，他是哪一年加入701的——一九五六年；在哪个部门工作——破译处；中间的"03"道明他是破译处该年进的第三人。此外，里面每一页纸上都还打了"绝密"字样和页码号，绝密字样在右上方，页码号在右下方的，都是用红色印章盖上去的。

但我注意到，小翟给我的复印件，里面每一页上的绝密字样和页码号都已被处理掉。我想，处理掉绝密字样是可以理解的，因为它既然为我所有，就不该是绝密的。可为什么要处理掉页码号？开始我不明白，后来我数总页数，发现只有七十二页，似乎就明白了。因为，据我所知，这种笔记本总共有九十九页，就是说，小翟给我的复印件是不完整的。对此，小翟向我作了两点解释：一是笔记本本来就没有用完，有十几页的空页；二是有些东西纯属她和丈夫的个人秘密，不便给我看，所以她抽掉了。在我看来，抽掉的恰恰是我最渴望得到的东西。

2．从笔记时间和内容看，这不过是份容金珍的**病中札记**而已。

是一九六六年六月中旬的一天，容金珍吃完早餐从小餐厅里出来，突然晕倒在大厅里，额头角碰在一张板凳的角上——角碰角——当场血流如注。送到医院检查后发现，他胃里的出血比额头上还多，这也是他为什么晕倒的原因。诊断结果，医生认为他胃病很严重，必须住院治疗。

医院就是当初棋疯子住的医院，是701的内部医院，就在南院训练基地隔壁，医疗设备和医生水平不会比一个市立医院差，对治疗胃出血这种常见病是不在话下的，绝不会出现像棋疯子这种医疗事故。问题是虽然它为内部医院，但从它地处南院这一点上，你便可想见，其机密程度是无法与北院相比的。打个不恰当的比喻，北院和南院的关系有点像主人和仆人的关系，仆人忙的都是主人的事情，但主人在忙什么，仆人是无权知道的，即便偶尔获悉一点皮毛，也是不得外传的。严格说，容金珍在此连身份都是不能公开的，不过这点现已很难做到，因为他是名人，人们早已从正常或非正常渠道认识他，了解他显贵的地位和身份。当然，身份公开就公开了，退一步说大家都是自己人，公开也没什么大所谓的。但是，工作上的事情，业务上的东西，是绝不能在此滴漏一星半点。

现在我们都知道，容金珍总是随身带着笔记本的，当时由于情况急——血流如注，他本人又人事不省，笔记本于是被稀里糊涂地一同送进了医院。这事实上是绝不允许的，而他的保密员尽管及时得知他已住院（出了北院），却没有马上敏感地赶来医院收缴笔记本，直到当天晚上还是容金珍自己主动上交的。后来保卫部门的人得知此事后，没什么犹豫就给保密员记了过，撤了职，安排了新的保密员，那就是小翟。从笔记本上看，这应该是容金珍有此笔记本后三四天，也就是他入院第四五天的事。

此笔记本当然不是**那笔记本**！

事实上，容金珍在主动上交那笔记本的同时，没忘记要求领取本新笔记本，因为他太知道自己有什么习惯——就是随时记笔记的习惯。这是他生活的一种方式，可以说自小黎黎把沃特牌钢笔送给他后，他就一直养成了这习惯，哪怕是在病中，习惯还是习惯，改不了的。当然，凭他当时置身的环境，他不可能在此笔记本中记录涉及工作方面的东西，这也是此笔记本之所以能流落在外的原因。依我看，这笔记本中不过是记了些他住院期间的一些日常随想而已。

3．笔记本中出现的人称是混乱的。

笔记本中经常出现的人称是**你**，其次是**他**，再次是**她**。我感觉，这些人称缺乏明确的针对性，没有指向某个特定的人，用语言学家的话说，语言的所指功能混乱。比如说**你**，有时候好像是指他自己，有时候好像是希伊斯，或者小黎黎，或者老夫人，或者容先生，有时候又仿佛变成小翟，或者棋疯子，或者基督上帝，甚至还可能是一棵树，或者一只狗，反正很复杂的，恐怕连他本人都难以一一区分，对我们来说简直就是乱套的，所以理解时也只能想当然。我为什么认为本篇读者是可看可不看的，就是因为这个：我们无法特定、明确地去理解其言其义，只能凭感觉，想当然。既然如此，不看也罢，无所谓。如果要看，下面就是——编号是我加的，原文中有些英文词句这里已作翻译——

01

他一直要求自己像朵蘑菇一样活着，由天地云雨滋生，由天地云雨灭亡。却似乎总是做不到。比如现在，他又变成一只宠物了。

讨厌的宠物[①]！

02

他有这种感觉：最害怕进医院。

人进医院后，最强大的人都会变成可怜的人。弱小者。小孩。老人。离不开他人关爱……像只宠物。

03

所有的存在都是合理的，但不一定合情——我听到他在这样说。说得好！

04

你从窗玻璃里看见自己头缠绷带，像个前线下来的伤员……

05

假设胃出血为A，额头出血为B，病魔为X，那么很显然，AB之间构成的是一种X下的双向关系，A是里，B是外，或者A是暗，B是明。进一步，也可以理解A为上，或者正，或者此，B则为下，或者负，或者彼等，总之是一种可对应的双

①加下划线部分原为英文。下文同。

向关系。这种双向关系并非建立在必然基础上，而是偶然发生的。但当偶然一旦出现时，偶然又变成一种必然，即无A必然无B，B是A偶然中的一个必然。这种双向关系具有的特征和伟纳科[①]的数字双向理论有某种局部的相似……莫非伟纳科也有你这种经历，并从中受到启示而发明了数字双向理论？

06

额头角破是有说法的——

保罗说："时令催人，你为何不抢时去耕作，而在此席地而哭？"

农夫说："刚才有一头驴撒野，一脚把我两个门牙踢飞了。"

保罗说："那你该笑啊，怎么在哭？"

农夫说："我哭是因为我又痛又伤心，可又有什么值得我笑呢？"

保罗说："神说过，年轻男人门牙脱落和额头骨磕破是开天窗的好事，说明有喜事马上要降临到你头上。"

农夫说："那就请神给我生个儿子吧。"

这一年，农夫果然生了儿子[②]……

现在你的额角头也破了，会有什么好事降临？

事情一定会有的，只是好坏难定，因为你并不知道什么是你的好事。

---

①伟纳科：即希伊斯。当时容金珍还不知道两人是同一人。

②事出《圣经》故事。保罗在赴耶路撒冷传教的路上，有一天碰到一位正在嚎啕大哭的农夫，然后有这么一段对话。

07

我见日光之下所作的一切事，都是虚空，都是捕风。弯曲的不能变直，缺少的不能足数。我心里议论说，我得了大智慧，胜过我以前在耶路撒冷的众人，而且我心中多经历智慧和知识的事。我又专心察明智慧、狂妄和愚昧，乃知这也是捕风。因为多有智慧，就多有愁烦；加增知识的，就加增忧伤。[①]

08

他很富有，越来越富有。
他很穷困，越来越穷困。
他就是他。
他也就是他。

09

医生说，一个好的胃外面是光的，里面是糙的，如果把里外翻个面，让糙的一面向外，那么一个好的胃看上去像一只雏鸡，浑身都毛茸茸的。很均匀的毛茸茸。而我的胃翻过来看像一个瘌痢头，那层毛茸茸的东西像被火烧过，到处是一片片的癣疤，渗着血脓。医生还说，通常人都认为胃病主要是不良饮食习惯引起，

①言出《圣经》传道书第一章。

其实胃病的真正元凶是精神焦虑。就是说，胃病不是暴饮暴食吃出来的，而是胡思乱想想出来的。

也许吧，我什么时候暴饮暴食过？

我的胃像我身上的一块异物，一个敌人（间谍），从没对我笑过。

10

你应该厌恶你的胃。

但你不能。

因为它上面有你老爹爹的印记。

是他老人家把你的胃陶冶成这个样子的：天生不良，弱不禁风，像朵梨花。

你的胃不知吃掉了多少朵梨花？

你胃疼的时候，就会想到一朵朵梨花，想到他老人家。

老爹爹，你没死，你不但活在我的心里，还活在我的胃里。

11

你总是一个劲地往前走，不喜欢往回看。

因为不喜欢回望，所以你更加要求自己一个劲地往前走。

12

天光之下，事物都是上帝安排的。

如果让你来安排，你也许会把自己安排做一个遁世的隐士，或者一个囚徒。最好是无辜的囚徒，或者无救的囚徒，反正是要没有罪恶感的。

现在上帝的安排基本符合你的愿望。

13

一个影子抓住了你。

因为你停下来了。

14

又一个影子抓住了你！

15

亚山说，睡觉是最累的，因为要做梦。

我说不工作是最累的，因为心里空虚，很多像梦一样的过去就会乘虚而入。

工作既是你忘掉过去的途径，也是你摆脱过去的理由。

16

像一只鸟飞出了巢穴。

像是逃走的……

17

“你这个忘恩负义的人，你跑去哪里了？”

“我在你们西边……公里外的山沟沟里。”

“你为什么不回来看看我们？”

“回不来……”

“只有犯人才不能回家！”

“我跟犯人差不多……”

他是他自己的犯人！

18

你们给他的太多！多得他简直不敢回想，想起来心里就不踏实，觉得歉疚又自卑，侥幸又悲哀，好像他用可怜的身世敲诈了你们的善良心似的。

古人说，多则少，满则损。

神说，天光之下无圆满……

19

有人因为被人爱而变得幸福，有人因为被人爱而变得痛苦。

因为幸福，他要回去。

因为痛苦，他要离开。

他不是因为知道这些后才离开的，他是因为离开后才知道这些的。

20

无知者无畏。

畏惧心像团绳索一样缠着他，拖着他回去的后腿，好像那里挂着他不宜告人的秘密。

21

娘，您好吗？

娘，娘，我的亲娘！

22

昨晚临睡前，你曾有意鼓励自己做梦。但做什么梦，现在毫无印象。应该是业务上的事情吧，因为你鼓励自己做梦的目的，是要摆脱“不工作的烦恼”。

23

亚山举着一个食指对我说，干我们这行他是老大，我是老二。但同时他又指责我现在犯着两大错误：一是当官，二是老在破译那些别人都能破的中低级密码——第二个错误是第一个的派生[①]。

①这是肯定的，既然当了处长，所有密码他都要参与破译。

亚山说这样下去结果将使我越来越远离他，而不是接近他。我说目前对方还没用新的高级密码，我不干这些又干什么？亚山说，他刚写完一部书，这书本身就是一部世界顶尖的高级密码，即使悟透世上所有最高级和最低级的谜密也难以破译，但谁要破译了它，看懂了书中内容，三十年内他就能轻易破译世间所有高级密码。他建议我来破译这部书，同时对我举起大拇指说，如果我破掉这部书，这个大拇指就代表我。

这倒是个好差使。

可是这部书在哪里呢？

在我梦里。

不，是在我梦里的亚山的梦里。

24

假如世上确有这部书，一定出自亚山之手。

非他莫属！

事实上，他的脑袋就是这样一部书。

25

亚山生前确实留下一部书，书名叫《神写下的文字》[①]。有人甚至说在书店里见过这书。但这不大可能，因为我曾动用我

①《神写下的文字》：中华书局一九四五年出版，只是书名被翻译成《天书》，这大抵是他的组织找而不见的症结。

组织的力量寻找这本书都没找到。

世上没有我的组织找不到的事，只有原本没有的事。

26

你是只老鼠。

现在你就待在谷仓里。

但你还是吃不到谷子。

因为每一粒谷子都被涂着一层对付你牙齿的保护层。

——这就是密码。

27

密码的发明，一方面是把你要的情报丢在了你面前，伸手可及。另一方面又把你的眼睛弄瞎了，让你什么也看不到。

28

麦克阿瑟站在朝鲜半岛上，手往天空里抓了一把，然后握着拳头对他的破译官说：这就是我要的情报，满天都是，随手抓，可我没法看到它们，因为我现在是个瞎子，就看你能不能恢复我视力。

几年后，他在回忆中写道：我的破译官始终没让我睁开眼，哪怕是一只眼，这样我能活着回来就不错了。

29

不妨重复一下麦克阿瑟伸手往天空里抓一把的动作。但现在你抓的目的不是空气，而是想抓一只鸟。天空中总是有鸟的，只是想徒手捉到一只的可能性绝对是很小的。绝对很小不等于绝对没有，有人神奇地抓到了一只。

——这就是破译密码。

不过，多数人抓了一辈子也只是抓到了几根鸟毛而已。

30

什么样的人可能抓到鸟？

也许约翰·纳什[1]是可以的。

但希伊斯不行，虽然他的天才不见得比纳什逊色多少。

31

纳什虽然能抓住鸟，但心中并不知道何时能抓住，而希伊斯只要注意观察他的目光，出手的动作、姿态、敏捷度、准确性、弹跳力等，再抬头看看天空中鸟的多少，它们飞翔的速度、线路、特点、变化等，也许就能预见纳什何时将捉到鸟。

①约翰·纳什：美国数学家，非合作博弈论的发明人，并由此获得一九九四年度诺贝尔奖。在纯数学领域，他的贡献同样卓著，是现在微分几何的重要奠基人之一。不幸的是，仅仅为而立之年，他罹患严重精神分裂症，提前结束了他的天才。

同样是天才，希伊斯的天才更严谨、美丽，美得像个天使，像个神灵。纳什的天才更生僻，生僻得近乎怪诞而野蛮，有人鬼合一的感觉。密码是把人魔鬼化的行当，人有的奸邪、阴险、毒辣、鬼气等都到了无以复加的地步，所以，人鬼不分的纳什更容易接近它。

32

睡眠与死亡同名，但不同姓。

睡眠是死亡的预习，梦境是人的魔境。

人都说你灵魂过大躯体过小，头脑过大身体过小，这是鬼怪妖魔的基本特征。

他们还说，你因为从小与梦打交道，因而沾染了魔界的某些鬼气和邪乎，所以更容易徒手捉到鸟。

33

世上的所有秘密都在梦里。

34

你只证明你自己。

当你对自己作出证明的时候，对方也帮你作出了证明。

当你无法对自己作出证明时，却替对方证明了其自己。

35

你渴望一个更天才的人使你免开尊口。但为此，却需要你不停地说下去。[1]

36

我的保密员又被换了，理由是她没及时地来收缴我的笔记本。

她不是第一个走，也不会是最后一个。

37

新来的保密员肯定又是个女的……[2]

---

①由用英文记录一点推测，此言该是引用别人的，但不知出自何处。

②二十世纪七十年代中期前，701 人的婚姻有严格的要求，比如女同志禁止在外单位找对象，男同志一旦在外面有中意的人选（虽然组织在招人时尽量争取男女平衡，但实际上始终是男多女少），必须跟组织如实汇报，以便组织派人核查，获得同意后方可进入发展阶段。如果本人不想或难以解决“问题”，可申请组织出面解决。容金珍的婚姻问题曾令组织上一度感到很困惑，因为眼看他岁数一年年攀高，他却始终没动静，既没有自己出击，也没申请组织援助。就这样，在年过三十后，组织上擅自为他秘密而巧妙地张罗起婚姻大事，采取的办法是，先物色好人选，后安排给他当保密员。来人带着组织的重托和个人的决心来到他身边，希望做他妻子，做不成就走人。因为，要把机会留给别人——也许下一位情况就反转了呢。正是基于这般考虑，他的保密员换了一任又一任，现在已是第四任。

38

她是谁？
你认识她吗？
你希望是认识的，还是不认识的？
她是自愿的，还是做了思想工作的？
明天她会来医院看我吗？
见鬼！多么令人头痛的问题！

39

鬼不停地生儿育女是为了吃掉他们。

40

医生说我胃还在少量出血，他奇怪为什么用了这么多好药还不见效。我告诉他原因，是因为我从十几岁就开始像吃饭一样吃胃药，吃得太多了，麻痹了。他决定给我换种新药，我说换任何药都不是新的，关键要加大剂量。他说这太冒险，他不敢。看来，我只有作好在这里多待些时日的准备了。

41

讨厌的宠物！

42

她来了。

她们总是勇敢地跑到你这里来受苦。

43

她在病房里，屋里简直一下就显得拥挤起来。

她走的时候，望着她背影，你几乎差点忘记她是个女的。

她需要七只煎饼才能免除饥饿。[①]

44

她并不善于掩饰——一部糟糕的密码！以致你觉得，在人面前她并不比你要轻松自在一点。既然这样，又何必来呢？要知道，这仅仅是开始，你秘藏的用心注定以后每一天都要这样困惑而无奈地度过，反正我知道他是不会来同情一个误入歧途的人的。

45

要帮助我的想法是一种疾病，只有躺在床上才能痊愈。

①估计言出《圣经》，但详情不知。

46

意识太多也是一种疾病。

47

蓝天，白云，树梢，风吹，摇曳，窗户，一只鸟掠过，像梦……新的一天，风一样的时间，水一样的日子……一些记忆，一些感叹，一些困惑，一些难忘，一些偶然，一些可笑……你看到两点：第一是空间，第二是时间，或者也可以说，第一是白天，第二是夜晚……

48

医生把做梦看作销蚀健康也是一种病。

49

她给我带来了大前门香烟、国光牌蓝墨水、银君茶、单摆仪、清凉油、半导体、羽毛扇、《三国演义》。她好像在研究我……有一点错了，我是不听半导体的。我的魂灵就是我的半导体，每天都在对我嘀咕个不停，就像我的单摆仪一样，脚步的振动都会引起它长时间的摆动。

你的魂灵是吊起的，悬空的，就像单摆一样。

50

他是在有次梦见自己抽烟之后才抽上烟的。

51

抽大前门香烟是小蒋[1]培养出来的，她是上海人，有次回家给他带了一条，他说好抽，她就每个月让家里寄。他还喜欢听她说上海话，跟鸟叫一样的，清脆，复杂，可以想象舌头是又尖又薄的。他几乎都有点喜欢上她了，却经不起时间考验。她的问题是走路的声音过于响，而且还有节奏，后来还钉了马蹄样的铁掌，简直叫他忍无可忍。老实说，这不是声音问题，而是意味着他随时可能飘飞出去的魂灵，在飘飞过程中经常被扯住衣角，从半空中跌落下来。

52

如果在白天和夜晚间让他选择，他选择夜晚。

如果是山川，他选择山。

如果是花草，他选择草。

如果是人和鬼，他选择鬼。

如果是活人和死人，他选择死人。

如果是瞎子和哑巴，他选择哑巴。

---

①小蒋：第一任女保密员。

总而言之，他厌烦声音，和有声音的东西。

这也是种病，像色盲一样的病，功能上天生多了或少了某个机关。

53

达不到目的的巫师……

54

这么狰狞的东西！

她说这东西叫手板蛇[①]，民间说它是癞蛤蟆和蛇杂交出来的[②]，对治胃病有奇效。这我相信，一个是民间的偏方往往是治顽疾的良药，二个是我的胃病就同狰狞野鬼一样可恶，大概也只有靠这种狰狞可怖的东西来制服它。据说，她在山里走了一天才收罗到这东西的，真是难为她了。我要往没药山和乳香冈去，直到天起凉风、日影飞去时才回来。[③]

55

树林仿佛在月光中呼吸着，一会儿它收缩起来，挤成一堆，

①手板蛇：又称石鳖，是生存在山石间的一种鳖类，外形比一般鳖要粗粝可怖，很罕见，有多种药能。

②其实不是，只是鳖类的一种而已。

③言出《圣经》雅歌第四章。

变成很小，树冠高耸，一会儿它舒展开来，顺着山坡向下铺开，成了低矮的灌木，甚至它还会变成朦胧的、遥远的影像……①

56

我突然觉得胃里空了，轻了，像不在了——多少年没有的感觉！长期以来，我一直觉得自己的胃像个化粪池，弥漫着烧热的恶气，现在它好像漏了气，瘪了，软了，松了。都说中药要二十四小时才管用，可现在才过十几个小时，简直神了！

莫非它真是灵丹妙药？

57

第一次看到她笑。

是那种很拘束的笑，不自然，没笑声，很短暂，转眼即逝，像画中人在笑。

她的笑证明了她不爱笑。

她是真的不爱笑？还是……

58

他一向遵循一则渔夫的谚语处事，谚语的大意是：聪明的鱼的肉比蠢笨的鱼的肉要硬，而且有害，因为蠢鱼进食不加选择，

①不知出处。

而聪明鱼专挑蠢鱼吃……[①]

59

主治医生像下药似的给我列出食谱：一汤碗稀饭、一只馒头、一片豆腐乳，并表明只能吃这些，任何人都不能改变内容和数量。然而，以我的经验，这时候我最应该吃一碗面，而且要生一点的。

60

错误的观念塞在我们生活中，往往比正确的观念还要显得正确。

因为错误的观念往往是以内行、权威的面孔出现在我们面前的。

在破译上，你是医生，他们是病人。

61

你把他们都带上同一条路，这路你走下去也许可能步入天堂，对他们走下去可能就是地狱。你创造的并不比破坏的多……

①不知出处。

62

福兮，祸所伏。

63

像只时钟，总是准时来，准时走。

来的时候无声，走的时候无音。

她这是出于对你了解的迎合，还是本性如此?

我以为……我不知道……

64

突然希望她今天不要来，其实是担心她不来。

65

她做的总比说的多，而且做什么都无声无息的，像那只单摆。但就这样却使她悄悄地在你身上建立起几分权威。

她的沉默可以炼成金。

66

神在天上，你在地下，所以你的言语要寡少。事务多，就令人做梦；言语多，就显出愚昧……多梦和多言，其中多有虚幻。[①]

67

她看过《圣经》吗？

68

她是个孤儿！

她比你还不幸！

她吃百家饭长大！

她是真正的孤儿！

孤儿——你心中最敏感的词！

69

突然揭开了谜底。

她是个孤儿，这就是谜底。

什么叫孤儿？孤儿有两副牙齿，却没有一根完整的舌头。孤儿总是爱用目光说话。孤儿是土生的（众人是水生的）。孤儿心里长着疤……

①言出《圣经》传道书第五章。

70

告诉她，你也是孤儿……不，为什么要告诉她？你想靠近她？你为什么要靠近她？因为她是孤儿？还是因为……因为……你心里怎么一下子有这么多问题？问题是愿望的阴影……天才和傻瓜是没有问题的，他们只有要求。

71

犹豫也是一种力量，但是凡人的力量。

凡人喜欢把事情的过程复杂化，这是造密家的看家本领，不是破译家的。

72

今天她推迟了半个小时走，因为给我读“保尔·柯察金”。她说这是她最喜欢的一本书，每次来都带着，没事就坐在那儿看。今天我拿过来翻了下，她问我看过没有，我说没有，她就要求给我读。她的普通话说得很好。她说她在总部当过话务员，几年前就在电话里听过我的声音……

73

区别在于，有人对什么事都有充足的准备，有人不，并从不因此责备自己。

74

他梦见自己在齐腰深的河水里向前走着，一边在看一本书，书里没有字……有大浪卷起时，他把书举过头顶，以免浪头把书打湿。浪头卷过后，他发现自己的衣服已被浪头掀掉，成了赤裸裸的……

75

这个世上，所有人的梦都早已被所有的人梦过！

76/77

他同时开始做两个梦，一个向上的，一个向下的……[1]

……梦中的经历弄得他醒来时精疲力竭，他似乎被他的梦熬成了人渣。

78

一次糟糕的下降可能废掉一次到达山顶的攀登。

但也不一定。

---

①此处该页已满，而下一页无抬头，估计中间有抽页之嫌。

79

你在想一些自己以为一辈子都不会去想的事情。

80

要赶走你的办法只有一个：亲眼看到你。

81

听着□□□□□□□□个□□□□□□你□□□□□□□□□□□□□□□□□□□眼中□□□□□□□□□□□□□□□□□□□□□□最□□□□□□□□□□□□□□□□□□□□□□上□□□□□□□□□□□□□□□□□你□[1]

82

两种病。前者以疼痛为主，后者以做梦为主。前者有药可治，后者也有药可治。但药在梦中。前者痊愈在即，后者烧热还在上升。

---

[1]这一段他写好又涂掉了，只有几个字依稀可辨。

83

梦啊，你醒一醒！
梦啊，你不要醒！

84/85

听着，这一次他肯定不会写上又涂掉的，他……[1]
……心动，如同苹果树在树林里，好像百合花在荆棘内！[2]

86

你生命中的一个符号正在消亡，就如虫被虫吞食一样。

87

一只笼子在企盼一只鸟……[3]

88

这是一条大家都在走的路，所以十分容易辨识。

①有抽页之嫌。
②此言出自《圣经》雅歌第二章。
③不知出处。

89

鸟儿啊！

90

难道他还斗争得不够吗？一只笼子在等待一只鸟，尽管……[①]

从笔记本现有的内容看，虽然很杂乱隐晦，但小翟在容金珍心目中依次增大乃至爱恋的感觉还是可圈可点的，尤其到后面部分，这种感觉尤为显然。我估计小翟抽掉的那些内容，大概就是些抒情的东西，而且可以肯定多半是朦胧的。因为，我曾问过小翟，笔记本中容金珍有没有直接向她道出类似**我爱你**这样的话，小翟说没有。不过，她又说，差不多也有了，**有句话说的就是这个意思。**

在我再三追问下，小翟犹犹豫豫告诉我，这句话并非他原话，而是他从《圣经》雅歌上引用的，用的是第四章中的最后一小节。我查阅了下《圣经》雅歌篇，可以肯定，小翟指的那句话应该就是这段话：

北风啊，兴起！南风啊，吹来！吹进我的园内，使其中的香气发出来。愿我的良人进入自己的园里，吃他佳美的果子。

①此页在这里已满页，可见下文是被抽掉了，后面还有多少页，不得而知。

作为私情的一部分，抽掉是无可指责的，只是对我们来说，这就更加难以把握他们夫妇间的情感历程。因为有保留，有底牌，有秘密。所以，我在想，将此笔记本理解为一部反映他们**两人恋爱的密码书**也不是不可以的。

应该说，容金珍作为天才和破译家的一面，我是了解够了的，但他情感上的一面——男女私情——我始终触摸不到，即便是已有的、近在眼前的材料，也被生拉硬扯地抽掉了。我有种感觉，人们似乎不允许容金珍给外界有这方面（情爱方面）的印象，觉得只有这样才不损他的光辉形象。也许，对一个像容金珍这样的人来说，什么私情、亲情、友情这类东西本来就是不该有的。因为不该有，所以首先他本人会极力**抽掉**它，其次，即使自己难以抽掉的，别人也会设法把它抽掉。就是这样的。

据小翟亲口告诉我说，是容金珍出院后的第三天下午，快下班的时候，他来到她办公室，**履行公务**地把笔记本交给她。作为保密员，对所有上交的笔记本都必须翻看一下，以便检查里面有没有缺页或残页，有缺页和残页是要追究责任的。所以，容金珍把笔记本交给她后，她也是履行公务地翻看起来。适时，一旁的容金珍对她说了这样一句话：

“上面没有工作上的秘密，只有我个人的一些秘密，如果你对我感到好奇的话，不妨把它都看了。我希望你看，并希望得到你的回音。”

小翟说，她看完笔记本时天已大黑，她在黑暗中往她寝室走去，结果像着了魔似的走进了容金珍的寝室。其实，当时小翟住在**三八楼**，和容金珍住的专家楼完全是两个方向。两栋楼至今还在，前者是红砖砌的，三层；后者是青砖砌的，只有两层。我还在青砖屋前留过一张影，现在，我看着这张照片，心里马上听到了小翟的声音。

小翟说:“我进屋后，他一直看着我，没有说话，甚至连坐都没请我坐。我就站在那儿对他说,我看过笔记本了。他说,说吧,我听着。我说，让我做你妻子吧。他说，好吧。三天后，我们结了婚。”

就这么简单，像个传说，简直难以相信!

说真的，小翟说这段话时，没有任何表情，没有悲，没有喜，没有惊，没有奇，几乎连回忆的感觉都没有，好像只是在重复一个已经说了无数遍的梦,使我完全难以揣摩她当时和现在的心情。于是，我冒昧地问她到底爱不爱容金珍，得到的答复是:

“我像爱我的祖国一样爱他。”

然后，我又问她:

“听说你们结婚后不久，对方就启用了黑密?”

“是。”

“然后他就很少回家?”

“是。”

“他甚至还后悔跟你结婚?”

“是。”

“那么你后悔吗?”

这时我注意到，小翟像被突然惊醒似的，睁大眼，瞪着我，激动地说:

“后悔?我爱的是我的祖国，你能说后悔吗?不!永远不——!”

我看着她顿时涌现的泪花，一下子觉得鼻子发酸，想哭。

1991 年 7 月始于北京魏公村

2002 年 8 月毕于成都罗家碾

图书在版编目（CIP）数据

解密 / 麦家著 . -- 2 版 . -- 北京 ： 北京十月文艺出版社，2019.10
ISBN 978-7-5302-1930-0

I. ①解… II. ①麦… III. ①长篇小说—中国—当代 IV. ① I247.5

中国版本图书馆 CIP 数据核字（2019）第 176447 号

解密
JIEMI
麦家 著

出　　版　北 京 出 版 集 团
　　　　　北京十月文艺出版社
地　　址　北京北三环中路 6 号
邮　　编　100120
网　　址　www.bph.com.cn
发　　行　新经典发行有限公司
　　　　　电话（010）68423599
经　　销　新华书店
印　　刷　北京盛通印刷股份有限公司
版　　次　2014 年 4 月第 1 版　2019 年 10 月第 2 版
　　　　　2021 年 2 月第 6 次印刷
开　　本　850 毫米 X 1168 毫米　1/32
印　　张　9.75
字　　数　210 千字
书　　号　ISBN 978-7-5302-1930-0
定　　价　58.00 元
质量监督电话：010-58572393